무림독서생 新무협 판타지 소설
FANTASTIC ORIENTAL HEROES

戰鬼 전귀

전귀 4

무림독서생 新무협 판타지 소설

초판 1쇄 찍은 날 § 2008년 5월 29일
초판 1쇄 펴낸 날 § 2008년 6월 9일

지은이 § 무림독서생
펴낸이 § 서경석

편집장 § 문혜영
편집책임 § 문정흠

펴낸곳 § 도서출판 청어람
등록번호 § 제1081-1-89호
등록일자 § 1999. 5. 31
어람번호 § 제2-1497호

주소 § 경기도 부천시 원미구 심곡1동 350-1 남성B/D 3F (우) 420-011
전화 § 032-656-4452 팩스 § 032-656-4453
http://www.chungeoram.com
E-mail § eoram99@chollian.net

ISBN 978-89-251-1333-3 04810
ISBN 978-89-251-1216-9 (세트)

무림독서생 新무협 판타지 소설
FANTASTIC ORIENTAL HEROES

戰鬼
전귀

4

[공헌현비]

청
람

目次

第一章
남궁가휘의 무위(武威)

戰鬼
전귀

1

　중원의 동부 내륙에 위치하고 있는 안휘성.

　안휘성은 명나라를 세운 주원장의 고향인 봉양(鳳陽)이 있
는 곳이었다.

　통상 중원에서 안휘성이라고 하면 명태조를 배출한 곳이라
는 것 이외에도 수천 개의 불상으로 이루어진 구화산(九華山)
과 남쪽으로 펼쳐진 산지의 수많은 차(茶) 밭, 그리고 합비 성
도에 위치한 대남궁세가를 손꼽는다.

　그중에서도 남궁세가는 무림의 강한 무가로 이름을 날렸지
만, 차 매매를 통해 상계에서도 그 위치가 대단한 곳이었고, 기
근이 있거나 국난이 있을 때마다 나서서 해결했기 때문에 안
휘성 내에서의 지지가 대단했다.

그런 남궁세가가 위치한 안휘성의 성도인 합비에는 남궁세가와 함께 무척이나 유명한 곳이 있었는데 바로 천하삼대표국에 들어가는 '대해표국'이었다.

신속, 정확, 안전 배달을 목표로 벌써 수대를 이어오면서 중원제일의 표국 자리를 놓치지 않았던 곳으로, 하루에 배달하는 표물만도 수백 건에 이르는 거대 표국의 하나였다.

대해표국이 유명한 것은 물품을 고객이 원하는 곳이라면 중원 내의 어떤 곳이라도 열흘 이내에 안전하게 배달해 주는 것과 그 표국의 실질적인 주인이 바로 남궁세가주라는 것이다.

무림의 거대 세력 중 하나인 남궁세가가 운영하는 곳이기에 중원 각지에 깔려 있는 산적들이나 수적들조차도 함부로 표물에 손대지 못했고, 혹여 불미스러운 일이 발생하여도 남궁세가에서 표물을 찾아주거나 배상해 주기에 사람들은 믿고 맡길 수 있었다. 더욱이 배달 속도마저도 타의 추종을 불허하니 수많은 고객이 이용할 수밖에 없었다. 오죽하면 합비성의 파발보다도 더 빨라 관에서도 급한 전령을 파발 대신에 대해표국을 이용하였겠는가.

금일 휴업.

"엥? 대해표국이 쉬는 날도 있었네?"
합비성에서 비단 점포를 운영하고 있던 이지곤은 자신과 거래하는 상단에 비단을 보내기 위해 대해표국을 찾았다. 꽤나 많은 양을 보내야 했기 때문에 거래서를 작성하기 위해서 뚱뚱한 몸을 이끌고 직접 온 것인데, 웬일인지 대해표국의 정문이 굳게 닫힌 채 문짝에 커다란 글씨로 '금일 휴업'이라고 적혀 있는 것이었다.

"휴… 더워라. 올 여름은 무슨 날씨가 이렇게 덥지? 그나저나 대해표국이 휴업을 하다니, 거참, 별일이네."

팔월의 늦더위는 지독히도 뜨거운 뙤약볕을 쏟아내었고, 고도 비만인 이지곤으로서는 여간 짜증나는 날씨가 아닐 수 없었다. 그런데 '가는 날이 장날'이라고 했던가? 모처럼 만에 부탁도 할 겸, 평소 친하게 지내던 표국주도 만날 겸해서 온 걸음인데 허사가 되어버리자 이지곤은 극도의 짜증이 밀려왔다.

"젠장, 이럴 줄 알았으면 마복이 놈을 보내 약속 일자라도 잡고 올 것을……."

이지곤은 얼굴에 흐르는 땀을 연신 훔쳐 내면서 정문에 쓰인 글씨에 투덜대었다.

"지곤이 아닌가? 게서 뭘 하는 겐가?"

누군가 대해표국의 정문 앞에서 서성대던 이지곤을 보고는 반갑게 인사해 왔다. 자신의 옆집에서 주루를 하고 있는 지근국이었다.

"아, 근국이 자넨가? 표물 좀 맡길까 해서 말이야."

"그런 일은 자네 종놈인 마복이 놈을 보내지 않고 어찌 자네가 직접 온 겐가?"

평소 몸이 뚱뚱해 잘 걷지도 않는 이지곤이었기 때문에 지근국이 의아해하면서 물었다.

"아니, 오랜만에 국주 어른 얼굴도 뵐 겸, 겸사겸사 나선 걸음일세. 그런데 휴업이라니, 내 합비서만 이십 년을 넘게 장사를 했지만 대해표국이 휴업하는 것은 처음일세."

"엥? 자네, 소식이 어둡구만."

"응? 무슨 소식 말인가?"

"이 사람 참 큰일일세. 장사한다는 사람이 이리도 소식에 어두워서 어쩌시려는 겐가."

지근국은 참으로 안타까운 듯한 표정으로 고개를 저으면서 이지곤을 바라보았다.

"왜? 무슨 일이라도 있는 게야?"

"대해표국의 실질적인 주인이 누군가?"

"그야… 남궁세가지."

"잘 알고 있구만."

이지곤이 당연하다는 듯이 대답하자 지근국은 '이제 알겠지?' 하는 표정으로 물끄러미 쳐다보았다.

"왜? 내 얼굴에 뭐라도 묻은 겐가?"

지근국이 히죽거리는 얼굴로 말없이 자신을 쳐다보고만 있자 이상한 기분에 자신의 얼굴을 손으로 닦아내면서 이지곤이 물었다.

"이 사람 정말 듣지 못한 게구만. 지금 남궁세가가 운영하는 표국이며, 찻집이며 모두가 휴일일세."

"아! 그러고 보니… 그럼, 남궁 어르신께서? 그럴 리가. 얼마 전에 뵐 때도 정정하셨는데…….."

이지곤은 대해표국으로 오던 중에 문이 닫혀 있던 찻집들과 전장들을 생각하면서 자신만의 상상을 했다. 얼마 전 비단을 납품하기 위해 남궁세가를 방문했다가 만난 남궁무를 떠올리면서 급격히 안색을 굳혔다.

"참 좋은 어른이셨는데… 안됐구만…….."

혼자만의 상상의 나래를 펴면서 안색을 굳힌 이지곤을 보면서 지근국은 어이없다는 표정을 지었다.

"무슨 소리를 하는 거야? 그 어른이 왜 돌아가셔? 이 사람 정말 안 되겠구만."

"엉? 그럼 아닌가?"

"당연히 아니지, 이 사람아. 그게 아니라 어제 그곳의 소공자이신 남궁 도련님이 돌아오셨단 말일세. 그래서 남궁세가가 운영하던 모든 곳이 오늘 하루 휴일인 게야."

"아! 그 일 년 전쯤에 무림맹에 들어갔다던?"

"그래, 이 사람아. 안 그래도 그 일로 잔치를 한다고 연통이 와서 서둘러 가는 중일세."

"그랬구만. 이거 참, 혼자 말도 안 되는 생각을 했군 그래. 허허."

"그럼 난 가네."

"그러시게나."

지근국은 멀뚱히 서 있는 이지곤을 향해 인사를 하고는 서

둘러 걸음을 옮겼다. 한참을 걸어가던 지근국은 걸음을 멈추고 이지곤을 돌아보면서 말했다.

"참! 어차피 표물을 오늘은 못 보낼 터인데, 자네는 안 갈 겐가?"

"응? 아! 나도 가야지."

이지곤은 지근국의 말에 뚱뚱한 몸을 옮기면서 빠른 걸음으로 뒤뚱거리며 지근국을 뒤따랐다.

2

남궁세가는 근래에 들어 가장 활기찬 모습을 보이고 있었다.

거대한 정문을 활짝 열어젖히고 수많은 손님들을 받아들였으며, 장원의 안뜰은 온통 손님 준비를 위해서 전을 붙이고 요리를 하는 등 향기가 진동을 했다.

외부에서 대외 활동을 하던 무사들은 서둘러 세가로 돌아왔고, 합비성에 살고 있던 수많은 무가의 수장들과 그곳에서 장사하던 상인들이며 관인들까지 찾아왔으며, 음식 냄새를 맡고 찾아온 걸개들이 몰려 거대한 장원이 북새통을 이루고 있었다.

남궁세가의 정문인 창궁문과 안뜰을 지나서 지어진 거대한 창궁전 뒤로는 세가의 중대사를 결정하는 곳이며 손님을 맞이하는 거대한 대전인 제왕전이 있다.

지금 제왕전 안에는 세가의 수장들이 모여 있었다.

상석에 앉은 가주 남궁창천을 비롯하여 태상가주 남궁무, 창궁검수대장 남궁창환과 외당주 직을 맡고 있는 남궁창선에 이어 세 명의 봉공과 식객당에 머무르고 있는 북해의 빙한검 설한철 등이 모여 있었다(아마도 빙화 설약벽은 지난 관계도 있고 하여 참석하지 못한 모양이었다).

"그래, 고생했다. 어디 다친 곳은 없는 게냐?"

자신의 앞에 앉아서 차를 마시고 있는 남궁가휘를 흐뭇한 표정으로 바라보던 남궁무가 따스한 어조로 물었다.

"예, 할아버님. 심려를 끼쳐 드려서 죄송합니다."

"심려는 무슨, 젊을 때는 이런 고생 저런 고생 다 하고 사는 거지."

말은 그렇게 했지만 무림맹을 방문했다가 돌아온 남궁창환이 전하는 말에 얼마나 걱정을 했던가. 그런데 돌아온 자신의 손자는 무척이나 헌앙한 장부의 모습이었다. 처음 세가를 떠나 무림맹으로 향할 때만 해도 철없던 남궁가휘는 무척이나 의젓해져 있었고, 제법 제대로 된 무인의 모습까지 보이고 있었다.

"허허, 가주. 이제 우리 가휘 녀석도 어서 짝지어서 가주 위를 넘겨야겠소. 이리 헌앙하니 당장이라도 가주 위를 계승해도 걱정이 없겠네그려."

"이를 말입니까, 아버님."

남궁무의 기분 좋은 음성에 남궁창천은 맞장구를 쳤다.

어릴 때부터 신동 소리를 들으면서 자라 그것이 독이 되어 더 이상 발전이 없던 자신의 아들이다. 자신의 마음에 들지 않으면 꼭 매를 들어야 말을 듣곤 했던 철부지였는데 이제는 자신도 다 파악하기 힘든 기도를 지닌 무인이 되어서 돌아왔다. 어찌 기분이 좋지 않을 수 있을까.

자신의 할아버지와 아버지의 따스함이 느껴지는 남궁가휘의 얼굴에 미소가 어렸다.

남궁가휘는 미소 어린 얼굴로 자신의 주위에서 웃고 있는 세가의 수장들을 둘러보다가 문득 처음 보는 무인이 함께 있음에 궁금증이 생겼다.

"그런데… 아버님, 저분은?"

어울리지 않게 한여름의 날씨에도 새하얀 털옷을 입은 냉막한 인상의 무인.

왠지 어디선가 본듯한 복색이라 남궁가휘는 고개를 갸웃거렸다.

"알아보지 못하겠느냐? 어릴 때 자주 보았었지 않느냐. 더구나 얼마 전에 한번 만났다고 들었는데…….."

남궁창환이 설한철을 바라보면서 말했다.

"예? 저는 처음 뵙습니다만…….."

남궁창환의 말에 남궁가휘는 언뜻 기억이 날 듯 말 듯한 표정을 지었다.

"그럴 테지. 어릴 때라고 해도 벌써 십 년도 더 된 이야기인데다 지난번 그때는 자네도 경향이 없었을 터이니. 더구나 직접 부딪친 건 아니었으니 말이야. 오랜만이네, 조카. 설한철이라 하네."

냉막한 인상의 무인이 미소 지으며 남궁가휘를 바라보았다.

남궁가휘는 무인의 이름을 듣고 깜짝 놀랐다. 어린 시절, 둘째 숙부인 남궁창선과 자주 어울려다니면서 자신을 무척이나 귀여워했던 무인의 이름이었다.

"서, 설 숙부?"

"그래, 이놈아. 이 숙부의 친우인 한철 숙부가 아니냐."

남궁창선이 이제야 기억해 낸 남궁가휘를 향해 웃으면서 말했다.

"아! 설 숙부셨군요. 죄송합니다. 그때는 너무 어린 시절에 한두 번 뵈온 것이라."

남궁가휘가 설한철을 바라보면서 무척이나 미안해했다.

"아니야. 오래전 기억인 것을… 괘념치 마시게."

설한철은 손사래를 치며 웃자 남궁가휘는 멋쩍음에 뒷머리를 긁었다.

그런데 기억이 떠올랐음에도 무언가 궁금증이 남아 있는 듯이 남궁가휘가 설한철에게 물었다.

"그런데… 복장이?"

"아, 이거? 북해에서는 항상 이렇게 입는다네. 익숙해져 있다 보니 복색을 바꾸는 것이 어색해서 말이야. 빙공을 익히고 있어 무더운 여름인데도 그다지 덥지도 않고 말이야."

"북해… 요? 그럼 혹 빙화의?"

"막내 숙부일세."

"아… 그러셨군요."

설한철의 대답에 남궁가휘는 지난 이무기 조작 사건 때 북해와의 일들이 생각난 듯이 어색하게 웃음을 흘렸고, 그 웃음을 본 설한철이 말했다.

"서장에서 약벽이를 만났던 자리에 나도 있었다네."

"예? 무슨?"

갑자기 설한철이 서장에서 빙화와 격돌했던 그때를 말하자 남궁가휘는 무슨 말인지 이해를 하지 못하고 의아한 표정을 지었다.

"하하. 이놈이 눈치가 더 없어졌습니다, 아버님."

"예?"

남궁창환이 웃으면서 말하자 남궁가휘는 더욱 영문을 몰라했다.

"지금 세가에 누가 와 있는지 듣지 못한 것이냐?"

흐뭇하게 바라보고 있던 남궁창천이 남궁가휘를 향해 물었다. 그제야 이해가 된 듯이 남궁가휘가 작은 탄성을 흘렸다.

"아!"

"그래, 이놈아. 수동이 그 친구가 이미 다 밝혔다."

"그랬군요."

남궁가휘는 자신의 아버지의 말에 고개를 끄덕이곤 잠시 후 무언가 결심한 듯이 자리에서 일어나 설한철을 향해 정중하게 포권을 했다.

"일전에는 부득불 실례가 많았습니다, 설 숙부. 다 큰 처자의 몸을 함부로 본 것에 대해서 사과드립니다."

남궁가휘는 설한철을 향해 사과를 하며 용서를 구했다.

"아니, 아닐세. 뭐 그것이 자네가 잘못한 것도 아니고, 따지고 보면 약벽이 녀석이 잘못한 것이니 너무 괘념치 마시게."

남궁가휘의 사과에 설한철은 고개를 저으면서 웃었다. 그리고 무척이나 다행이라는 생각을 했다. 지난 이무기 사건 동안 철없는 자신의 조카가 남궁가휘를 얼마나 괴롭혀 댔는지는 자신이 잘 알고 있었다. 임무를 수행하느라 무척이나 바쁜 와중이었고, 수천 명의 무인들이 모여 만들어낸 천라지망을 뚫었다. 더구나 정파, 사파 할 것 없이 모두가 남궁가휘를 노리고 있는 상황이었기에 한시도 긴장을 풀지 못했을 터였다. 그런데도 되레 자신에게 사과를 해오는 남궁가휘를 바라보며 설한철은 빙화의 신랑감을 무척이나 잘 골랐다는 생각이 들었다.

"그나저나 무림맹을 떠난 지도 근 반년이라던데… 어딜 다녀온 것이더냐?"

설한철을 향해 포권을 하고 자리에 앉는 남궁가휘를 향해 남궁창환이 물었다.

"예, 여러 곳을 돌아다녔습니다."

남궁가휘는 자신의 거취를 무척이나 궁금해하는 집안의 어른들에게 지난 시간 동안 장영과 함께했던 이야기를 늘어놓았다. 고비사막에서 마적 떼와 싸웠던 일들, 북원 정벌군에 참전했던 일들, 그리고 그곳에서 느꼈던 이야기들……

한참 동안이나 이어진 남궁가휘의 이야기가 끝나자 모두가 고개를 끄덕였다.

"그런데, 어찌 장 대주는 같이 안 온 것이냐?"

"예, 그는 아직 누군가를 만날 일이 있다고 하더군요. 아마도 황가의 인물인 모양입니다. 그래서 저 먼저 돌아온 것입니다."

"황가에?"

"예, 자세한 것은 저도 잘 모르겠습니다. 일단 먼저 돌아가 있으라 하더군요."

"그래……."

남궁무는 지난 인연에 장영이 무척 보고 싶었지만 나중에 온다는 말을 듣고는 수긍하듯이 고개를 끄덕였다.

"저… 태상가주 어른, 그리고 창천 형님."

잠시 동안의 침묵이 흐르는 사이 설한철이 남궁무와 남궁창천을 나직하게 불렀다.

"응? 왜 그러나?"

"부탁드릴 것이 있습니다."

설한철이 제법 진지한 어조로 말하자 궁금증을 드러내면서 남궁무가 물었다.

"무엇을?"

"일전에 서장에서 조카의 무공을 견식할 기회가 있었다 말씀드렸지요?"

"그랬지."

"그런데 오늘 보니 이미 경지를 뛰어넘은 듯합니다. 이건 마치 기세를 갈무리한 것과도 같군요."

설한철의 말에 남궁무를 비롯한 모두가 이상한 점을 깨달았다. 그러고 보니 지금까지 함께하고 있는 동안 남궁가휘의 기세를 한 번도 느껴보지 못한 것이다. 무인이라면 응당 있어야하는 기도나 기세조차도 느껴지질 않았다.

"그러고 보니……."

"그럼 가휘가?"

"예, 제가 느끼기에는 그렇습니다. 가휘의 모습을 보고 있자니 빙공을 익혔음에도 손에 식은땀이 다 흐를 정도입니다. 어쩌면 제가 이룩한 경지를 넘었을지도……."

그곳에 모인 모두는 설한철의 무위를 잘 알고 있었다.

지금 이곳에 모인 이들 중에 가장 강한 이는 설한철이었다.

그는 북해에서도 빙공을 극성으로 익힌 빙궁주 설한빙을 제외한 가장 강한 무인으로, 유사 이래 처음으로 빙검의 극한에 다다른 인물이었다. 공기 중의 모든 수분을 빙결시켜 버릴만큼 강한 공력의 소유자인 것이다.

빙계 최강의 무인.

아무리 남궁세가의 최고수이며 무림오대검수인 검왕 남궁창천일지라도 빙한검 설한철보다는 한 수 아래에 불과했다.

그런 그가 지금 남궁가휘가 자신보다 윗줄일지 모른다고 말하고 있는 것이다.

"오오, 그런. 이제야 진정한 제왕검법을 볼 수 있게 되는 것인가!"

남궁무는 너무도 감격스러웠다.

설한철의 평가.

그가 알기에 설한철은 무척이나 객관적인 평가를 내리는 인물이었다. 단지 듣는 사람이 기분이 좋으라는 의미로 저런 정도의 평가를 내리지 않는다는 것을 잘 알고 있었다.

어쩌면, 어쩌면 지금껏 남궁가를 세운 이후 가장 강했던 오대조께서 창안하시고 아무도 익혀내지 못한 제왕검의 진본을 남궁가휘가 익혀낼지도 모를 일이었다.

남궁무는 너무도 감격스러운 마음에 눈물이 흐를 것만 같았다.

"조상님의 은덕이로다……."

설한철은 감격스러워하는 남궁가의 수장들의 모습을 잠시 바라보다 다시 입을 열었다.

"태상가주 어른, 다시 말씀드리지만 빙계검술의 극한에 이른 자로서 손자 분과 비무를 해보아도 괜찮을는지요?"

"이를 말인가! 지금 당장이라도 하세!"

남궁무는 기쁜 나머지 설한철이 부탁하기 무섭게 승낙을 했다.

그런 어른들의 모습에 남궁가휘는 희미하게 웃기만 할 뿐이었다.

3

잔치 준비를 하던 남궁가의 무인 진노백은 갑자기 소란스러워진 분위기에 어디론가 부리나케 뛰어가는 자신의 동료 서대웅을 붙잡고 물었다.

"아니? 대웅이, 무슨 일인가? 왜 다들 이리 소란스러운 건가?"

"대연무장에서 소공자께서 식객당의 설 대협과 비무를 하신다네."

"뭐? 설 대협과?"

"그래, 이거 놓게. 빨리 안 가면 못 볼지도 모른단 말이네."

서대웅은 자신의 소매를 잡은 진노백의 손을 뿌리치고는 금세 달려서 사라져 버렸다.

"설 대협이라면… 빙한검? 이런이런, 전이나 붙이고 있을 때가 아니구만!"

서대웅이 말한 설 대협이라는 자가 북해의 빙한검임을 깨달은 진노백은 자신이 굽고 있던 전을 내팽겨 둔 채로 재빨리 연무장으로 달렸다.

남궁가 무사들이 대창궁무애진검진을 수련하기 위해 만든 대연무장.

사방 이십여 장에 달하는 연무장이 어느새 수많은 사람들로

북적댔다.

남궁가에 잔치를 위해 왔던 모든 사람이 모인 듯했다. 연무장 내부에 사람이 가득해 미처 들어오지 못한 사람들은 담벽 위에 올라갔고, 연무장이 보이는 나무 위에 매달렸다.

수많은 사람들이 모여 있음에도 바늘 떨어지는 소리가 들릴 만큼의 고요가 흘렀다.

연무장의 중앙에 선 두 사람의 무인.

새하얀 털옷을 걸치고 선 설한철과 여유로운 웃음을 지으면서 남궁세가의 신검인 제왕검을 들고 서 있는 남궁가휘였다.

"이거, 일이 커진 듯하구만. 허허."

설한철은 주위를 빼곡하게 둘러싼 채 모인 사람들을 쳐다보면서 웃자 남궁가휘는 말없이 그를 바라보기만 했다.

"자, 그럼 구경꾼도 많이 모였으니 이제 한번 해보세나."

"예."

남궁가휘는 가볍게 숨을 들이쉬었다가 내뱉으며 그동안 완전히 끌어올려 보지 못한 자신의 공력을 몸 안 사지백해로 내보냈다. 온몸의 공력이 가문의 비전 내공술인 천뢰기를 통해 운기되자 청량한 기운이 기경팔맥을 흘렀다.

이제껏 전장에서 장영과 함께하면서 수없이 많은 전투를 경험했고, 전장에서 필요한 곳 이외에는 공력을 함부로 쓰지 않는 법을 배웠다.

작게는 수십, 많게는 수백수천 명의 적들과 싸우면서 하루에도 수천여 번의 초식을 펼치고 검을 떨쳐 냈다. 자신의 공력을 나누고 또 나누어 꼭 필요한 곳에만 쓰다 보니 자연스럽게 공력을 안으로 갈무리하는 법을 배웠다. 또 자연스럽게 초식을 끊어 쓰다 보니 그 초식마저도 초월한 지 오래되었다.

일전에 마교 교주가 뚫어놓은 혈맥 때문에 그동안 단전에 묻어두고 느끼지 못했던 내공의 대부분을 사용할 수 있게 되었고, 자신이 가진 내공에 깨달음을 얻어 그 이상에 도달하게 되었던 것이다.

"저는 제가 익힌 창궁검 진팔식의 기본 초식만을 사용하겠습니다."

"좋도록 하시게. 나는 한빙검법의 후삼식 기본 초식으로 하지."

설한철은 여유로운 모습의 남궁가휘를 보면서 슬쩍 웃으면서 자신의 왼손에 공력을 집중했다. 그러자 손안에 모이는 공력이 기이한 공명음을 내면서 주변의 공기를 서서히 얼리기 시작했다.

고오오오오오.

대기 중의 공기가 급격히 승화되기 시작하더니 차츰 매끄럽도록 아름다운 빙결의 검신을 가진 검의 형상을 갖추기 시작했다.

"오옷! 대단하다."

"대기 중의 수분을 이용해서 검을 만들다니……."

"과연 빙한검!"

곳곳에서 감탄성이 터져 나왔다.

남궁가휘는 설한철이 공력을 끌어올려 그가 선 곳을 중심으로 퍼져 나온 지독한 한기가 연무장의 곳곳을 채우며 허연 입김마저 서려오자 꽤나 놀란 상태였다.

"이건… 마치… 겨울이 된 듯하군요."

"놀랄 것 없네. 자, 그럼 기다리는 사람도 많으니 내가 먼저 출수하도록 하지."

"그리하시지요."

남궁가휘는 제왕검을 뽑지도 않은 채로 선공을 양보했다.

"그럼 가네. 한빙검. 출수빙탄!"

설한철이 빙검을 들어 원을 그리듯 휘두르면서 남궁가휘를 향해 뿌렸다.

쩌저저적!

검에서 쏘아져 나온 거대한 한기는 빠른 속도로 공기를 얼리며 쏘아져 나갔다.

무서운 기세로 날아드는 얼음 조각의 기세를 바라보던 남궁가휘는 막 자신에기 지독히도 강한 한기가 다가올 때쯤 천천히 검에 손을 가져가 빛살보다 빠른 속도로 뽑아 올렸다.

"창궁지검(槍宮之劍:푸른 하늘을 닮은 검은)!"

쿠앙!

창궁무애검법의 일초인 발검술이 펼쳐지면서 남궁가휘의 움직임이 시작되었다. 뽑혀진 검은 날아온 빙탄을 흔적도 없이 터뜨려 버렸다.

"검여정풍(劍如靜風:고요한 바람과도 같고,)!"

제왕검의 검신이 대기를 유형하듯이 움직이며 부드러운 검기를 뿌렸다.

슈아악!

검기는 바람을 타듯 순식간에 길다랗게 뻗어져 기다란 잔영을 남기면서 설한철을 향해 날아들었다.

"피어라, 설련화!"

파삭!

빙검이 남궁가휘의 검기를 튕겨내듯이 쳐내면서 몸을 날려 허공에 무수히 많은 얼음 꽃을 그려내기 시작했다. 얼음 꽃은 이내 수많은 얼음 조각으로 화해 하나하나가 극한의 기운을 품고 남궁가휘를 향해 떨어져 내렸다.

남궁가휘는 냉기를 담은 채 날카롭게 변해 자신을 향해 떨어지는 수많은 얼음 조각에 또다시 검을 휘둘렀다.

"검여광해(劍如廣海:거대한 대해와도 같도다.)!"

노도와도 같은 기운이 제왕검을 타고 흘러 순식간에 얼음 조각을 삼켜 버렸다.

"우웃! 빙극패!"

해일처럼 몰려드는 기운에 침음성을 흘리며 설한철이 원을 그리듯 휘두르자 거대한 얼음 방패가 생겨나면서 검기를 막아 갔다.

콰콰쾅!

설한철이 지면을 지지하면서 뒤로 죽 밀려 나갔다.

쩌적!

'헛! 빙극패가!'

자신이 펼칠 수 있는 최대의 방어인 얼음 방패가 남궁가휘의 검기를 이기지 못하고 금이 가기 시작했다.

남궁가휘의 몸이 지면을 박차고 올랐다.

"일검만천(一劍滿天:일검은 하늘을 가득 뒤덮고,)!"

무수히 많은 검기가 춤추듯이 휘둘러대는 남궁가휘의 제왕검을 따라 말 그대로 하늘을 가득 채우듯이 뿌려졌다.

"이검파지(二劍破地:이검은 대지를 깨뜨리며,)!"

뿌려져 올랐던 수많은 검기가 설한철이 서 있던 곳을 향해 섬전과 같은 속도로 떨어져 내렸다.

쾅! 쾅! 콰쾅! 쾅!

수백 개에 달하는 검기를 모두 피해내지 못한 설한철이 빙검을 들어 다급하게 막아갔다.

'이런… 무지막지한!'

마치 이빨에 금이 가듯이 만들어내었던 빙검이 무지막지한 남궁가휘의 공격으로 깨어져 나가기 시작했다.

'빙극패에 이어서 빙검까지? 정녕 대단하구나.'

설한철은 오랜 시간 남궁창선과 함께해 왔기 때문에 아무리 진본이라고 해도 지금 남궁가휘가 쓰고 있는 창궁무애검법 정도는 눈을 감고도 그 초식의 투로를 그려낼 수 있었다. 한데 변초도 없는 기본형의 여덟 초식을 순서대로 사용할 뿐이었는데 막아내는 것조차 버거웠다. 자신이 알고 있는 창궁무애검법과는 차원이 달랐다. 강기조차도 쉽게 막아내는 자신의 빙극패가 남궁가휘의 검에서 피어오른 검기조차 막지 못하고 깨어져 나갔다.

'검강보다 강한 검기라니……'

감탄만 하고 있을 시간이 없었다. 어느새 또다시 지면에 내려선 남궁가휘의 검에 엄청난 기세가 모여들고 있었기 때문이다.

"삼검단해(三劍斷海:삼검은 대해를 가른다.)!"

단 한 수의 올려 베기 동작에 불과하였지만 눈에 보일 정도로 유형화된 검기가 거센 기세로 설한철이 내뿜는 한기를 반으로 가르면서 다가왔다. 그에 부딪쳐 간 빙검과 빙극패가 검기의 힘을 견디지 못하고 산산조각 나버렸다.

파아앙!

"이… 이 정도였던가!"

"창궁만……."

창궁무애검법의 일곱 번째 초식을 펼치려던 남궁가휘는 설한철이 두 팔을 내린 채 놀랍다는 표정만을 짓고 있자 검에 모인 기운을 흩어버렸다.

설한철은 뭐라 말이 나오지 않았다. 무지막지한 연속 공격을 퍼붓고도 호흡 한번 흩뜨리지 않는 남궁가휘의 모습에 어이가 없었다.

만약 자신이 마음먹고 싸운다면 지금보다 더 많은 공방을 주고받을 수는 있겠지만, 왠지 다시 싸우더라도 남궁가휘의 무위를 뛰어넘을 자신이 생기질 않았다.

지켜보던 남궁가의 무사들과 구경꾼들도 설한철의 빙검과 빙극패가 부서지면서 만들어낸 빙설이 햇빛에 반짝이며 아름답게 쏟아져 내리는 광경에 놀라 입만 벌리고 있을 뿐, 어떠한 감탄사나 말도 하지 못했다.

고요한 침묵만이 연무장을 흘렀다.

"양보해 주셔서 감사합니다."

그런 침묵을 깨듯이 남궁가휘는 자신의 검을 천천히 검집에 넣고 공손하게 설한철을 향해 포권을 했다.

설한철은 남궁가휘를 향해 묻고 싶었다, 어느 정도의 공력을 사용한 것이었냐고. 하지만 남궁가휘의 말없이 웃기만 하는 얼굴을 보는 순간 허탈한 웃음만 나올 뿐이었다.

"자… 자네? 이것 참, 내가 졌네."

빙한검 설한철의 패배.

스물셋의 나이에 북해 최강 검객을 꺾은 남궁가휘.

새로운 시대를 이끌어갈 새로운 강자가 등장한 것이었다.

第二章
공헌현비

戰鬼
전귀

1

　북평의 중앙에 세워진 거대한 성.

　성 자체가 북평의 모든 것이라 불릴 만큼 규모가 엄청난 성이 있다.

　그곳은 바로 현 황제인 홍희제 주고치와 그를 따르는 수많은 대신들, 그리고 황가의 인물들이 살고 있는 자금성이었다.

　자금성은 영락 4년에 짓기 시작하여 십사 년 동안의 길고 긴 공사 끝에 만들어졌다.

　자금성이라는 그 이름은 천계의 중심인 북극성을 상징했다.

　북극성은 통상 수많은 천문학자들에 의해 풀이되기를, 하늘의 궁전이 있는 곳이라 했다. 하늘의 아들인 천자가 사는 궁전 역시 그 하늘을 상징한다 하여 자금성이라 이름하고 기쁨과

행복을 뜻하는 자색의 벽돌로 지어졌다.

자금성은 영락제 시절만 하여도 십만여 명의 어림군으로 하여금 철통같이 지키게 하였는데, 지난 한왕의 반란 사건으로 인해 그 병력이 현재는 오만여 명이 채 되지 않았다.

이 때문에 황태손이자 오군 대도독부를 장악한 주첨기는 황제의 안위를 염려해 수많은 인부를 동원하여 모든 바닥을 사십여 장이나 되는 벽돌로 겹쳐 쌓아 걸을 때도 소리가 들리도록 하였다.

또 자객의 암습에 대비하여 성내의 후원을 제외하고는 모든 곳의 나무를 잘라 버렸다.

자금성의 내부에는 중앙에 위치한 태화전을 중심으로 수많은 전각들이 즐비했는데, 정무를 처리하기 위해 지어진 외조는 남방의 오문에서부터 시작하여 태화문을 지나 태화전, 중화전, 보화전의 전삼전이 한 줄로 늘어서 있었다. 그리고 좌우로 문화전과 무영전을 비롯한 수많은 조정 대신들과 학자들의 전각이 위치하고 있었다.

또한 황가의 사람들을 위한 건청궁과 교태전, 곤녕궁의 후삼궁을 비롯한 수많은 전각들이 지어져 있어 자금성은 하나의 거대한 도시와도 같았다.

황제가 기거하고 있던 건청궁의 우측에 위치한 영수궁.

한왕의 반란 사건과 홍희제 즉위 이후 태자의 궁으로 바뀌어 버린 영수궁에서는 지금 한바탕 난리가 일어났다.

금빛 찬란한 용포에 가지런하게 머리를 단장한 황태자 주첨기와 그의 옆에 시립하고 있던 황엄 장군, 그리고 시중을 들고 있던 시비들까지 눈앞에 보이는 사내의 모습에 할 말을 잃어버렸다.

"자… 자네?"

한왕 주고후가 반란에 실패해 낙양에 유폐된 이후 주첨기는 장영과의 약속을 지키기 위해서 자신의 궁으로 데려왔다.

장영이 말끔히 씻은 채로 앞에 서자 처음에는 완전히 다른 인물이라 착각을 할 뻔했다.

수십 년 동안 한 번도 빨아 입지 않았던 흑색의 낡은 무복 대신 윤기 나는 흑삼을 입고, 치렁치렁하게 늘어져서 얼굴을 가리고 있던 머리카락은 단정하게 빗어 올려 그의 얼굴을 드러내었다.

장영이 전쟁에서 싸우는 모습과 투박한 말투로 인해 강인한 호남형의 얼굴이라 생각했던 주첨기는 고운 턱 선에 창백할 정도로 하얀 피부의 얼굴에 다시 한 번 놀랐다.

무척이나 아름다운 미남형의 얼굴이었다. 게슴츠레하게 뜬 눈은 마치 우수에 찬 듯한 느낌을 주어 그의 매력을 더욱 빛나게 했다. 일전에 장영을 따라다녔던 남궁가휘라는 무인도 엄청나게 잘생겼다고 생각했는데, 장영은 그와는 완전히 다른 매력을 가지고 있었다.

마치 사람을 빨아들이는 듯한 신비로운 느낌을 주는 듯했다.

"이거 원, 처음에 보았을 때는 그냥 닮은 줄 알았는데, 이리 꾸며놓으니 완전히 똑같이 생겼구만……."

주첨기는 지난 북원 정벌 당시에 전장에서 처음 보았을 때 공헌현비가 말한 그녀와 언뜻 닮았다고 생각하였는데, 지금은 거의 완벽에 가까울 정도로 똑같은 모습이라 무척이나 놀라는 듯했다.

"저 정도라니… 이것 참, 자네… 그 광풍창이 맞는 겐가?"

황엄이 장영의 얼굴을 이리저리 살펴보면서 자신의 얼굴을 가져다 대었다.

"영감… 죽고 싶은가?"

자신을 신기한 동물 보듯이 쳐다보는 황엄을 향해 장영이 인상을 찡그리며 짜증을 냈지만 시비들은 그 짜증 내는 모습에도 황홀한 듯이 몽롱하게 쳐다보았다.

"이봐, 꼭 이렇게 입어야 하나?"

마치 어울리지 않는 옷을 입은 것처럼 머리를 묶은 영웅건과 목을 조여오는 내의를 만지작거리면서 장영이 주첨기에게 짜증을 냈다.

그런 장영을 향해 황엄은 '이런 버릇없는 놈이. 감히 어느 안전이라고 반말짓거리냐!'라며 화를 내었고, 주첨기는 빙긋이 웃기만 했다.

"당연하지. 자네는 지금 선황 폐하께서 가장 아끼시고 지금은 황궁의 가장 큰어른이신 공헌현비 마마를 뵈러 가는 길이네. 난 보기 좋기만 한걸. 저것 보라고, 영수궁의 시비들이 완전히 자네한데 반한 표정이지 않는가. 하하!"

주첨기는 뒤쪽에서 태자가 있음에도 입을 벌리고 장영을 바라보는 시비들을 가리키면서 한쪽 눈을 찡긋거렸다.

"쳇!"

"이놈! 감히 '쳇!' 이라니! 네놈, 어서 사죄하지 못할까!"

황엄은 장영이 마치 황태자의 친구라도 되는 듯한 언행을 보이자 또다시 화를 내었다.

장영은 고개를 저으면서 애써 무시해 버렸다.

"자, 이제 준비도 끝난 듯하니 현비 마마께오서 계신 함복궁으로 가볼까?"

주첨기가 얼굴에 웃음을 지으면서 장영을 앞서 걸어나가자 그 뒤를 여전히 불편한 표정인 장영과 불만 가득한 표정의 황엄 장군이 따랐다.

"이봐, 그런데… 이 영감은 떼어놓고 가면 안 되나?"

장영은 자신의 옆에서 구시렁대고 있는 황엄을 가리키면서 주첨기에게 말했다.

"뭐라! 이노옴! 떼어놓다니! 이런 시장 무뢰배 같은 놈! 무례하기 짝이 없는 네놈을 감시하기 위해서라도 꼭 따라가야겠다."

황엄이 장영의 말에 또다시 화를 내면서 씩씩대었다.

"흠… 그렇게 하지. 황 도독, 돌아가서 쉬도록 하세요."

"아니, 태자 저하… 그런……."

황엄은 주첨기가 너무도 쉽게 결정해 버리자 금세 풀 죽은 목소리로 태자를 바라보았다.

"그렇게 하세요. 어차피 성내이니 도독께서 신경 쓰실 일도 없을 터이니 무영전으로 돌아가서 남은 업무를 하도록 하세요."

주첨기는 웃으며 말하고는 장영과 함께 영수궁을 빠져나갔다. 주첨기의 명에 의해 남게 된 황엄은 어색한 표정으로 고개를 푹 숙였고, 시비들은 그의 모습을 보면서 조심스럽게 키득거렸다.

영수궁을 나선 주첨기와 장영은 한참 동안 이곳저곳을 둘러보면서 함복궁을 향해 걸어갔고, 좌우 육궁(六宮:건청궁, 교태전, 곤녕전의 삼궁의 주위로 있던 후궁들과 황제의 자식들이 기거하는 전각)의 시녀들은 장영의 모습에 반해 얼굴이 빨갛게 붉힌 채 수줍은 듯이 고개를 숙였다.

"제길⋯⋯."

자신의 모습을 힐끗힐끗 쳐다보고 수근대는 시비들의 모습에 장영은 짜증을 냈다. 그 모습에 주첨기는 싱긋 웃기만 했다.

'몸에 창이 다섯 개나 박히고도 홀로 십만이나 되는 군세를 막아낸 사내에게도 약간은 인간 같은 모습이 있었군. 전장에서는 악귀와도 같더니⋯⋯.'

장영이 보이는 모습에 주첨기는 즐겁기만 했다.

왠지 빙 돌아가는 듯했지만 공헌현비가 있다는 함복궁의 위치가 어딘지 모르는 장영으로서는 말없이 주첨기를 따를 수밖에 없었다.

한참여를 돌고 돌아(?) 주첨기와 장영은 함복궁에 도착했다.

"태자 저하, 오셨습니까?"

주첨기의 모습을 본 늙은 시녀장이 허리를 숙여 인사를 해왔다.

"아, 오랜만일세. 현비 마마께오서는 계시는가?"

"예, 저하. 연통을 넣을까요?"

"아니야. 근래에 몸이 편찮으시다 들었네. 객을 맞이할 준비를 하려면 힘드실 터이니 그냥 들어가겠네."

"예, 저하. 그리하시지요."

영락이 전장에서 죽은 이후로 공헌현비는 근자에 들어 무척이나 쇠약해져 있었다. 아마도 지아비를 잃은 슬픔이 무척이나 컸던 모양이다.

주첨기는 장영과 함께 천천히 함복궁의 정문을 지나 내실로 걸어 들어갔다.

꽤나 단아한 분위기를 느끼게 하는 소박한 내실이었다. 벽면에는 유명한 화가가 그린 듯한 사군자의 족자가 하나씩 걸려 있었고, 은은한 향이 피어 있어 편안함이 느껴졌다.

주첨기와 함께 시녀장이 권하는 내실의 의자에 앉으려던 장영은 벽면에 걸린 한 장의 화폭을 보게 되었다.

두근.

화폭의 선녀도에 장영은 묘한 기분이 들었다.

마치 석상처럼 굳은 장영은 화폭에서 시선을 뗄 수가 없었다.

화폭에 그려진 한 장의 선녀도.

구름을 끌어안 듯이 잡고 하늘거리는 옷을 걸친 선녀의 얼굴은 그를 놀라게 하기에 충분했다.

두근, 두근.

무척이나 아름다운 모습의 여인이었고, 어디선가 많이 본 듯한 익숙함이 느껴졌다.

두근, 두근, 두근, 두근.

가슴이 거세게 뛰기 시작했다.

그 여인은 분명 자신과 똑같은 얼굴을 하고 있었다. 남자와 여자라는 차이가 있을 뿐, 마치 자신을 바라보고 그려낸 듯이 한 치의 오차도 없는 모습이었다.

"역시… 자네도 놀라는군. 나 역시도 무척이나 놀랐다네."

주첨기는 미동조차 없이 눈을 떼지 못하는 장영의 곁으로 다가왔다.

"저 선녀도 속에 나온 인물이 바로 현비께서 말씀하신 자네와 닮았다는 그 여인일세."

주첨기가 장영의 옆에 서서 선녀도에 대한 이야기를 했지만 지금의 장영에게는 하나도 들리지 않았다. 화폭 속의 여인의 얼굴에 고정된 시선은 떨어질 줄을 몰랐다.

"아니, 태자. 연통도 없이 어쩐 일인 게요?"

말없이 화폭만을 바라보고 있던 장영과 주첨기의 뒤로 힘없어 보이는 목소리가 들리자 주첨기는 고개를 돌려 바라보면서 미소를 지었다.

"현비 마마, 그동안 강녕하셨습니까?"

별안간 뒤에서 들려오는 목소리에 주첨기는 고개를 돌려 함박웃음을 지으면서 인사를 했다. 몸이 편치 않은 듯 두 명의 시비에게 부축을 받으면서 걸어나오는 중년 미부는 화려하면서도 단아한 느낌을 주는 의복을 입고 있었고, 주첨기를 향해 웃는 얼굴은 편안함을 느끼게 해주었다.

그녀가 바로 현재 자금성에서 가장 어른인 공헌현비 한씨였다.

영락제의 제위 초기에 황후이던 인효문 황후가 죽은 이후 황후의 역할을 해왔으며, 영락제가 살아생전에 가장 사랑했다고 전해지는 여인이었다. 나이 십칠 세에 조선에서 시집을 와서 그 온후한 성품과 자애로움으로 현비의 직책을 받았고, 어린 나이에도 그 현숙함으로 자신보다 열댓 살이나 나이가 많은 현 황제 주고치에게도 존경을 받고 있었다.

주고치의 아들이자 현 황태자인 주첨기는 어린 시절부터 잘 따랐던 공헌현비였기 때문에 자주 함복궁에 들러 차를 마시곤 했었다. 그런데 웬일인지 오늘은 연통도 없이 찾아온 터라 현비는 무척이나 그 이유를 궁금해했다.

"그래요. 하나 폐하께서 저리 가신 이후로 마음이 편치 않군요."

현비는 웃고 있었지만 무척이나 슬픈 얼굴이었다. 그 모습에 첨기는 마음이 아팠다.

"힘내소서, 마마. 어서 힘을 내서 내조를 굳건히 지켜주셔야지요."

"그래야지요. 참, 이번에 한왕으로 인해 황상과 태자가 고충이 많았다 들었소."

"예, 안 그래도 아바마마께서 한왕의 반란으로 인해 마음이 많이 상하신 듯했습니다."

주첨기는 반란을 일으킨 한왕을 단지 유폐한 것으로 끝낸 황제의 행동에 마음이 들지 않는지 불편한 기색으로 말했다. 그리고 그런 기분을 느낀 듯 공헌현비는 싱긋이 웃었다.

"놔두세요. 동생을 많이 사랑하는 황상이 아니오? 아마도 어떤 일이 있었어도 용서하고 싶을 게요. 그나저나 태자께서는 황상의 즉위 이후에 이리저리 바쁘실 텐데 어쩐 일로 이 할미를 찾으신 게요?"

"아!"

주첨기는 공헌현비의 말에 잊고 있었던 사실을 떠올린 듯 탄성을 터뜨리면서 말했다.

"실은 오늘 소개하고 싶은 사람이 있어 왔습니다."

"소개요?"

"예, 마마. 지난 북원 정벌 때부터 저를 호위해 준 남자입니다."

주첨기는 공헌현비에게 따뜻한 미소를 짓고는 화폭을 바라
보느라 뒤돌아 선 채로 있던 장영을 소개했다. 장영은 여전히
화폭에서 눈을 떼지 못한 채였다.

"이보게, 장영! 이리 오시게나. 현비께 인사드리시게."

주첨기는 돌아선 채 미동도 하지 않고 있는 장영을 불렀다.
그제야 장영은 천천히 화폭에서 눈을 떼고는 몸을 돌렸다.

공헌현비는 차를 한 모금 들이켜고는 외부의 인물을 자신에
게까지 와서 소개하는 주첨기의 말에 궁금증을 느끼면서 고개
를 돌렸다.

장영이 공헌현비에게 고개를 숙여 인사했다.

"장영이라고 합니다."

"아!"

공헌현비는 장영이 고개를 돌린 순간 나타난 얼굴에 서서히
눈망울이 커지더니 아름다운 두 눈에 습막이 어리기 시작했
다.

"그… 그 모습은……."

장영의 얼굴 위로 겹쳐지는 또 다른 한 여인의 얼굴.

공헌현비의 손이 부들부들 떨려오기 시작했다. 수년 동안이
나 그리워했던 얼굴. 조선에 있을 때 자신과 나이 차가 많이
나서 무척이나 잘 따랐던 여인. 자신이 어릴 때 집을 떠나 버
린 자신의 맏언니.

자신이 영락제의 현비가 된 이후 그의 남편이라는 자가 찾
아와 자신의 큰언니에 대한 이야기를 전한 적이 있었다. 아기

를 낳다가 죽었다 했던가? 야인과도 같은 남자가 여인의 남
편이라면서 찾아와 전한 소식에 며칠 동안을 서럽게 울었다.
집을 떠나 하염없이 세상을 떠돌면서 고생해야 했던 그 여인
은 삶을 미처 꽃피우지도 못한 채 명을 달리했다고 들었다.
그런데… 그런데… 그녀와 흡사할 정도 닮은 얼굴을 가진 사
내.

"서, 설마……."

어느새 공헌현비의 두 눈에 굵은 눈물방울이 흘러내리기 시
작했다.

장영은 어째서인지 모르지만 공헌현비의 얼굴이 무척이나
낯이 익었다. 더구나 화폭의 여인과 어딘가 많이 닮은 듯한 얼
굴.

"여희… 여희 언니의 아들인 게냐……."

공헌현비는 부들부들 떨려오는 감정에 믿을 수 없다는 얼굴
로 장영을 향해 걸어가기 시작했다.

"맞구나. 여희 언니의 아들이 맞아. 그의 말대로 네가 나를
찾아왔구나."

어느새 한 발, 한 발 격정에 찬 걸음을 옮겨서 장영의 곁에
선 공헌현비가 조심스럽게, 무척이나 조심스럽게 장영의 얼굴
에 손을 들어 오래전 헤어진 자신의 언니의 모습을 떠올리듯
이 어루만졌다.

"이… 눈하며, 코하며, 똑같구나… 언니의 모습과 똑같구
나……. 천지신명이여… 감사합니다. 다시는… 다시는 못 만날

줄 알았던 언니의 핏줄을 만나게 해주시다니… 감사합니다."

공헌현비는 벅차오르는 감정을 이기지 못하고 장영의 어깨를 잡은 채로 하염없이 눈물을 흘렸다.

장영은 무척이나 어색했다. 자신과 무척이나 닮은 화폭의 여인을 보았을 때와는 또 다른 감정이 가슴속에 자리 잡기 시작했다. 기억에도 없는 자신의 어미의 동생이라는 여인이 자신을 잡고 우는 모습이었지만 무언가 뭉클한 기분이 들었다.

그것은 무능해 보였던 자신의 아비와 살다 집을 떠나와 수없이 많은 전장터를 떠돌고 죽어간 수많은 동료의 주검 앞에서도 느껴보지 못한 느낌이었고, 무척이나 따뜻하고 포근한 느낌이었다.

'뭐지, 이런 기분은? 하지만… 왠지 따뜻하군.'

장영은 한 번도 겪어보지 못한 느낌이 생소했지만 왠지 싫지 않은 기분이었다.

'가… 족이라는 것인가?'

문득 피식 웃음이 났다. 그리고 무척 기분이 좋았다. 장영은 가만히 자신의 품에서 오열하는 공헌현비의 어깨를 두 손으로 천천히 감싸 안아주었다.

"이것 참, 끼어들 틈이 없군."

주첨기는 그런 두 사람의 모습에 멋쩍게 웃으면서 뒷머리를 긁적였다.

2

함복궁에 있는 공헌현비의 내실.

작은 원형의 탁자에는 최고급 찻잎으로 만든 용정차의 향이 피어올랐다. 주첨기와 공헌현비, 장영이 담소를 나누고 있었다.

공헌현비는 아직도 격정 어린 감정이 다 가시질 않은 듯 연신 비단 수건으로 흘러내리는 눈물을 찍어내면서 한 손으로는 탁자 위에 올려진 장영의 손을 꼭 붙잡고 있었다. 마치 기억 속에 각인시키려는 듯이 장영의 얼굴을 따스한 눈길로 뚫어져라 바라보았다.

주첨기는 무척이나 기분이 좋았다.

지난 시간 동안 고향을 떠나 머나먼 타국 땅에서 수많은 짐을 짊어지고 살아야 했던 공헌현비.

어린 나이에 대제국의 황후로서 역할을 해야 했고, 함부로 자신의 기분을 드러내지도 못한 채 살아야만 했었다. 자신보다 나이 많은 황족들의 모멸찬 눈빛에도 굴하지 않고, 자신의 역할을 묵묵히 다하면서 십수 년을 살아왔다. 한 번도 권력을 탐하지 않았으며, 자신의 핏줄이 아닌 모두에게 그 현숙함을 잃지 않아서 선황제가 죽은 지금도 모두의 사랑과 존경을 받았다.

그녀를 사랑해 주었던 영락제마저 죽은 이후 기댈 곳조차 없던 그녀가 마음의 병을 얻었다 했을 때 얼마나 안타까워했던가? 자신과 열댓 살 정도밖에 나이 차가 나질 않아 무척이나 잘 따랐던 여인이다. 그런 그녀가 자신이 그토록 그리워했던 여인의 핏줄을 만나 너무도 기쁜 얼굴을 하고 있다.

아직은 조금 생소한 느낌이 어색한 듯한 표정이었지만 장영은 한참이나 잡고 놓지 않는 공헌현비의 손을 뿌리치지 않고 가만히 있었다.

'가족이라는 것은… 전장의 악귀에게도 같은 느낌인 게로군.'

주첨기는 그 둘의 모습을 보며 미소 지으면서도 한편으로는 조금 슬픈 느낌이 들었다.

'가족인데도… 아비와 형제를 죽여야 하는 황가의 현실이 슬프구나……'

그렇게 한참여 동안이나 장영을 바라보고 있던 공헌현비가 말했다.

"영이라 했더냐? 나는 너에게 있어 이모가 되는구나. 네 어미의 이름은 알고 있는 것이냐?"

장영은 고개를 저었다.

"그랬구나. 그가 말하지 않았나 보구나. 너의 어미의 이름은 여희다. 한여희. 고울 여(麗)에 아름다울 희(熹) 자를 썼단다. 살아 계셨더라면 올해로 쉰 살이 되셨을 게다. 나와는 꽤나 나이 차가 많이 나셨지."

처음 들어보는 자신의 어머니에 대한 이야기였다. 열네 살이 될 때까지 아버지가 한 번도 해주지 않았던 이야기였다. 마지막으로 자신이 집을 떠나올 때 말해준 사실 이외에는 한 번도 들어보지 못했던 이야기. 집을 떠나 일족의 추격자라는 자들로부터 자신을 구해 떠나보내면서 자신의 아버지는 말했다.

"너의 이름은 한영(韓映)이 아니다. 한(韓)이라는 성씨는 너의 어미의 성이고, 그녀는 조선인이었다. 나는 네가 네 어미의 바람대로 평범하게 살기를 바랐다. 그래서 너의 어미의 성을 땄던 것이지. 원래 너의 성은 장이다."

과거에 묻어두었던 기억이 떠올랐다.

분명 자신의 어미는 한씨라고 했었다. 장영이 지난 기억을 회상하는 동안 공헌현비의 말이 이어졌다.

"네가 보았던 저 화폭에 그려진 이가 바로 네 어머니란다. 무척이나 아름다우셨다. 조선에 계실 때도 수많은 이들로부터 사랑을 받으셨지. 어린 시절이라 기억은 잘 나지 않는다만, 우리 집안의 여인에게는 한 가지 업을 계승해야 할 의무가 있었다. 네 어머니이자 집안의 장녀였던 언니는 그 업을 계승하기 위해 내가 어릴 때 떠나셨고, 집안의 호적에서도 지워졌단다. 사실 그것이 무엇인지 나는 알지 못한다. 아마도 아직 살아 계신 나의 아버지만이 알고 계실 것 같구나."

공헌현비는 잠시 벽에 걸린 화폭을 바라보고는 다시 말했다.

"내가 열일곱이 되어 선황제의 비빈이 되었을 때 너의 어머니가 찾아온 적이 있었다. 그녀는 한 남자와 결혼을 했다 하더구나. 며칠 동안 함께 계시다가 돌아가신 뒤로 한 번도 뵙지 못했었는데, 십 년 전쯤에 한 남자가 찾아왔었다. 아마도 그가 너의 아버지일 것이다. 그는 너를 낳다가 그녀가 죽었다 했다. 그리고 자신은 혈족에게 죄를 짓고 도망치는 신세라 했다. 아들이 중원에 있으니 후에 네가 이곳을 찾아올지 안 올지는 모르겠지만, 혹여 오게 되거든 전해주라고 하면서 몇 가지 물건을 주고 갔단다. 이것이 바로 그것이다."

공헌현비는 지난 과거를 장영에게 들려주면서 시비가 가져온 오래되고 커다란 천보자기를 탁자 위에 올려두었다. 천보자기에 싸여 있는 것은 자신이 들고 있는 것과 무척이나 비슷하게 생긴 흑색의 창과 한 장의 서신, 그리고 한 권의 고서였다.

"나는 그날 이후로 백방으로 수소문하여 너를 찾았지만 어느 곳에서도 찾지 못하였단다. 결국 나는 몇 년을 걸쳐도 찾지 못하고, 그도 더 이상 찾아오질 않았기 때문에 네가 죽었으리라 생각하고 포기하고 말았단다."

공헌현비는 장영을 계속해서 찾지 못한 사실에 무척이나 미안해했다.

장영은 괜찮다는 듯이 고개를 저었다.

"그래… 고맙구나. 어린 시절 집안에서 떠난 언니가 많은 고생을 했다 들었다. 힘을 가지고 있음에도 지켜주지 못해 너무도 가슴이 아팠는데 이리도 너를 만나게 되니 이제 여한이 없구나."

현비는 계속해서 기쁜 눈물을 흘리고 있었다.

그런 현비를 바라보면서 장영이 물었다.

"어머니의 집안이라는 곳. 아직 조선에 있습니까?"

"그래, 아직 조선에 있다."

"그곳에 가면 어머님의 흔적을 찾을 수 있겠습니까?"

장영은 찾아보고 싶었다. 태어나 한 번도 뵙지 못한 어머니, 그리고 그분의 가족이라는 것을 찾아보고 싶었다. 공헌현비의 따뜻한 손이 너무도 가슴속을 가득 채워주었기에 장영은 어머니의 집안을 가보고 싶었다. 살아오면서 전쟁의 악귀로만 살아왔고, 한 번도 가족의 사랑이라는 것을 받아보지 못한 자신이었다. 생각이라는 것이 생겨난 이후 너무도 보고 싶었던 어머니였지만, 집을 떠나 살아온 시간 동안 까맣게 잃어버린 사람으로서의 감정이 너무도 그리웠다.

"가보려는 것이냐?"

"네, 전 아직 어미의 무덤조차 보질 못했습니다."

"그랬구나… 그랬어……. 알았다. 언제쯤 떠날 생각이냐?"

공헌현비는 자신의 조카인 장영이 자신의 과거를 찾아간다고 말하자 고개를 끄덕이면서 물었다.

"일단은 인사를 해야 할 사람들이 있습니다."

장영은 자신이 처음 무림맹으로 들어와 함께한 멸마단 이대의 무인들을 생각하면서 말했다.

"오냐. 떠날 준비는 내가 해주마. 일단은 한동안 궁에서 지내도록 해라."

공헌현비는 나직한 말로 장영에게 대답하면서 옆에 앉아 흐
뭇한 표정으로 자신들을 바라보고 있는 주첨기를 행해 고개를
돌렸다.

"태자, 내 영이와 한동안 함께 지내도 괜찮을는지요?"

자애로운 현비의 음성에 주첨기는 당연하다는 듯이 대답했
다.

"당연하지요, 마마. 그는 제 은인이고, 한왕의 반란을 막아
선 군의 선봉에 있었던 자입니다. 의당 큰 상을 내리고 황성에
있도록 해야지요."

주첨기는 가슴을 치면서 말했다.

"고맙구려… 고마워요."

"별말씀을요. 황가가 그에게 입은 은혜가 하해와도 같거늘,
되려 제가 고마워해야 할 일이지요."

3

장영이 황성에 있은 지 며칠이 흘렀다.

한동안 공헌현비를 매일 찾아 조선에 있는 자신의 어머니의
집안과 과거 현비가 어린 시절 자신의 어미와 함께했던 기억
들에 대해서 들었다.

전쟁터에서 살아온 지난 시간에 비해 무척이나 짧은 시간이
었지만 장영은 많은 부분에서 변하고 있었다. 처음에는 의복
이며, 말투며, 행동을 바꾸지 않으려 했던 그였지만 공헌현비

의 말에 의해 모든 것이 바뀌어 버렸고, 이제는 제법 예법이나 옷매무새에도 신경을 쓰게 된 것이다.

"무림이라는 곳으로 돌아가려는 것인가?"

주첨기는 자신의 앞에 앉아서 제법 고풍스러운 모습으로 찻잔을 들이켜고 있는 장영을 향해 말했다.

"그래, 일단 가서 인사하고 돌아오려 한다. 그곳에 정리해야 할 인연이 있으니까."

많은 부분에서 변한 장영이었지만 여전히 존대하지 않는 태도에도 주첨기는 그다지 신경 쓰지 않는 듯했다.

"그나저나 나도 한번 가보고 싶군. 그 무림이라는 곳 말이야."

"그다지 가볼 만한 곳이 되질 않는다, 첨기."

장영은 음모와 술수, 타인을 이용하기만 하는 무림을 생각하면서 주첨기를 향해 말했다.

"그런가? 하지만 보고 싶군. 너와 같은 엄청난 무공을 가진 자들을 말이야."

"후후… 일전에 보니 동창이라는 곳의 무인들도 꽤나 강한 무공을 지니고 있는 듯했다. 그들이라면 무림인들만큼이나 강하겠지. 그리고 전장의 무장들도 강했다. 매일 꼬장꼬장하게 잔소리하는 황 영감도 꽤나 강한 무위를 지니고 있더군."

"그래도 자네만큼 강하지는 않지 않은가? 많겠지, 그대와 같은 강함을 지닌 무인들이?"

주첨기는 알고 있었다.

동창의 무인들과 전장의 내로라하는 무장들이 어느 정도의 실력인지를.

일전에 무공 사부라고 해서 찾아왔던 구대문파 무인들의 무공은 동창의 무인들과 크게 다를 바가 없는 실력이었다. 자파에서 꽤나 강한 자들이라 했지만, 지난번 장영이 보여주었던 무위는 그들의 무공과는 차원을 달리하는 정도의 실력이었다.

홀로 사십만 대군을 막아서고, 십만의 북원을 뚫고 지나온 그는 마치 전신과도 같았다.

"그래, 나보다 강한 자들도 있지. 하지만 그들은 소수일 뿐이다. 그리고 아마도 나처럼 세상이 어떻게 되든 그다지 신경을 쓰지 않는 자들이 무림에 있긴 하지."

장영은 주첨기가 좀 더 강한 군대를 만들기 위해 무인들을 끌어들이고 싶어한다는 것을 알고 있었기 때문에 실소를 흘렸다.

"후후. 하지만 첨기, 그들은 그냥 놓아두는 게 좋아. 그들은 그들만의 세상에서 자신들의 꿈을 꾸게 놔두고 너는 너의 세상에서 네가 할 수 있는 것을 꿈꾸라고. 지나친 욕심은 화를 부를 뿐이다."

"그런가? 하하, 하지만 조금 탐나는군."

"후후, 이만 가보아야 될 것 같다. 다녀와서 보도록 하지."

장영은 아쉬운 마음으로 입맛을 다시는 주첨기를 향해 나직하게 웃고는 자리에서 일어났다.

"아, 그리고 이모님이 주신 아버지가 남긴 물건은 잠시 맡아다오. 다녀와서 가져가도록 하지."

장영은 공헌현비를 어느새 '이모님' 이라 불렀다.

"그래, 그러지. 그리고 이거 받아라."

주첨기가 고개를 끄덕이면서 품속에서 옥으로 만들어진 손바닥만 한 패를 꺼내 주자 무심결에 받아 든 장영이 물었다.

"이건 뭐지?"

받아 든 패는 두 개를 하나로 묶은 고급스런 옥패와 금패였다.

옥패는 용의 모양이 정교하게 조각되어 있었으며 중앙에 '진무사' 라는 글귀가 쓰여 있었다. 금패는 네모난 모양에 승천하는 황룡 문양이 음각으로 새겨져 있었다.

"별건 아니고, 현비께서 주라고 하셔서 말이지. 명나라의 힘이 미치는 곳이라면 어떤 성에 가더라도 그 패만 보이면 별다른 신분 증명 없이 드나들 수 있을 게다. 더욱이 관의 협조를 받기도 편할 테고 말이야. 그리고 관에서 운영하는 전장에서 필요한 만큼의 돈도 빌려 쓸 수 있으니 꽤 편할 거다."

왠지 자신을 구속하는 듯한 느낌의 패였다. 하지만 공헌현비의 핑계를 대면서 마음 써주는 주첨기의 모습에 장영은 미소 지으면서 받은 패를 품속에 넣었다.

"알았다. 잘 쓰도록 하지. 고맙다. 오래 걸리지는 않겠지만 돌아올 때까지 이모님을 부탁하도록 하지."

"멍청하긴, 그분은 나에게도 할머니가 되신다. 걱정하지 마라."

"그런가? 알았다."

그렇게 장영은 이별을 고하기 위해 황성을 떠나 무림맹으로 향했다. 가는 도중에 무림맹이 해체되면서 멸마단이 각 대로 찢어진 것을 듣고는 현재 멸마단 이대가 있다는 안휘성의 남궁세가로 발걸음을 돌렸다.

第三章
뒷거래(남궁가휘 장가보내기)

戦鬼
전귀

1

"이제 갈 때가 되었다."

"아닙니다. 저는 아직 배워야 할 것이 너무도 많습니다."

"그만하면 되었다. 이미 이 아비보다 뛰어나질 않느냐?"

"저는 아직 더 배우고 싶습니다. 아직 무인으로서의 마음가 짐조차 배우질 못하였습니다."

"……"

한 명의 중년인과 한 명의 청년은 무언가를 두고 한참 실랑이를 벌이고 있었다.

"이제 나도 나이가 들어 힘들구나, 아들아."

"제가 보기에는 아직 정정하십니다. 너끈히 백 년은 더 사실 듯합니다."

"……."

중년인의 힘없는 말에도 청년은 굽히지 않고 반박했다.

"그냥 좀 가면 안 되냐?"

"저는 아직 누군가를 책임질 만큼 준비가 되질 못했습니다."

"……."

한마디 한마디 반박해 오는 청년에게 중년인은 대화의 단절을 느끼면서 어색함을 달래기 위해 탁자에 놓인 차를 마셨다.

"아비 소원인데?"

"죄송합니다. 이번만큼은 어렵습니다."

"정말 이럴 거냐?"

"아버님이야말로 포기하십시오."

"……."

둘은 치열하게 대립하고 있었다.

그들은 바로 얼마 전에 집으로 돌아온 남궁가휘와 대남궁세가의 당금 가주인 남궁창천이었다.

남궁창천은 가만히 남궁가휘를 노려보고 있다가 아들이 끝까지 뻗대자 살짝 화가 나서 꿀밤을 쥐어박았다.

쉭—

"응?"

응당 꿀밤을 때렸으면 '딱!' 이라든지 '꽁!' 과 같은 의성어나 하다못해 '톡!' 이라는 소리라도 들려야 함에도 주먹이 허공을 가르는 소리만이 들리자 남궁창천은 심히 불쾌해졌다.

혹여 자신이 벌써 나이가 들어서 노린 곳에 제대로 일권(?)을 날리지 못하였나를 잠시 고민한 남궁창천이 또다시 남궁가휘의 이마를 향해 꿀밤을 날렸다.

쉭—

피했다, 너무도 쉽게.

남궁창천은 잠시 남궁가휘를 지그시 바라보고 있다가 갑자기 오기가 생긴 듯했다.

쉭! 쉭! 쉭쉭! 쉬쉭!

갑자기 고절한 금나수의 수법처럼 남궁가휘의 이마를 노리고 남궁창천의 주먹이 화려하게 움직였지만, 요리조리 피해버리는 남궁가휘에 의해 헛손질만 할 뿐이었다.

순식간에 수십여 번의 공격(?)이 이루어졌지만 남궁가휘의 털끝 하나 손대지 못하였다.

"아버님, 이제 그만 하시죠."

"헥헥… 이놈, 그냥 한 대만 맞아라."

"싫습니다."

"……."

무덤덤한 표정으로 무척이나 짧고 간결한 대답. 일말의 고민조차 없이 거절하는 남궁가휘였다.

"불효막심한 놈! 나쁜 놈!"

이미 다 커버린 아들이 자신의 마음처럼 잘 안 다루어지자 괜스레 짜증이 났다.

"휴우… 빙화가 그렇게 맘에 안 드냐?"

"아닙니다."

"그럼 지난 일 때문에?"

"아닙니다. 그 일은 이미 다 잊었습니다."

"그럼 도대체 왜 장가가기 싫다는 것이냐?"

"아직 준비가 되질 못했습니다."

"준비는 무슨 놈의 준비! 니가 장가가는데 돈이 들기를 하냐 아니면 생활을 걱정해야 하냐? 집 사주고, 결혼식 비용까지 다 아비가 대는데 무슨 준비가 더 필요한 게야!"

남궁창천은 무덤덤하기만 한 남궁가휘의 반응에 역정이 났다.

"후우… 아버님, 저는 아직 배워야 할 것이 많습니다. 그리고 아직 제 스스로도 제대로 이루어놓지를 못했는데 어찌 다른 여인의 인생을 책임질 수 있겠습니까? 장가 문제는 못 들은 것으로 하겠습니다. 그럼 소자는 나가보겠습니다."

더 이상 자신의 아버지와 이야기를 해보아도 소용이 없음을 느낀 남궁가휘는 일어나서 공손하게 인사하고 내실을 나섰다.

남궁가휘가 나간 뒤로 남궁창천은 천천히 자신의 앞에 놓은 차를 마시고는 한숨을 내쉬었다.

"휴우… 다 큰 놈을 강제로 보내지도 못하겠고……. 어찌한 다? 이미 북해와의 혼약은 끝내놓은 상태이고 예물까지 주고 받았거늘……."

남궁창천은 지난 이무기 사건 때 이미 남궁가휘의 의사와는 관계없이 북해와 혼약을 하고, 빙화 설약벽을 집안 어른들과

일가 친척들에게 찾아다니면서 인사시킨 터였다. 또 남궁가휘가 돌아오기 얼마 전에는 예물까지 교환한 상태였다.

남궁가휘가 돌아와 장가를 보내고자 하는데 본인이 저리도 완강히 거부 의사를 보이니 고민이 아니 될 수가 없었다. 한참을 머리를 잡고 고민하던 남궁창천은 무언가 생각이 난 듯 무릎을 치며 탄성을 질렀다.

"아! 그렇지. 멸마단에 도움을 청하면 되겠군. 흐흐흐, 가휘 요놈, 어디 니가 얼마나 버티나 한번 두고 보자."

2

남궁세가의 멸마단 이대무사들이 머물고 있는 식객당.

"그래서… 저희보고 도와달라는 말씀?"

"그렇네."

"본인이 싫다고 한다면서요?"

"그렇네."

"저희도 가히 빙화를 좋아하지도 않는데요?"

"알고 있네."

"그럼 저희의 대답도 아시겠군요."

"예상하고 있네."

남궁창천은 사마수동이 묻는 말에 능글맞은 웃음을 지으면서 고개를 끄덕였다.

"그런데 저희를 이렇게 찾아오셔서 부탁하는 저의가?"

"자네들이면 우리 가휘 녀석을 설득할 수 있으리라 생각했기 때문이지."

"······."

확신에 찬 어조로 남궁창천이 사마수동을 향해 말하자 주위에 있던 나머지 멸마단 이대 무인들도 황당함에 입을 다물지를 못했다.

"싫습니다."

"예, 맞습니다. 저희가 싫다는 꼬맹일 강요하는 것도 우습고, 남의 집안사에 끼어드는 것도 우습지요."

"맞습니다. 저희가 굳이 끼어들 이유도 없구요."

멸마단 이대 무인들은 이구동성으로 고개를 끄덕이면서 반대 의사를 내비쳤다.

그러나 남궁창천은 이러한 반응을 예상한 것처럼 사마수동을 보면서 씨익 웃었다.

"그럼 밥값 내게!"

"예? 무슨?"

혹여 자신의 귀에 무슨 문제가 생겨 잘못 들은 것은 아닐까 하여 사마수동이 물었다.

"밥값 말일세. 지난 몇 달간 우리집에서 먹은 밥값을 내게!"

"아니, 그건 남궁가에서 부탁해서······."

"그건 그때고, 지금은 지금일세."

홱 고개를 돌려 사마수동의 눈빛을 외면하면서 남궁창천이 말했다.

"아니, 무림에 고명하신 분이 치사하게시리……."

"치사해도 어쩔 수 없네."

"……."

정말 할 말이 없었다. 사마수동과 멸마 이대의 무사들은 오라 할 땐 언제고, 이제껏 숙식한 밥값을 내라니 정말 어이가 없었다.

"허참! 좋습니다. 까짓것 내지요. 내참, 어이가 없네, 진짜."

남궁창천은 사마수동이 이렇게 나올 것도 이미 예상을 했는지 한 켠에 대기하고 있던 총관을 불렀다.

"이보게, 총관!"

"예, 가주님!"

"이들이 돈을 낸다네. 지난 시간 동안의 식대 계산 좀 하시게나."

"예, 가주님."

총관은 남궁창천의 부름에 길다란 흑색의 주판과 문서 꾸러미를 들고 와서 바닥에 놓고 무언가를 마구 계산하기 시작했다.

처음에는 '그 까짓것, 얼마나 된다고……' 라고 생각했던 사마수동은 점차 계산하는 시간이 오래되자 조금 불안해지기 시작했다.

탁, 탁, 타탁, 탁!

한참 동안 이어진 주판알 튕기는 소리가 끝나자 총관이 가볍게 한숨을 쉬고는 사마수동을 향해 말했다.

"그럼 말씀드리겠습니다. 먼저 지난 두 달간 열두 명이 먹은 식대는 은자 열두 냥하고 다섯 푼입니다. 그리고 식객당 사용료가 은자 여덟 냥. 합이 은자 스무 냥 다섯 푼입니다."

이렇게나 많다니! 그러나 자신이 가지고 있는 돈이라면 충분할 것으로 생각하고 총관에게 떨떠름하게 말했다.

"뭐, 은자 스무 냥 정도라면……."

하지만 총관의 다음 말에 사마수동은 꺼내려던 돈주머니를 쥔 채로 굳어버리고 말았다.

"에… 그리고 지난번 주루에서 기물 파손으로 변상한 돈이 은자로 열두 냥, 싸워서 치료비 물려주고 합의 보는 데 은자 스무 냥, 부녀자 희롱으로 옥사에 사식 넣은 것이 은자 한 냥, 빼오느라고 뇌물 쓴 것까지 총 백아흔세 냥입니다. 물론 그사이 중간 계통에 쓰였던 은자 사십 냥은 제외했습니다."

"……."

사마수동은 말도 나오질 않았다.

"도합 이백사십여섯 냥하고도 다섯 푼입니다."

"그렇다고 하는구만."

남궁창천은 마치 강자의 미소와도 같이 살짝 비웃는 듯한 표정을 지었다.

"이… 이… 개……."

뒷말에 오는 쌍스러운 말을 가볍게 생략하면서 사마수동이 멸마 이대의 대원들을 째려보았고, 대원들은 말없이 고개를 숙이거나 딴청을 피워댔다.

"자, 계산하시게나."

이미 승기를 잡은 남궁창천이 사마수동을 독촉했다.

난감했다. 이 일을 어찌하면 좋단 말인가? 괜히 계산한다는 말을 했다는 생각이 드는 사마수동이었다.

"가주님, 정말 이러실 겁니까?"

"화는 자네가 자초한 걸세."

"이… 이…….."

남궁창천의 말에 사마수동이 이마에 힘줄을 돋으면서 분노를 일으켰다.

"아! 깜빡 잊고 있었는데, 돈이 아니더라도 자네들을 구속할 수단은 많이 있다네. 지난 이무기 사건의 조작 건을 정파에 슬쩍 흘려주는 것도 나는 무척이나 고무적이라고 생각하고 있네만……."

"그… 그런……."

진퇴양난이었다.

"제길……."

"자, 어찌하실 텐가?"

사마수동에게는 지금 남궁창천이 지독한 고리대금업자에 사악한 악마로 보였다.

"휴우… 어쩔 수 없군요……."

"현명한 선택이네."

"젠장할……."

사마수동은 온몸의 힘이 한순간에 빠져버리는 듯했다.

지난 십수 년간 무림에서 무수히 사건을 조작하고, 어떠한 어려운 상황에서도 굴복해 본 적 없던 자신이 이렇게 쉽게 무너졌다는 사실에 의욕이 급속도로 하락하는 듯했다.

쩔거럭.

"응?"

사마수동의 의기소침해진 모습에 남궁창천이 무언가를 내려놓으며 요란한 소음을 일으켰다.

"착수금일세. 앞으로 이번 작전을 진행하면서 필요한 모든 경비는 따로 지급될 걸세."

남궁창천은 지금 엄청난 돈 꾸러미로 이미 승부를 포기한 멸마단 이대의 무인들에게 '당근' 을 내리는 것이었다.

'쩔거럭' 이라는 돈주머니의 소리의 효과는 무척이나 컸다. 안 그래도 요즘 무림맹을 떠나 별도의 수입금이 없었던 멸마단 이대의 무인들이었기에 무척이나 곤궁한 생활을 하고 있었다. 그런데 '쩔거럭' 이라니, 갑자기 사마수동의 무서운 눈초리에 고개를 처박고 있던 이대 무인들의 눈빛이 사뭇 진지해지고 있었다.

"가주님, 최선을 다하겠습니다!"

"맡겨만 주십시오!"

"당연히 이런 일은 저희가 해야 하는 것 아니겠습니까!"

"당장 작전에 착수하도록 하지요!"

사마수동을 제외하고 금세 돌변해 버린 멸마단 이대의 무인들.

이미 그들의 눈은 바닥에 놓인 돈주머니를 향해 탐욕의 눈빛으로 번들거리고 있었다.

　아마도 무슨 일이라도 시켜만 달라는 강한 의지의 표방인 듯했다.

　"그럼 자네들만 믿겠네. 하하하!"

　"당연한 말씀이지요. 하하하!"

　음흉한 중년 가주와 탐욕에 물든 무인들의 모종의 뒷거래가 남궁세가의 식객당에서 이루어지고 있었다.

3

　'첫 번째 작전은 좋은 느낌을 심어주는 것이다.'

　세가로 돌아온 남궁가휘는 예전과는 달리 무척이나 진중한 모습으로 변했고, 사람들을 대함에 있어서도 항상 공손하고 예의를 다했기에 많은 사람들로부터 인망이 높아졌다. 뿐만 아니라 지난 환영 잔치에서 있었던 설한철과의 비무로 세가의 소공자로서가 아니라 진정으로 강한 무인의 한사람으로서 그를 바라보고 있었다.

　"소가주님, 쉬어가면서 하세요."

　십사 세 정도나 될 것으로 보이는 소녀가 쟁반에 시원한 차를 받쳐 들고는 창궁무애검법의 초식을 연마하는 남궁가휘에게 말했다.

"아, 소앵이냐?"

남궁가휘는 어린 시절부터 자신의 시중을 들어온 소앵이의 모습에 잠시 들고 있던 목검을 내려놓고는 소앵이 건네준 수건으로 이마에 흐르는 땀을 닦아내었다.

"매일 똑같은 검법만 죽어라 익히시다가 몸살이라도 나면 어쩌시려구요."

소앵이는 예전과는 성격부터가 많이 달라진 남궁가휘를 보면서 쌜쭉한 표정을 지었다. 세가를 떠나기 전만 해도 주위 사람을 무시하는 자기중심적인 잘난체쟁이였던 남궁가휘가 얼마전 세가로 돌아왔을 때 너무도 변한 모습에 놀랐던 소앵이었다.

"걱정해 주는 것이냐?"

남궁가휘는 소앵을 바라보면서 싱긋 웃었다.

잘생긴 얼굴에서 피어나는 미소에다가 성격마저 변한 남궁가휘의 모습에 소앵이는 얼굴이 발갛게 달아올랐다.

"걱정은 누가 했다구……."

수줍은 듯이 얼굴을 가리면서 돌아선 소앵은 남궁가휘가 예전보다 더욱 멋있어졌다는 생각이 들었다.

"참! 소가주님, 그나저나 객당에 머무르고 있는 북해의 공주님은 보셨어요?"

"응?"

"그 왜, 있잖아요. 사람 같지 않게 예쁜 언니 말이에요."

"아! 빙화 말이냐?"

"네, 빙화 언니요."

"음… 세가로 돌아와서 몇 번 지나다가 인사를 나누었다."

남궁가휘는 소앵이 묻는 말에 차를 들이켜면서 심드렁하게 대답했다.

"그 언니가요. 얼굴만 예쁜 줄 알았는데 마음씨도 엄청 고운 거 있죠? 저도 들은 이야긴데요, 불쌍한 사람들을 보면 그냥 지나치는 법이 없대요. 그리고 얼마 전에 세가에 마구간 청소하시는 우백이 할아버지가 손을 다친 적이 있었는데 그 언니가 글쎄 우백이 할아버지가 입고 있던 옷이며, 몸에서 나는 말똥 냄새도 신경 쓰지 않고 직접 와서 치료해 주었다는 거 있죠? 더구나 그 치료술이 너무나 신묘한지 사람들이 칭찬이 자자했어요. 귀하게 자라신 분 같던데, 그러기가 쉽지 않잖아요. 다들 그래서 요즘엔 그 언니를 설산선녀라고 불러요."

소앵은 가볍게 차를 들이켜면서 앉은 남궁가휘에게 재잘대면서 수다를 떨기 시작했다.

'응? 빙화가? 그런 성격이 아니었던 것 같은데…….'

남궁가휘는 지난 시간 보아온 빙화의 모습을 생각하면서 고개를 갸웃거렸다.

"더구나 길가에 버려진 짐승들도 그냥 지나치는 법이 없대요. 얼굴도 예쁜 언니가 마음씨도 어찌나 고운지…….."

"그러하냐?"

"그럼요. 당연하죠. 더구나 이번에 세가에 소가주님 신붓감으로 왔다는 것 때문에 좋은 안주인이 들어와서 다행이라고 다들 칭찬한다구요. 안휘성 사람들도 그렇구요."

"흠……."

남궁가휘는 소앵의 말 중 '세가에 소가주님 신붓감'이라는 말에 살짝 표정을 찡그리면서 고개를 끄덕거렸다.

"그런데 어째서 소가주님은 한번도 안 찾아가시는 거예요? 다들 둘이 잘 어울릴 것 같다고 하던데……."

소앵이 궁금한 표정으로 남궁가휘를 쳐다보았다.

남궁가휘는 그런 소앵이의 모습에 말없이 미소 짓기만 했다.

"에휴… 그런 미소만 짓지 마시구 얼른 가서 만나보세요. 그런 여자 만나기가 쉬운 줄 아세요? 하긴 소가주님도 멋지기는 하지만 그 언니는 제가 봐도 반할 것 같은 여자라구요. 하여튼 전 이만 가볼게요, 소가주님. 그리고 좀 쉬어가시면서 하세요."

소앵이는 웃기만 하는 남궁가휘가 무척이나 답답한지 들고 온 쟁반을 챙겨 들고는 남궁가휘에게 가볍게 고개를 숙이고 연무장을 빠져나갔다.

연무장의 문을 빠져나온 소앵은 새침한 미소를 지으면서 자신을 기다리고 있던 두 명의 남자에게 손을 내밀었다.

짤랑!

"너무 비싼 거 아니냐?"

"무슨 소리예요? 이 정도면 싼 거라구요. 거짓말하기가 쉬

운 줄 아세요? 이게 다 오랜 기간 숙련된 제 연기의 대가라구
요."

"크윽……."

소앵이 내민 손에 은빛으로 빛나는 작은 동전을 내려놓은
남자는 멸마단 이대 무인 중 하나인 한백이었다.

"그럼 수고하세요."

손에 받아 든 은자를 품에 넣은 소앵은 한백에게 작은 손을
흔들면서 멀어져 갔다.

"하여간 요즘은 애들이 더 무서워……."

인상을 구기면서 한숨을 내쉬는 한백의 곁으로 함께 있던
태성욱이 다가오면서 나직하게 물었다.

"이걸로 될까요? 이미 빙화의 본래 성격을 알고 있는 녀석
인데요. 괜히 은자 한 냥을 낭비하신 건 아닌지……."

걱정스러운 목소리로 태성욱이 한백에게 물었다.

한백은 그런 태성욱을 향해 검지를 들어 좌우로 흔들면서
고개를 저었다.

"모르는 소리. 분명히 속는다."

"안 속으면요?"

"절대 속는다. 내 이름을 걸고 맹세하지."

"하지만 대주님을 따라 떠났다가 돌아온 뒤로는 무척이나
신중해진 모습인데요? 꼬맹이 녀석, 지난번 혈교 작전 때처럼
쉽게 넘어오지 않을 텐데……."

태성욱의 걱정스러운 얼굴에 한백은 자신감 넘치는 모습으

로 자신의 가슴을 쳤다.

"성욱아."

"예?"

"내 별칭이 뭐냐?"

"별칭이라면… 말로 벼룩의 간도 꺼내 먹을 놈?"

꽁!

한백이 태성욱의 머리를 가볍게 쥐어박으면서 말했다.

"좋은 말로 해라, 인마."

"하지만, 다들 형님보고 그렇게 부르잖아요."

태성욱은 한백으로부터 맞은 곳을 가볍게 긁적이면서 대답
했다.

"내가 바로 하늘마저 속인다는 사기술의 달인, 멸마단의 한
백이다. 이제껏 속이고자 한 상대를 속여보지 못한 적이 없는
나다. 더구나 꼬맹이에 대한 것이라면 은밀한 부분에 위치한
점까지도 알고 있는 나다."

한백은 마치 무슨 대단한 사람이라도 되는 양 으쓱대면서
품속에서 수십 장의 종이 뭉치를 꺼냈다.

"사기술에 있어서 가장 기본은 지피(知彼), 즉, 타인을 얼마
만큼 알고 있느냐다. 크크크, 이미 지난 시간 동안 꼬맹이에 대
한 정보라면 넘칠 정도로 많이 알아두고 정리해 두었지. 물론
이건 멸마단의 모두에 해당한다. 성격 분석부터 자주 입는 속
옷의 색깔, 주량에 좋아하는 여성상, 쓰는 무공의 종류, 과거의
가정환경 등등."

한백이 내민 종이 뭉치에는 깨알과도 같은 글씨로 방대한 양의 정보(?), 아니, 남궁가휘에 대한 내용이 적혀 있었다. 태성욱은 그 종이를 보면서 벌어진 입을 다물지 못했다.

"어떠냐? 대단하지? 이게 바로 선배의 모습인 것이다."

한백은 우쭐거리면서 태성욱에게 말했다.

'대… 대단하다. 이 정도라니. 역시 한백 선배는 완벽한 변. 태! 절대 가까이 하지 말아야지.'

사람에 대하서 너무나 속속들이 파악된 정보를 읽으면서 태성욱은 내심 한백이 꺼려지고 있었다. 이 정도의 조사를 하려면 의당 몰래 그의 모든 부분을 살펴야 한다. 심지어 잠자는 사이에도 음흉한 미소를 지으면서 자료를 수집했을 한백을 생각하자 팔에 소름이 돋았다.

"일단 사기술에 있어 지피의 단계 다음이 바로 소문이다. 원래 사람은 자신이 겪은 일을 제외하고는 타인의 말을 진리인 것처럼 믿는 경우가 많다. 더구나 주위의 모든 사람이 옳다고 하는 것을 혼자 아니다라고 생각하는 사람은 극히 드물다. 이미 빙화에 대한 좋은 소문은 모두 퍼뜨려 놓은 상태이지. 꼬맹이가 빙화에 대한 좋지 않은 생각을 가지고 있다고 해도 주위의 모두가 좋게만 말한다면 분명히 '이게 아닌가?' 하는 생각이 들 거다. 이번에 우리가 맡은 임무는 꼬맹이의 빙화에 대한 생각의 전환이 목표다."

"흠……."

"가자. 우리가 할 일은 다했다. 다음은 우천이 녀석네 조가 맡아서 할 거야."

4

'두 번째는 반드시 찾아가야만 하는 상황을 만들어준다.'

남궁가휘는 요새 들어 무공뿐만 아니라 수많은 교양서적을 비롯하여 잡서에 대해서도 탐독하고 있었다. 연무장 한 켠에 수많은 서책들을 쌓아두고 읽어나가고 있었다.

처음 멸마단에 들어서면서 배운 생존술과 기타 잡학이 무인으로서 살아가는 데 있어서 얼마나 도움이 되는지 몸소 체험했기 때문이다.

남궁가휘가 여느 때와 다름없이 책을 보면서 시간을 보내고 있을 때 누군가 연무장의 문을 열고 들어오면서 그를 불렀다.

"어이, 꼬맹아!"

"아, 우천 선배. 어서 오세요."

남궁가휘는 반가운 미소를 지으면서 같은 멸마단 소속의 선배인 북궁우천을 향해 포권을 했다.

"그래, 지난번에 돌아온 이후로는 거의 못 봤으니까 며칠 만이구나. 하는 수련은 잘되가냐?"

"아직은 별다른 성과가 없습니다."

"무슨, 지금도 충분히 강해졌는걸. 벌써 우리 중에는 대주를 제외하고 니가 제일 강하잖아."

북궁우천은 겸손하게 말하는 남궁가휘의 어깨를 두들기면서 웃었다.

"아닙니다. 아직 멀었습니다, 대주님을 따라가려면."

"무슨 소리야. 지난번 비무에서 이긴 설씨 아저씨도 엄청난 강자라고. 중원무림에서 검객으로만 따지면 거의 몇 손가락 안에 드는 양반이라고. 그런 설씨 아저씨를 꺾은 너야. 충분히 강하다고 생각해도 된단 말이야."

"예."

"그래, 그렇게 생각하라고. 대주야 원래부터 괴물이니까 비교할 생각하지 마. 괜히 정신 건강에 해롭기만 하다고."

북궁우천은 가볍게 웃으면서 남궁가휘에게 말했다.

"하긴, 전장터에서 봤을 때는 사람 같지 않았으니까요. 어쩌면 마교주보다 더 강할지도 모른다는 생각마저 들었습니다."

"당연하지. 그 뭐라더라? 무슨 혈족의 피를 타고 태어났다고 들었는데……."

북궁우천이 고개를 갸웃거리면서 기억을 떠올리는 듯한 표정을 짓자 남궁가휘가 지난 시간 동안 무척이나 궁금했던 이야기를 생각해 내었다.

"광수혈족?"

"아! 맞다! 광수혈족. 대주는 보통 인간이 아니잖아."

북궁우천은 고개를 끄덕이면서 말했다.

"알고 계십니까? 그들에 대해서?"

남궁가휘는 갑자기 몸을 일으키면서 다그치듯이 북궁우천에게 물었다. 다소 격앙된 목소리로 물어오는 남궁가휘의 모습에 북궁우천이 흠칫 놀라면서 고개를 저었다.

"깜짝이야. 나도 잘은 몰라. 단지 고대부터 전승되었다는 이야기만 들었으니까. 아마 대주가 광수혈족이라는 사실은 멸마단이나 마교주만 알고 있는 이야기일걸? 아, 아니다. 전에 혈교 놈들도 알고 있는 것 같긴 했어."

격앙된 표정이었던 남궁가휘는 금세 조금 실망한 듯한 얼굴 표정을 하면서 자리에 앉았다.

"근데… 아마 빙화는 알지도 몰라. 북해 쪽이면 장백산이랑 가까우니까. 어쩌면 광수혈족과 과거에 교류가 있었을지도 모르잖아?"

북궁우천은 시무룩해진 남궁가휘의 표정을 살피면서 넌지시 말했다. 흘리듯이 한 말이었지만 남궁가휘는 지난 전쟁터에서 장영이 했던 이야기가 뇌리를 스쳐 지나가는 것을 느꼈다.

"처음 살인한 것은 열다섯 살 때였다."
"나는 장백산이라는 곳에서 태어났지."

마치 그동안 막혀 있던 궁금증의 일부가 해결된 듯한 희열의 표정으로 남궁가휘가 순간 무릎을 쳤다.
'그래! 맞아, 분명 대주는 장백산에서 태어났다고 했다. 어쩌면?

남궁가휘는 금세 자리에서 일어나 북궁우천에게 인사를 하는 둥 마는 둥하면서 연무장을 빠져나갔다.

"선배! 죄송합니다. 나중에 뵙겠습니다."

"아니? 이봐, 이봐, 꼬맹아!"

북궁우천은 빠른 걸음으로 연무장을 빠져나가는 남궁가휘를 불렀지만 그는 뒤도 돌아보지 않고 가버렸다.

북궁우천은 잠시 동안 남궁가휘의 뒷모습이 사라진 연무장 문 쪽을 어안이 벙벙한 표정으로 바라보다가 슬며시 사악한 미소를 짓고는 조심스럽게 킬킬거렸다.

"크크크, 일단 동기 유발 성공."

5

'세 번째는 전에 볼 수 없었던 아름다움과 흥미를 끌 만한 정보!'

"이쪽에서 잠시만 기다리세요, 남궁 공자님."

무척이나 다소곳한 목소리의 여인이 남궁가휘를 의자로 안내했다.

"아, 예. 그러죠. 감사합니다."

남궁가휘는 자리를 안내하는 여인에게 가볍게 고개를 끄덕여 주고는 자리에 앉았다.

무척이나 공손한 말투로 자신을 대하는 남궁가휘의 모습에 미소 지은 여인은 가볍게 고개를 저으면서 남궁가휘에게 말했다.

　"저는 일개 호위에 불과합니다. 말씀을 낮추셔도 괜찮습니다."

　"네, 다음부터는 그렇게 하지요."

　여인의 이름은 월향아라는 설약벽의 호위였다.

　남궁가에서 객당의 심부름을 시키기 위해 둔 시비가 아니라 북해에서부터 빙화의 호위 무인 중 하나였다. 북해에서는 북해빙궁이 거의 하나의 왕국처럼 군림했기 때문에 빙궁의 사람들과 그렇지 못한 사람들과의 신분 격차는 매우 큰 것이었다. 더구나 빙궁의 무인과 동등한 위치에 있는 중원의 무인들과도 신분 격차가 매우 크다고 생각하고 있는 터였는데 빙궁의 사위가 되려는 남궁가휘가 자신에게 말을 높이자 월향아는 몸둘 바를 몰라했다. 아무리 자신이 시비가 아닌 빙화의 개인 호위 무사일지라도 빙화가 가진 위치와 자신과의 위치는 한참이나 격이 달랐기 때문이다.

　"그럼 아가씨를 모셔오겠습니다. 잠시만 기다려 주세요."

　"네, 그러죠."

　시비는 남궁가휘에게 인사를 하고는 문을 빠져나갔다.

　남궁세가에는 가끔 방문하거나 일 때문에 찾아오는 손님을 대접하기 위해서 따로 객당을 만들어두었다. 그중 한 단체나 세력들의 손님들을 맞기 위해 하나의 장원과도 같은 거대한 객당이 세 개 정도 있었는데, 현재 그중 하나는 멸마단이 기거하고 있었고, 또 하나는 빙궁의 무인들에게 내어준 상태였다.

객당은 남궁세가 내에서도 별도의 공간처럼 분리되어 있었다. 항시 손님들의 불편을 없애기 위해서 위사들과 시비들을 배치해 두었지만 북해빙궁과 같은 특수한 손님들이나 멸마단 같은 허례허식을 싫어하는 사람들은 별도의 시비를 두지 않았다.

월향아가 나간 뒤 잠시 후 남궁가휘가 앉아 있는 곳의 내실 문이 열리면서 한 무리의 여인들이 들어섰다.

맨 처음 문을 열고 들어선 여인은 마치 북방 한설 사이에 핀 한 떨기의 설화와도 같은 고고함을 풍기는 아름다운 여인인 빙화 설약벽과 전원 여성으로 구성된 그녀의 직속 호위무사대였다.

모처럼 남궁가휘가 직접 자신들이 묵고 있는 객당을 찾아온 터라 평소에는 잘 입지 않는 백색의 치마를 걸치고 은빛이 감도는 장신구를 한 설약벽의 모습은 하늘에서 내려온 선녀보다도 아름다운 모습이었다. 화장을 하지 않았음에도 희다 못해 창백해 보이기까지 하는 피부와 빙옥과도 같이 반짝이는 둥근 눈망울을 가진 설약벽은 남궁가휘의 얼굴에 놀람의 감정을 느끼게 했다.

'저렇게 아름다웠나?

남궁가휘는 지난 이무기 사건 때 보았던 빙화의 모습과는 너무나도 다름에 벌려진 입을 다물지 못했다. 말괄량이 같은 모습이라고 생각했었는데 백색의 나풀거리는 옷을 입고 단정하게 말아 올려 비녀를 꼽은 설약벽의 모습은 청초하기 그지없었다.

"어서 오세요, 공자. 빙궁의 설약벽이라고 합니다."

"예? 아! 네. 이렇게 뵙는 것은 처음(?)이군요. 남궁가의 가휘라고 합니다."

설약벽이 기다란 속눈썹을 들추고 눈가에 미소를 지으면서 인사하자 남궁가휘는 잠시 감탄했던 마음을 진정시키고 가볍게 포권을 했다.

설약벽은 그런 남궁가휘의 모습을 보면서 가슴이 두근대고 있었다. 이미 반한 상대이긴 했으나 지난 설한철과의 대결에서 검술을 펼치던 모습은 천신장의 모습처럼 아름답기까지 했었다. 그런 남궁가휘가 자신의 앞에 정갈한 옷차림으로 앉아 자신을 기다리고 있는 것이 꿈만 같은 설약벽이었다. 어려움을 모르고 자라온 북해의 금지옥엽도 아직은 잘생긴 남자와 멋진 영웅에 대한 동경을 품은 소녀일 뿐이었다.

설약벽은 사뿐거리는 걸음을 옮겨 남궁가휘의 앞으로 다가왔다.

"자리를 권하지 않으실 건가요?"

"아! 예, 여기… 앉으시지요."

마치 주객이 전도된 듯한 모습의 남궁가휘였다.

설약벽은 남궁가휘가 권하는 자리에 앉았고, 남궁가휘 역시

어정쩡했던 자세를 바로하며 의자에 앉았다.

설약벽은 고운 손을 들어 시비가 가져온 차를 남궁가휘에게 따라 주자 남궁가휘는 무척이나 기품이 넘친다는 생각을 했다.

'이거참, 말괄량이인 줄만 알았는데……'

"이 차는 북해에서 가져온 천설화의 잎을 따서 만든 설차라고 합니다. 모쪼록 입에 맞으시길 바라겠습니다."

"아, 네. 감사합니다."

남궁가휘는 설약벽이 따라 준 차를 입으로 가져갔다.

"그런데 어쩐 일이신가요? 지난 일로 저에 대한 감정이 좋지 않으신 줄 알았는데."

지난 사건에서 이무기가 남궁가휘임을 모른 채 추격하면서 무던히도 괴롭혀 왔던 자신이었고, 그 일 이후 남궁세가에 돌아온 남궁가휘가 자신에게 인사 한 번 제대로 권하지 않았음을 알고 있는 설약벽은 약간 실망한 투로 말했다.

"예? 아, 그 일 말씀이군요. 일전에는 죄송했습니다. 어찌 사과를 드려야 할지."

남궁가휘가 당치도 않다는 모습으로 사과를 해오자 설약벽은 기분이 좋은지 얼굴 가득 미소를 지었다.

"다행이네요. 전 또 그 일로 저를 싫어하시면 어쩌나 걱정을 했는데……"

남궁가휘는 설약벽이 미소를 짓자 주위가 무척이나 환해진다고 생각했다.

"아닙니다. 청백지신의 몸으로 외간 남자에게 알몸을 보였다는 사실이 얼마나 수치스러우셨을지 깊이 이해합니다."

남궁가휘는 다시 한 번 사과를 했고, 설약벽은 '알몸을 보였다'라는 말에 볼에 홍조를 띠면서 부끄러움에 살짝 고개를 숙였다. 잠시 동안 어색한 분위기가 흘렀다.

"무슨 말씀을…… . 다행히 지아비로 내정된 분이라 얼마나 다행이라 생각했는지…… ."

"컥… 컥!"

'지아비'라는 말을 하면서 더욱 얼굴을 붉히고 고개를 숙이는 설약벽의 말에 남궁가휘는 갑자기 사레가 들린 듯이 기침을 했다.

"저런, 괜찮으세요?"

갑자기 마시던 차를 토해내듯이 기침을 하는 남궁가휘의 등을 설약벽이 걱정스런 표정으로 토닥여 주었다.

"컥, 컥… 괜찮습니다, 괜찮아요."

남궁가휘는 자신의 등을 토닥이는 설약벽에게 가볍게 손사래를 치면서 가슴을 두드렸다.

'갑자기 지아비라니… 하하… 이거 참.'

"그런데 무슨 일로 저를 찾으셨는지?"

설약벽은 이제껏 자신을 찾지 않고 자신의 전각에만 틀어박혀 있던 남궁가휘가 몸소 찾아온 것에 대해 궁금증이 가득한 얼굴로 물었다.

"예. 사실은 설 소저에게 몇 가지 여쭙고자 실례를 무릅쓰고 이리 찾아왔습니다."

"무엇을 묻고 싶으신가요?"

남궁가휘가 자신에게 어떠한 의문을 해소하기 위해 찾아왔다는 말에 설약벽은 최대한 사근거리는 목소리로 말했다.

"지극히 개인적인 호기심입니다만, 혹여 광수혈족에 대해 들어본 적 있으신지요?"

남궁가휘는 마시던 찻잔을 내려놓으면서 조심스럽게 물었다.

설약벽은 남궁가휘가 말한 '광수혈족'이라는 말에 잠시 생각하다가 입가에 마른침을 살짝 삼키고는 입을 열었다.

"공자께서는 아마도 '전귀'에 대한 이야기가 궁금하신 모양이군요."

"예? 아… 알고 계셨습니까?"

"아마도 현재 공자께서 속해 계신 곳이 멸마단이고, 현재 무림에 활동하고 있는 이들 중 광수혈족과 관련된 이야기라면 그것은 바로 전귀에 대한 의문일 수밖에 없겠지요. 저희 쪽에서도 광수혈족에 대한 정보는 아직 완전히 밝혀지지 않은 소문이나 전설에 불과한 것으로 치부하고 있어 전귀가 전투 때마다 보여주는 모습에서 혹여 그들의 후손이 아닐까 하는 조심스러운 추측만을 할 뿐이지요."

설약벽이 말해주는 것은 엄청나게 놀라운 사실이었다. 사람이되 사람이 아닌 자들에 대한 이야기. 사실이라고 생각하기에는 논리상으로 맞지 않는 이야기일 뿐이었고 어째서 전설이라고 치부되는지 알 것 같았지만, 남궁가휘는 지난 시간 동안 전장을 누비면서 겪어온 장영의 모습에서 어쩌면 설약벽이 말하고 있는 것이 사실일지도 모른다는 생각이 들었다.

광수혈족.

무척이나 오래전에 사라져 버렸기 때문에 그들을 기억하는 사람들이나 어떠한 고문헌에도 잘 나오지 않는 이야기였다.

태고의 시대부터 내려온 신비의 일족.

문명이라는 것이 생겨나기 이전의 미개했던 사람들은 자연과 동물, 그리고 천재지변을 마치 신인 것마냥 신성시했던 시기가 있었다고 한다.

그런 사람들 중 그러한 자연의 힘을 매개로 하여 주술과도 같은 힘을 사용하는 자들이 생겨나기 시작하였는데, 광수혈족 역시 바로 그런 이들 중 하나였다고 했다.

사실 광수혈족이 세간의 소문에서 사라진 것은 벌써 수백 년도 더 된 이야기였다.

그들은 때로는 악인으로, 때로는 선인으로 세상에 등장에 엄청나게 강한 무력을 선보였다고 했다. 그들이 악인으로 나타났을 때는 세상은 피에 잠겼고, 선인으로 나타났을 때는 세상에는 평화가 찾아온다고 했다.

하지만 그도 사람들의 입과 입을 통해 전승된 전설일 뿐, 사실로 드러난 바는 아무것도 없다고 했다.

"그들은 마치 야수와도 같은 자들이라고 합니다. 전장에서는 마치 전신으로 군림한다고 전해집니다. 그들 한 명, 한 명의 무력이 때로는 작은 나라에 필적할 정도라는 허무맹랑한 이야기가 전해집니다. 물론 그들이 무림에 퍼진 과장된 소문처럼 산을 무너뜨리고, 거대한 강을 가르는 정도의 무공을 가지고 있지는 않지만, 그 누구보다 강하고, 빠르다고 합니다. 실제로 그들을 보았다는 이들의 증언을 담은 기록에서는 '보이지 않는 형체를 가진 악마'라고 표현하고 있더군요. 중원무림에는 제대로 알려지지 않은 '전귀' 장영 대주가 사용하는 격공보라는 움직임 역시 사람의 눈이나 감각으로 쫓을 수조차 없는 빠름을 가지고 있고, 때때로 극도로 흥분한 장영 대주의 모습은 마치 야수와도 같기 때문에 그가 광수혈족의 후손이 아닐까 하는 추측이 있는 것이지요."

설약벽의 광수혈족에 대한 설명은 아무것도 알지 못했던 남궁가휘의 호기심을 채워주기에는 무척이나 부족했다.

"혹, 광수혈족이라는 자들이 장백산 근처에 살고 있다는 이야기는 접해보지 않으셨는지?"

남궁가휘는 지난 전쟁터에서 자신의 출생지가 장백산이라고 밝혔던 장영의 말을 회상하면서 설약벽에게 물었다.

"글쎄요. 아마도 그들의 근거지는 장백산이 아닐 것입니다. 아직 그들이 살고 있는 근거지가 알려진 적은 한 번도 없으니까요. 더구나 북해에서 조금 떨어져 있기는 하지만 장백산의 근교는 빙궁의 입김이 상당한 곳입니다. 만약 그들이 장백산에 은거하고 있다면 빙궁에서 모를 이유가 없지요."

설약벽의 나직한 말에 남궁가휘는 실망감을 감추지 못했다.

"그랬군요."

"그런데 어찌해서 그것을 물으시는지?"

"아닙니다. 단지 궁금했을 뿐입니다."

第四章
다시 시작되는 전쟁

戰鬼
전귀

1

"으으윽······."

회색빛의 가사와 함께 잘려져 나간 팔에서는 연신 핏물이
올라왔다. 잘려진 부위를 점혈하여 피를 멈추어놓았음에도 상
처 부위가 너무도 크다 보니 아무런 도움이 되지 못하는 듯했
다. 더구나 독에 당했는지 잘려진 부위의 살갗이 시커멓게 변
하고 있었다.

파리하게 깎은 머리와 고통으로 일그러진 얼굴.

평소에는 무척이나 후덕한 인상을 가졌을 법한 노안의 비구
니는 수없는 시간 동안 자신의 몸을 지켜내며, 정정한 몸을 가
지게 해주었던 무공이 아무런 쓸모가 없게 되었다는 사실에
의욕마저 잃어버린 듯했다.

늙은 비구니는 무림의 대문파이자 아홉 개의 기둥 중 하나인 사천 아미파의 대장로이자 무림 백대고수 중 하나인 금정 신니였다.

신니의 눈에서는 눈물이 흘렀다. 함께했던 장로들이며, 제자들이 온몸이 뜯겨진 채 차디찬 바닥에 몸을 뉘었다. 무섭고도 공포스러운 자들. 살아 있는 자들이라고 생각할 수 없는 엄청난 자들. 백련정강으로 만든 불장으로 후려친 공격도, 수십 년의 공력을 쏟아 부어 내지른 장력도 그들에게는 아무런 피해를 주지 못했다. 대문파로 군림하면서 최고의 무공이라 생각했던 항마검은 그들의 일수에 부러져 땅에 박혔고, 마를 멸하며 수백 년의 전통을 가진 강력한 항마멸진은 그 위력조차 제대로 발휘하지 못한 채 무너져 버렸다.

사람이라 느껴지지 않는 그들의 공격은 석양을 등지고 시작되었다. 단 열 명이었다.

단지 열 명이었지만, 그들은 일천의 비구니의 목숨을 개미 짓밟듯이 밟아 죽였다. 아미파의 본산인 복호사의 어린 비구니들에서 예불을 드리던 일반인들까지 단 한 명도 예외가 없었다. 그들이 내뿜어대는 시커먼 독연에 내력이 약했던 수십 명의 비구니들이 순식간에 명을 달리했고, 그나마 독연의 기운을 이겨낼 수 있었던 이들은 그들과의 싸움에서 목숨을 잃어야 했다.

"괴… 물……."

마지막까지 의식의 끈을 놓지 않고 있던 금정 신니의 고개가 천천히 떨구어졌다.

수많은 사람들의 목숨을 앗아가 버린 열 명의 무인은 아무런 표정의 변화도 없이 폐허가 되어버린 복호사의 대웅전에 가만히 멈추어 서 있었다.

쉬리릭!

마치 아무것도 없는 공간에서 아지랑이가 피어오르듯이 나타난 인영.

온몸에 붉은 피풍의를 감싸듯이 입고 붉은 복면을 쓴 채 두 눈만을 내보이는 자였다.

"크크크… 일단 아미파……."

2

차— 차창!

고색창연한 검이 괴인을 향해 푸른색의 검기를 내뿜었다.

"이럴 수가… 도대체가……."

검기를 뿜은 남자는 괴인의 공격을 튕겨내면서 아연실색한 표정을 지었다.

괴인을 중심에 두고 펼쳐진 청풍검진을 구성하던 서른 명의 무인은 어느새 열 명 남짓밖에 남질 않았다. 괴인은 무섭도록 강했다. 무려 서른 개의 검기에 적중되고서도 그의 피부에는 생채기조차 남지 않았다. 아니, 되레 검기를 튕겨내면서 공격까지 해왔다.

괴인은 금강불괴라도 되는 듯했다. 더구나 그의 몸에서 피어오르는 지독히도 강한 독무는 아찔할 정도의 현기증을 느끼게 하는 생전 처음 보는 독이었다.

　"어떻게 사람의 몸에서 독을 내뿜을 수가 있단 말인가?"

　어느새 괴인이 내뿜은 독연으로 인해 입고 있던 옷마저 삶아 너덜너덜해진 도사가 믿을 수 없다는 말을 내뱉었다.

　있을 수 없는 일이었다.

　정파의 영역 아래서 도를 추구하면서 청성산에 기틀을 잡고 살아온 지 벌써 수백 년이라는 시간이 흐르는 동안 이처럼 자신들의 본산을 쳐들어와 단시간 내에 쑥대밭을 만들었다는 기록은 듣도 보도 못한 신선한 경험이었다.

　정도무림을 받치는 아홉 기둥 중의 또 다른 기둥이며 화산, 무당과 더불어 도교무림의 정수라 불리면서 강자로 군림한 청성파는 오늘 단 열 명의 무인에 의해서 치욕스럽게 유린되고 있었다.

　불과 세 시진이었다. 어두워져 가는 하늘 풍경을 뒤로하고 청성산에 당당히 오른 열 명의 괴인은 불과 세 시진만에 청성산을 피로 씻어 내리고 있었다.

　그들은 거침없이 청성의 산문을 열고 걸어 들어왔고, 대뜸 공격을 하기 시작했다. 처음에는 어떤 생각없는 미친놈들이라 생각했던 무인들은 가벼운 훈계의 목적을 가진 체로 검을 뽑았으나 청성팔검이 싸늘한 시신이 되고 나서야 사태의 위급함을 인지하고 타종을 울려 경계령을 내리고 주력의 무인들이

나섰지만, 상청궁이 무너져 내리고, 삼청전이 불타올랐다. 청성이 자랑하는 청풍검진마저 그들을 구속하지 못하고 있었다.

슈가가각!

마치 쇠붙이가 청강석을 긁어내리는 듯이 불꽃이 튀어 올랐다.

검극이 괴인의 몸을 긁어 내렸음에도 아무런 상처조차 남질 않았다.

괴인은 자신의 등을 향해 휘둘러진 검극을 느끼고는 무미건조한 표정으로 주먹을 휘둘렀다.

퍽!

휘둘러진 주먹은 마치 잘 익은 수박을 깨뜨리듯이 청성 무인의 머리를 터뜨렸다.

"끄르륵……."

괴인의 주먹이 또 다른 청성 검객의 목줄기를 움켜쥐고 뜯어내었다.

시뻘건 핏물을 쏟으면서 청풍검진을 구성하고 있던 마지막 무인이 서서히 쓰러져 내렸다.

벌써 오십여 명이나 되는 무인들의 처참한 모습으로 목숨을 잃었다.

열 명의 괴인은 핏물이 가득한 두 손을 거두어들이고 처음 청성의 산문을 깨어 부순 모습으로 몸을 돌렸다. 그들의 잔인하기 그지없는 모습에 살아남은 청성의 무인들은 공포에 질려 잔뜩 위축된 모습으로 뒷걸음질쳤다.

괴인들은 어떠한 감정도 없는 얼굴로 청성 무인들을 향해 천천히 다가서고 있었다.

"이놈들!"

불현듯 청성산의 산자락을 울리는 대갈일성이 토해지면서 우레와 같은 소리를 내며 강기의 기운이 괴인들을 향해 쏟아져 내렸다.

쿠아앙!

빛살과도 같이 쏘아져 내린 강기의 기운이 괴인들의 가슴을 강타하면서 엄청난 폭음을 토해내었고, 강기에 적중당한 괴인이 소리 한 번 지르지 못한 채 튕겨져 나갔다.

두려움에 떨며 괴인들의 접근에 뒷걸음질치던 청성의 무인들은 어리둥절한 표정을 지으면서 뒤쪽을 바라보았고, 그들의 뒤로 마치 신선과도 같은 기도의 고고함을 풍기는 다섯 명의 노인이 표홀히 내려섰다.

"사… 사숙조님들!"

"청성오선!"

"휴우… 살았다."

다섯 노인의 등장에 이제껏 괴인들의 공격에 유린당하고 있던 청성인들의 얼굴에 감격 어린 화색이 돌기 시작했다.

청성오선.

대청성파를 대표하는 지고무상한 무위를 지닌 전전대의 기인들이며, 건곤검선, 벽운 도인, 풍뢰 선인, 멸진 도장, 환환객의 다섯 명의 무인을 지칭하는 명칭이었다.

모두가 전 중원에서 가장 강하다는 백대고수의 수위권에 드는 이들이었고, 그중 첫째인 건곤검선 청풍 진인은 마교주 독고진악, 독곡주인 마독, 멸문한 포달랍궁의 겐둔 라마, 북해빙궁주 설한빙과 더불어 중원에서 가장 강하다고 전해지는 무림오걸 중 하나였다.

이미 사십 년 전에 세속과의 인연을 끊고 청성산의 심처에 위치한 곳에 자신들만의 세상을 열고 새로운 도를 깨우치기 위해 은거한 그들이 나타난 것이었다.

청성의 역사상 가장 강한 다섯 명의 노도인이 나타나 목숨이 경각에 달한 그들을 구해주는 것이나 다름없으니 어찌 기쁘지 않을까.

"청성의 제자들은 아직 마음을 놓지 말라."

청성오선 중 선두에 내려선 선풍도골의 노도장 건곤검선이 그들의 공격에 의해 행보를 잠시 멈춘 열 명의 괴인을 바라보면서 인상을 찡그렸다.

'분명히 느낌이 있었거늘⋯⋯.'

건곤검선의 시선이 자신의 검강에 격중당해 튕겨져 나간 괴인의 신형을 쫓았다.

"저⋯ 저럴 수가!"

검강의 기운에 의해 바스라졌을 것이라 예상했던 괴인이 마치 아무런 일도 없었다는 듯한 표정으로 일어나 대열로 합류

하자 청성의 무인들이 경악성을 내뱉었다.

"대… 대형!"

"어찌 저런?"

"으음……."

청성오선은 저마다 경악 어린 탄성을 내질렀다.

건곤검선이 시전한 검강의 위력은 자신들이 제일 잘 알고 있었다. 이미 그 경지가 일반적인 검강의 형태를 넘어 심검에 도달해 가는 건곤검선의 검이었다.

아무리 갑자기 뿜어낸 기운이라도 그 강함은 눈앞의 괴인이 아무런 외상 없이 일어날 만한 위력의 것이 아니었다. 마땅히 반으로 잘려 일어나지 못했어야 했다. 그런데도 괴인은 가슴에 길게 짓눌린 흔적만이 남았을 뿐, 조금의 내상도 입지 않은 듯한 모습으로 아무렇지도 않게 일어섰다.

더구나 몸의 이상을 점검하듯이 무표정하게 고개를 까닥거리고 검강에 맞으면서 위축된 관절을 풀고 있었다.

"정녕 대단하구나. 소림의 금강불괴라도 버티지 못할 것을……."

건곤검선은 나직한 탄성을 내질렀다.

"네놈들의 정체가 무척이나 의심스럽구나……."

"그러게 말입니다. 어디서 저런 괴물들이 나타난 것인지……."

건곤검선의 말에 뒤에 있던 청성오선의 막내이자 그의 사제인 환환객이 걱정스러운 표정을 지었다. 괴인들의 잠시 멈추어졌던 걸음이 다시 움직이기 시작했다.

청성오선이 다가오는 괴인들의 모습에 기세를 끌어올리자 그에 반응한 듯 괴인들의 몸에서 지금까지와는 비교조차 할 수 없는 짙은 농도의 독연이 뿜어져 나왔다. 그 모습은 마치 위험을 느낀 독사와도 같았다.

"흐흠… 독연이라……. 분명 생기가 느껴지는 놈들이거늘, 어찌 하는 꼴이 악마의 산물이라 불리는 독강시와도 같은 것인가."

풍뢰선인이 자신의 청색 보검으로 괴인들을 겨누면서 의문이 가득한 말을 중얼거렸다.

열 명의 괴인이 청성오선과 살아남은 청성 무인들을 포위하듯이 넓게 펼쳐지면서 다가와 삼 장여의 거리에 도달했을 때, 시퍼런 안광을 뿜으면서 벼락과도 같은 움직임으로 청성오선과의 공방이 시작되었다.

괴인들은 청성오선의 검기와 장력이 빗발치듯이 쏟아지는 와중에도 공격을 멈추지 않았다. 오히려 검기를 튕겨내면서 공격하는 것 같았다.

까가강!

검기는 마치 철벽에 부딪친 듯이 튕겨 나가며 부서졌다.

검곤검선은 무수히 많은 검기를 뽑아내면서 마구잡이식으로 공격해 들어오는 괴인들을 막아갔다. 검강조차도 통하지 않는 상대이다 보니 내력 소모가 큰 검강보다는 검기를 짧게 끊어서 적들의 내력을 고갈시키는 것이 좋다고 판단한 것이었다.

하지만 그것이 오판이라는 것을 알게 되는 데는 오랜 시간이 걸리지 않았다.

투웅!

벽운 도장의 도가 괴인의 주먹에 튕겨져 나갔고, 어느새 그의 가슴께로 파고든 괴인의 일장이 내질러졌다.

퍼엉!

"크으윽……."

"이사제!"

"사형!"

벽운 도장의 신형이 뒤편으로 밀려나자 괴인의 공격이 청성 무인들을 향했다.

"크아악!"

청성 무인들은 검을 뽑아 밀려난 벽운 도장을 막아서면서 대항했지만, 그건 아무 의미 없는 반항에 불과했다. 괴인의 일권에 두서너 명의 무인이 쓰러지면서 거무죽죽한 핏물을 토해냈다.

"이놈!"

건곤검선이 자신의 앞에 있던 괴인을 향해 엄청난 위력을 강기를 뿜어 밀어낸 다음 벽운 도장을 공격해 가던 괴인의 머리를 향해 후려치듯 검강을 뿜었다.

투카캉!

피륙으로 만들어진 사람의 머리와 쇠로 만들어진 검이 부딪쳐서 생겨났다고는 생각조차 할 수 없는 굉음이 일어나면서 괴인의 신형이 튕겨 나갔다.

"이사제, 괜찮은가!"

건곤검선은 다가서는 괴인들을 막아내면서 벽운 도장의 상세를 물었다.

벽운도장의 가슴에는 시커먼 장인이 찍혀 있었고, 내상을 입은 듯 일그러진 표정으로 가슴을 부여잡고 있었다.

건곤검선과 벽운 도장을 제외한 청성오선 중 나머지도 벽운 도장의 상세가 걱정되었으나 그들의 무공으로도 괴인의 공격을 막아내는 것에 급급해 시선을 돌릴 수가 없었다.

아무리 청성오선이 세상을 오시할 만한 무공으로 괴인들을 막고 있지만 그들이 뿜어내는 독무까지 모두 막아낼 수 있는 것은 아니었기 때문에 살아남은 과반수의 무인들이 중독되어 쓰러지고 있었다.

건곤검선은 인상을 찡그리면서 어금니를 깨물었다.

"청운아, 아무래도 길보다 흉이 많을 듯하구나. 흉수들의 정체가 명확하지 않으니 너는 속히 운 자 항렬의 제자들을 보내 각파에 경고를 전하도록 해라."

건곤검선은 현 장문인의 제자 항렬에 있는 무인에게 전음을 보냈다.

"하지만… 어찌 저희들만……."

전음을 전해 들은 청운 도장은 쓰러진 도우들을 보면서 고개를 저었다.

"멍청한! 지금 이들이 중요한 것이 아니다. 어쩌면… 이들을 막아낼 수 없을지도……!"

건곤검선의 다급한 전음에 청운은 믿을 수 없다는 표정을 지으면서 건곤검선을 바라보았다.

청성오선이 누구인가? 정파의 수많은 명숙들 중 수위권에 있는 자들이었다. 그런데 그런 그들이 나서서 당해내지 못할 자들이라니. 물론 지금껏 괴인들이 보여준 무위는 실로 엄청난 것이었다고 해도 청성오선이 패한다는 것은 쉽게 인정할 수 없는 사실이었다.

"청운아! 시간이 없다. 어서 가서 각파에 경고하도록 해라. 우선 가까운 아미파와 당문에 경고를 해주어라. 그리고 무림맹에 지금의 상황을 꼭 전해야 한다."

건곤검선은 다시 몸을 일으키면서 다가오는 괴인을 바라보며 안색을 굳혔다.

청운은 다급함이 느껴지는 건곤검선의 전음에 더 이상 지체해서는 안 되겠다는 생각이 들었다.

"제자 청운, 사숙조님들과 동문을 두고 떠남을 용서하십시오."

"오냐, 속히 떠나거라. 뒤는 내가 막아주마."

청운은 속히 사제들에게 전음을 날렸고 전음을 들은 운자배의 도사들은 처음의 청운의 마음과 다르지 않았으나 이내 생각을 고쳐먹고 건곤검선을 향해 포권하며 몸을 날렸다.

슈아악!

건곤검선의 검이 또다시 화려하면서도 극강한 검기를 휘몰아치며 괴인의 가슴께를 때렸다.

검기가 괴인의 몸을 수도 없이 베었지만 두어 걸음을 물릴 뿐, 아무런 소용도 없었다.

"청성의 제자들은 들어라!"

무언가 굳은 결심을 한 듯한 건곤검선이 웅후한 사자후를 터뜨렸다.

"모두 물러나라. 물러나 목숨을 보전하라!"

건곤검선의 말에 따라 청성 무인들은 괴인들과의 접전을 멈추고 신형을 날려 다시금 진형을 구축했다. 부상자들은 혈도를 막아 더 이상 독이 퍼지지 못하게 했고, 죽은 이의 시체는 가지런히 바닥에 눕혔다.

혹여 재차 공격해 올 것을 대비해 청성오선은 건곤검선의 좌우를 지키면서 자세를 잡았다.

"사제들, 아무래도 청성을 버려야 할 것 같네."

청천벽력과도 같은 건곤검선의 말에 혹여 자신들이 잘못 들은 것은 아닌가 하여 모두가 건곤검선의 얼굴을 쳐다보았다.

"대… 대형!"

"아니 될 말입니다. 청성의 정기를 수백 년간 이어왔거늘……."

"도교의 성지를 어찌 악도들에게……."

"목숨을 걸어서라도 막아야 합니다."

청성오선은 발악이라도 하듯이 모두가 건곤검선에게 따지

듯이 말하며 결사를 다짐했다.

"허허, 아직 멀었구나. 백 년 가까이 도를 추구한 너희들이 어찌 아직 그런 말을 한단 말인가? 도는 세상의 모든 곳에 있거늘. 청성을 버린다 하여 도가 사라지고, 도사가 도를 닦지 못하는 것은 아닐세. 세속의 아낙에게서도 배울 수 있는 것이 도이고, 산을 흘러내리는 물에서도 배우는 것이 도일세."

건곤검선은 허허로운 웃음을 흘리면서 말했다.

"하지만……."

"뒤를 돌아보게, 풍뢰."

건곤검선은 나직하게 자신의 사제인 풍뢰 도장에게 말했다.

건곤검선의 말에 따라 고개를 돌린 풍뢰 도장의 눈에 비친 것은 처참하기 그지없는 광경이었다. 지친 제자들의 모습. 처참하게 짓이겨진 시체들, 검은 피를 꾸역꾸역 내뱉고 있는 이들… 살아남은 자는 채 삼십을 넘지 않는 듯했고, 모두가 전의조차 상실해 버린 눈빛을 하고 있었다. 가슴이 아파왔다.

"모두 잘 듣게나. 우리가 도를 추구하는 것은 과욕을 버리고, 자신을 수련하고, 세인들을 돕기 위함이었네. 하나 언제부터인가 속세의 모습에 물들어 버린 것이네. 이미 그 순간 순수함을 버린 것이 아니겠는가? 분명 저들 중에는 청성의 강함에 매료되어 온 자도 있을 것이고 도를 찾기 위해 온 자도 있을 것이네. 그들의 소중한 목숨을 바쳐 가며 지켜야 할 만큼 청성산이 가치가 있는 것인가? 아닐세. 그것은 집착에 불과한 것이네."

건곤검선의 나직한 말에 모두가 할 말을 잃었다.

"청성을 버리고 새로운 곳에 정착을 하게. 다친 벽운을 데리고 돌아가도록 하시게. 이곳은 내가 맡겠네. 새로운 장문을 뽑아 세속에 물들지 않는 새로운 도를 추구하시게."

검곤검선은 뒤도 돌아보지 않고 괴인들을 응시하면서 자신의 검을 검집에 집어넣었다.

"본도는 이곳에서 생을 마감해야 할 것 같네. 남은 제자들을 부탁하네."

건곤검선은 자신의 사제인 풍뢰를 향해 자그마한 미소를 남긴 채 다시금 자신들을 향해 다가오는 괴인들을 향해 천천히 걸음을 옮겼다.

"대… 대형……."

괴인들은 천천히 걸음을 옮겨왔다.

"*끄끄끄끅*."

쇠갈리는 듯한 음성을 내면서 괴인의 공격이 시작되었고, 때맞춰 검곤검선의 검이 새하얀 빛무리를 토하면서 화려하게 휘둘러졌다.

第五章
이별을 말하다

戰鬼 전귀

1

　남궁세가의 장로 회의는 여느 때와는 다르게 무척이나 가라앉은 분위기로 진행되고 있었다. 회의를 진행하고 있는 가주 남궁창천은 악다문 입으로 두 눈을 감고 있었는데, 회의에는 태상가주인 남궁무 이하 소가주인 남궁가휘 등 세가의 모든 수뇌부가 참가했다. 물론 식객으로 있는 빙궁의 설한철과 멸마단 이대의 사마수동 역시 손님 자격으로 참가했다.

　"현재 흉수에 대한 정보는 아직까지 밝혀진 바가 없다고 합니다."

　"음……."

　남궁창선의 가라앉은 목소리에 좌중에 모인 사람들은 침음성을 흘렸다.

정파의 대문파인 청성파와 아미파, 그리고 곤륜파의 멸문.

흑룡성 예하 환락정의 멸문.

이하 스물여섯 개 중소 방파의 멸문.

순식간에 일어난 일들이었다.

한번에 수많은 세력이 멸문을 당하거나 그에 상응하는 피해를 입은 것도 놀라운 사실이었지만, 그런 사건을 일으킨 흉수조차 파악되지 않았다는 것이 전 무림에 충격을 더해주고 있었다.

무림에 누가 있어 그 많은 이들을 한번에 무너뜨릴 수 있단 말인가.

"청성이 멸문하면서 전대의 기인이시자 무림오걸 중 한 명인 건곤검선 어른의 생사 또한 불분명해졌다고 합니다."

"무어라?"

"건곤검선이?"

"설마!"

이제껏 아무런 말 없이 회의 탁자에 자리하고 있던 설한철마저도 깜짝 놀랐다.

건곤검선이 누구던가.

무림에서 최고의 검공을 지니고 있다는 무인이요, 수많은 검객들의 우상과도 같은 존재였다. 남궁세가의 남궁창천 역시 검왕이라는 칭호를 가지고 있었지만, 검을 통해 득도의 경지가 멀지 않았다는 검선의 이름 앞에서는 반딧불 정도에 불과하다 생각되어진다. 한데 그런 검선의 생사가 불분명하다니, 남궁창천의 눈이 튀어나올 듯이 부릅떠졌다.

"아니, 어떻게? 그런 일이?"

남궁창천은 믿을 수가 없었다.

"사실인가?"

"그렇습니다. 현재 청성파에서 살아남은 생존자들의 증언에 따르면, 마지막에 자신들을 도주시키는 과정에서 흉수들과 자폭하신 듯하답니다."

"그럴 수가……."

남궁창천은 허탈한 마음에 의자에 몸을 뉘였다.

"자세하게 말해보게. 어찌 된 일인가?"

머리에 강한 충격을 받은 듯 망연자실한 남궁창천을 대신해 남궁무가 다그치듯이 물었다.

"그것이… 살아남은 자들의 말로는 열 명 정도의 괴인이었다 합니다. 검기나 건곤검선 어른의 검강에도 끄떡없는 괴물이었고, 그들 하나하나가 엄청난 무위를 지니고 있었으며, 청성파의 무인들은 제대로 반항 한 번 하지 못하고 목숨을 잃었다 합니다."

"뭐라? 검강에도 아무렇지 않았다고? 그게 지금 말이 되는가?"

쾅!

남궁무는 거세게 탁자를 내려치면서 화를 냈다.

"……."

"지금 그 말을 나에게 믿으라고 하는 것이냐! 세상에 누가 있어 선도에 다다랐다고 전해지는 건곤검선의 검강에 버텨낸단 말인가!"

남궁무는 믿을 수 없다는 표정으로 남궁창선이 들고 있던 보고서를 빼앗아 들었다. 하지만 자신이 몇 번이고 읽어봐도 남궁창선의 보고와 다를 바가 없는 내용이었다.

"이럴 수가… 혹시 다른 곳에서는 생존자가 없다더냐? 어서 찾아보아라!"

뒤적뒤적.

남궁창선은 남궁무의 독촉에 한 묶음의 전서를 뒤져 보았지만 청성파에 관련된 이야기 이외는 아무것도 발견하지 못했다.

"아직까지 다른 곳에서의 피해 상황은 전해진 바가 없다고 합니다."

"뭐라? 그럼, 흑룡성은? 흑룡성은 어쩌고 있다더냐?"

"흑룡성주는 이번 환락정의 멸문과 관련된 어떠한 움직임도 보이질 않고 있으며, 현재는 운남 일대에 혈사검대의 일부로 구성된 조사단만이 파견된 상태라고 합니다."

"이럴 수가……! 혹 마교에 관련된 내용도 있었더냐?"

"아닙니다. 신강에 대한 피해 보고는 아직 전무합니다."

"……."

좌중에는 침묵이 흘렀다.

모두가 너무도 놀라운 사실을 접했기 때문일까? 잠시 동안의 충격에서 헤어 나오질 못하고 정신적 공황에 빠졌다.

아미와 곤륜이야 그렇다 쳐도 건곤검선과 청성오선이 버티고 있는 청성마저 멸문을 당하다니, 정녕 믿을 수 없는 사실이었다.

"이대로 가만 있을 수 없는 일이다. 이것은 명백한 정도무림의 위기다. 어서 빨리 흉수를 찾아내야 한다. 이대로 보고 있다가는 그 피해 규모가 얼마가 될지 상상조차 가질 않는구나."

남궁무는 머리가 지끈거리는 듯 손으로 관자놀이를 누르면서 의자에 앉았고, 남궁가휘가 그런 그를 부축해 앉혔다.

"일단 정확하게 조사하는 것이 중요합니다. 일단 오가회에서도 어떠한 움직임이 있을 터이니 회주가 있는 하북으로 창환이와 창궁십이검을 파견한다. 최대한 사태의 진실에 대해서 알아오라 이르고, 각천당에는 표국을 이용해서 최대한 정보를 모으라 이르시게. 청해성, 운남성과 이곳 안휘성의 거리는 꽤 멀지만 언제 또 다른 사건이 일어날지 모르니 다들 경계에 매진하라 이르고, 외부로 나간 무사대를 전원 불러들이라 이르게."

남궁창천이 가주령으로써 명을 내리자 모두가 고개를 숙이며 대답했다.

2

그날 안휘성에서는 한 떼의 인마가 질주하듯이 성문을 빠져 나갔다. 남궁세가에서 파견한 남궁창환과 창궁십이검 일행이었다.

"응? 무슨 일이지?"

성문께에서 뿌옇게 먼지를 일으키면서 달려나가는 인마를 보면서 호기심 어린 눈빛으로 바라보는 인영이 있었다.

단정하게 말아 올린 머리카락에 흑삼 영웅건을 쓰고, 흑색의 장삼을 입은 무인이었다.

"남궁세가의 무인들인 듯한데… 무슨 일로 저리 급하게 가는 것이지?"

무척이나 창백한 피부에 반쯤 감은 듯한 눈, 그리고 등 어림에는 검은 천으로 둘둘 말린 창을 멘 그는 바로 멸마단 이대의 대주인 장영이었다.

황가에서 떠나 하북, 산동, 강소를 지나 며칠 만에 안휘성에 도착한 것이었다. 오는 길에 황보세가와 하북팽가를 거쳐 왔기 때문에 꽤나 많은 시일이 걸린 것이다.

"일단 남궁세가에 가보아야겠군."

장영은 오는 길에 황보세가에 들러 무림맹이 와해되고 멸마단 이대 모두가 남궁세가에 몸을 의탁하고 있다는 사실을 듣고 남궁세가로 오던 중이었다.

물론 그는 무림맹 멸마단 이대 시절의 정돈되지 않은 모습이 아니라 무척이나 단정한 모습이었고, 흑색의 장삼과 등에

멘 창이 아니라면 서생 정도로 보이는 모습을 하고 있었다.

"여긴가?"

한참여를 말을 몰아 도착한 곳은 남궁세가의 정문인 창궁문이었다.

"이곳엔 정말 오랜만이군. 거의 오 년 만인가?"

장영은 잠시 과거의 기억을 회상하는 듯하다가 천천히 남궁세가의 정문을 두드렸다.

3

"무슨 소립니까!"

"들은 대로다. 난 단지 이별을 고하기 위해 찾아온 것뿐이다."

격앙되어 있는 남궁가휘의 말투와는 달리 장영은 무척이나 무덤덤한 목소리로 말했다.

"지금 상황을 설명해 드렸잖습니까!"

"……."

남궁가휘는 화가 났다.

장영이 세가로 멸마단 이대를 찾아왔기에 무척이나 반가운 마음을 가지고 맞이했다.

지난 멸마단 생활 중에 보았던 이들의 능력이라면 이번 각 문파의 멸문지화에 대한 흉수를 밝혀냄은 물론이거니와, 원흉까지도 처단할 수 있을 거라 생각했다. 멸마단 이대의 구심점이라고 할 수 있으며, 사상 최강의 무인이라고 불리는 마교주 독고진악에 비공식적으로 비견될 수 있는 강자인 장영의 등장은 남궁세가뿐 아니라 혼란을 겪고 있는 정도무림으로서도 무척이나 다행스러운 일이 아닐 수 없었다.

이제껏 어둠 속에서만 활동한 멸마단이었지만, 무림맹이 거의 와해되다시피 하면서 밝은 곳으로 나와 더 이상 세상의 멸시를 받지 않은 채 정도무림의 영웅으로 살아갈 수 있을 거라는 자신감 때문에 남궁가휘는 더욱 기뻤다.

그런데 장영이 한 말은 이제껏 가졌던 존경심마저 사라지게 했다.

단도직입적인 이별 통보.

배신감이었다. 누구보다 정의로울 것이라 생각했고, 누구보다 정도무림을 사랑할 것이라 생각했던 장영이 마치 남의 일인 양 관심도 없이 떠난다는 말을 하다니, 남궁가휘로서는 도저히 용납되지 않았다.

"어찌 정도의 무인인 당신이 그런 말을 할 수 있단 말입니까?!"

남궁가휘는 장영을 향해 화난 목소리로 외쳤다.

"정도의 무인? 누가 정도의 무인인가? 난 필요에 의해서, 그리고 한 남자와의 약속을 지키기 위해서 정도에 의탁해 있을 뿐이었다."

"무… 무슨? 어떻게 그런 말을!"

무심하게 말하는 장영으로 인해 남궁가휘는 분노가 끓어올랐다.

누구보다 닮고 싶어했던 무인이 아닌가? 지금의 남궁가휘가 있는 것도, 그리고 자신의 삶에 처음으로 목표라는 것을 심어 준 것도 그였거늘.

"그만 해라, 가휘."

장영의 면전에서 화난 얼굴로 노려보고 있는 남궁가휘를 향해 사마수동이 나지막하게 말하면서 일어섰다.

"치— 잇!"

남궁가휘는 화가 나서 더 이상 장영의 곁에 서 있기조차 불편해지자 화를 내면서 돌아서서는 멸마단이 묵고 있는 객당을 걸어나가려 했다.

"야! 꼬맹아!"

평소 친하던 태성욱이 성큼성큼 뒤돌아 나가는 남궁가휘를 말리려 했다.

"놔둬라."

사마수동이 말리자 태성욱은 일어서려던 채로 엉거주춤하게 사마수동을 바라보았다.

"하… 하지만……."

"그냥 놔둬라."

사마수동이 천천히 고개를 저었다.

그런 사마수동의 모습에 태성욱은 어찌할 바를 몰라 하면서 선배들을 쳐다보았지만, 모두가 침묵만을 지킨 채 그의 시선을 외면했다.

"대주… 그렇다면… 이제 어디로 가실 작정이십니까?"

남궁가휘가 나가 버린 후 사마수동은 작게 한숨을 내쉬고는 장영을 향해 물었다.

"아직 어디로 갈 것인지 정한 바는 없다. 하지만 지금으로서는 마교에 다녀올 생각이다."

"그렇군요."

"그래… 어쨌든 무림을 떠나기 전에 그에게 마지막 인사는 해야 하니까. 아직 남겨진 승부도 있고 말이지."

"……."

사마수동은 아무런 말도 하지 못하였다. 떠나려 하는 장영이었지만 그가 자신들에게 지난 십 년간 무엇을 해주었는지, 그리고 그동안 함께해 준 이유를 알고 있기 때문에 잡을 수도 없었다.

4

그날 밤.

남궁세가의 멸마단 이대가 머무르는 객당에서는 조촐한 술자리가 벌어졌다.

떠나는 장영을 위한 작은 환송회였다.

평소라면 시끌벅적해야 할 술자리였지만 모두가 아무런 말 없이 술잔을 들이켰고, 분위기는 숙연하다 못해 풀벌레 소리까지 들릴 정도로 조용했다.

남궁가휘 역시 태성욱에 의해 참가하기는 했지만 무척이나 심기가 불편한 표정으로 앉아서 장영을 외면한 채 술만 연거푸 들이켜고 있었다.

"잘 마셨다. 꽤 좋은 술을 준비했군. 난 먼저 들어가도록 하지."

조용한 침묵을 깨면서 장영이 술자리에서 일어났다.

"혹, 나중에 내가 다시 돌아와 그대들과 만난다면… 그때는 내가 사도록 하지."

장영은 무척이나 무미건조한 음성으로 자신의 대원들을 돌아보지도 않은 채 말하고는 몸을 돌려 술자리를 빠져나갔다.

그런 장영의 모습에 남궁가휘는 어금니를 깨물었다.

"쳇! 순전히 자기 마음대로군. 저런 인간을 존경하면서 닮고자 했다니. 내가 미쳤지, 미쳤어."

술기운이 꽤나 오른 남궁가휘가 울분을 토하면서 장영의 뒷모습에 대고 욕설을 내뱉었지만 아무도 그를 제지하지 않고 그저 술만을 들이켤 뿐이었다.

"선배들! 누가 말 좀 해보세요. 지금 대주의 행동이 올바른 것인지 말입니다! 왜 아무도 말을 못합니까? 태 선배, 적 선배! 누가 제발 말 좀 해보라구요! 어째서 아무도 말리지 않는 겁니까? 예?!"

남궁가휘는 태성욱과 적환을 향해 고래고래 소리를 질렀다.

"남궁… 그리고, 너희들… 내가 잠시 옛날이야기를 하나 해주마."

남궁가휘의 울분에 찬 외침에 사마수동이 별들이 잔뜩 떠오른 밤하늘을 잠시 올려다보면서 나지막한 목소리로 말했다.

　"벌써 십 년이 지난 이야기다. 무척이나 오래된 이야기지. 너희는 우리 멸마단이 어째서 만들어졌는지 그 이유에 대해서 잘 모를 거다. 더구나 지금의 모습이 되는 데까지 얼마나 많은 일들이 있었는지도……."

　사마수동은 잠시 남궁가휘를 비롯한 멸마단의 대원들을 둘러보고는 술을 한 모금 들이켰다.

　"멸마단은 최초에 지금과 같은 성격의 단체가 아니었다. 하급 무사, 삼류무사로 구성된, 정말 쓰레기 집단에 불과했다. 정도무림을 위한 정의감에 넘쳤지만 배운바 무공이 일천하여 아무것도 할 수 없는 무림인들의 집단. 그것이 바로 멸마단이었다. 너희들도 지금까지 수많은 임무를 수행하면서 느꼈을 것이다. 고고하기만 하고 정의롭고 바르기만 해서는 정도무림을 지켜 나갈 수 없음을. 밝음이 더욱 밝기 위해서는 어둠이 항상 존재해야 하고, 그 어둠을 위해서는 반드시 강한 힘이 있어야 한다는 사실도 알고 있을 것이다. 무림맹은 그런 자들이 필요했다. 하지만 명문정파나 소위 절정고수들은 항상 자신들이 남들로부터 추앙받고자 했지 어둠에 숨어서 자신의 명예에 누가 될 만한 임무를 수행하려 하지 않았다. 그래서 선택된 것이 우리와 같은 무사였다. 당시의 무림맹은 우리와 같은 하급 무사에게 속환단이라는 것을 주어 일시적으로 잠력을 폭발시킬 수 있게 하였다. 하지만 그 속환단은 양날의 칼과도 같아서 순간적으로 절정고수 이상의 힘을 발휘할 수 있게 해주지만 한 번 사용할 때마다 사람의 수명을 십 년 가까이 단축시키는 부작용이 있었다. 처음에 속환단을 받고 임무에 투입된 이들은 갑자기 육체에 맞지 않는 내공을 사용했기 때문에 임무 종료 후 얼마 되지 않아 모두 목숨을 잃었지. 하지만 아무도 그런 하급 무사의 목숨 따위에는 관심을 가져주질 않았다. 오히려 예상보다 좋은 성과가 나자 멸마단이라는 거창한 이름까지 만들어서 하급 무사들을 모집하기 시작했지. 결국 멸마단을 통제하는 방법은 점점 더 발전을 거듭해 정신 통제까지 가능한 금침대법까지 사용하기 시작했다고 들었다. 멸마단의 전대 선배들은 더욱 무림의 어둠 속에서 더럽고 추악하기만 한 임무를 수행했고, 그 누구도 모른 채 그것이 정도무림을 수호하는 것이라 믿고 목숨을 초개와도 같이 버렸지.”

또 다른 비사였다.

사마수동을 제외한 멸마단의 그 누구도 몰랐던 이야기였다.

“그… 그런? 그런 이야기는 한 번도 들은 적이 없…….”

남궁가휘는 갑작스런 사마수동의 말에 충격을 받은 듯 멍한 기분이 들었다. 멸마단이 정도무림의 정기를 수호하기 위해 항상 어둠 속에서 임무를 수행한 것은 알고 있었지만 설마 그런 식으로 이용당했다고는 상상조차 할 수 없었다.

지금까지 만나본 멸마단의 무인들은 모두가 자신으로서는 상상도 할 수 없는 고수였다.

“들은 적이 없겠지. 그와 관련된 모든 서적이나 기록이 폐기

처분되었으니까."

사마수동은 경악한 남궁가휘를 보면서 희미하게 웃으면서
술잔에 술을 따랐다.

"십 년 전이었다. 사천혈사가 있었던 그때, 나와 대주, 그리
고 멸마단의 신입 대원 열둘은 입단과 동시에 사천혈사 임무
에 투입되었기 때문에 그와 같은 대법을 받질 못했지."

남궁가휘가 멸마단에 입단한 그때 들려주었던 사천혈사와
관련된 이야기.

"그때의 대주는 엄청났었다. 지금은 거의 괴물 수준이지만
말이지. 여하튼 당시에 우리는 사천당가의 비보를 찾기 위해
투입된 마교와의 일전에서 나와 대주, 그리고 멸마단주셨던
금강철권님을 제외하고는 모두가 목숨을 잃었다. 그때까지만
해도 나는 대주에 대해 무척이나 좋지 않은 감정을 지니고 있
었지. 그래서 대주가 멸마 이대의 대주가 되었을 때 부대주를
자처했다. 나중에야 알게 된 사실이지만, 전대의 단주셨던 마
강추님께서 대주에게 그런 부탁을 했다고 하더군. 더 이상 힘
없는 멸마단의 무사들이 무림맹의 추악한 임무의 소모품으로
살지 않게 해달라고, 그리고 무림맹의 무사로 인정받게 해달
라고. 그리고 대주는 그 약속을 지키기 위해 지금까지 무림맹
의 멸마단 이대주로 살아왔던 거지. 그리고 그는 우리가 무림
맹의 정예가 될 수 있게 해주었다. 비전은 꼭꼭 숨겨두고 가르
쳐 주지도 않는 다른 무인들과는 달리 그는 우리에게 수많은
무공을 가르쳤다. 가휘, 네가 배운 격공보 역시 마찬가지다.

이제껏 무림 어느 누구도 생각해 보지 못한 대주만의 무공을 우리가 알고 있는 것도 그 때문이지. 나는 길림성 백산에서 태어난 이름없는 삼류무사였다. 그리고 적환은 개방의 정보조에 속한 거지였고, 금마연은 삼류 한량에 불과했다. 마로는 장백산에서 사기나 치던 의원이었고, 학기는 대장장이었다."

이제껏 알지 못했던 멸마단 이대 무사들의 과거사.

그들 모두는 무림에 아무런 연관도 없거나 아무도 인정해 주지 않는 삼류무사에 불과했고, 돈 받고 전쟁에 나가던 낭인무사에 불과했다.

"하지만 우리는 지금 누구에게도 꿀리지 않는 무공을 익힌 당당한 무림인이다. 그 모두가 대주가 우리에게 해준 것이지. 사실 나는 대주가 광수혈족이라는, 이 세상의 사람들과는 동떨어진 어떤 일족의 후손이라는 사실 이외에는 그에 대해서 아는 바가 없다. 그가 무림에 있는 이유나 살아가는 목적, 그의 출생에 대한 것은 아무것도 아는 게 없다. 하지만 한 번도 그의 뜻에 어긋나 본 적도 없다. 그는 나에게 있어서, 가휘, 너를 제외하고 나머지 대원들에게는 스승이고 아버지였다. 우리는 그런 그를 막을 권한이 없다. 그에게 정도를 위해 싸워 달라 할 수도 없다. 그는 지금껏 우리를 위해 항상 어려운 일을 자처해 왔고, 항상 우리의 앞에서 걸어왔다. 그는 그런 사람이다. 가휘, 너의 마음은 이해가 되지만 대주를 미워하지 마라. 그는 애초부터 우리와 다른 세계를 살아가는 사람이었다."

사마수동의 나지막하고 기나긴 설명이 끝나자 남궁가휘는

아무런 말도 하지 못했다. 이들에게 그런 과거가 있는지 한 번도 생각해 본 적이 없었다. 그저 자신은 대주가 말하는 '무인으로서의 삶', 그리고 대주라는 사람들 닮기 위해 그에 대한 과거를 알고자 했을 뿐이었다.

그런데 이들에게 그런 과거가 있을 줄은 상상도 하질 못했고, 자신의 주장만을 내세운 꼴이 되어버렸다.

모두가 말이 없었다.

그냥 그렇게 모두가 말없이 술잔만을 비워낼 뿐이었다.

第六章

마교로 향하는 길

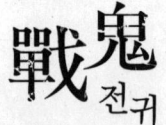
戰鬼
전귀

1

밤사이 세상을 덮고 있던 어둠은 천천히 밝아오는 햇볕에 조금씩 걷혀 나가고 있었다.

아직은 닭도 울어대지 않는 어슴새벽이라 제법 쌀쌀한 기운이 가득하였지만 상쾌함을 느낄 수 있었다.

안휘성의 새벽은 무척이나 고요했다.

끼이이익.

어슴새벽의 고요함을 깨듯 거대한 대문을 여는 소리는 무척이나 크게 들렸다.

문이 열리고 아직 잠에서 덜 깬 듯한 정문의 위사는 크게 팔을 뻗어 기지개를 켜고는 자신의 뒤에 따라오는 남자를 향해 공손하게 고개를 숙였다.

"나가시지요."

위사를 따라 걸어나온 흑삼의 무인은 자신 때문에 새벽잠을 설친 위사에게 가볍게 고개를 숙여주었다.

흑삼의 무인은 무척이나 잘생긴 남자로, 등에는 검은색 천으로 둘둘 말려진 무언가를 메고 있었다.

그는 바로 하루 전 멸마단 이대에게 이별 인사를 하고 떠나온 장영이었다.

'그래, 이것으로 된 거야.'

장영은 밤새 이별주랍시고 술을 마시고 곤히 잠든 멸마단에게 마지막 인사조차 나누지 않은 채 아무도 깨지 않은 새벽을 틈타 남궁세가를 빠져나온 것이다.

끼이이익. 텅.

장영은 남궁세가의 거대한 정문을 돌아보았다.

"후후… 나도 꽤나 정이 들었나 보군. 모두들 잘 있어라."

무척이나 많은 아쉬움이 배인 목소리로 장영은 몸을 돌렸다.

새벽의 안휘성 거리는 사람은커녕 개미 새끼 한 마리 없을 정도로 적막하기만 했다.

남궁세가의 정문을 빠져나와 마교가 있는 신강을 향해 걸음을 옮기던 장영은 누군가의 인기척에 눈을 가늘게 뜨고 응시했다.

"수동이군……."

문득 웃음이 났다.

좌우로 세워져 길을 만들고 있던 담벽의 그늘에 몸을 기대고 서 있는 사람에게서 무척이나 익숙한 기운이 느껴진 것이다.

  사마수동은 기대고 있던 몸을 일으켜 세우면서 장영을 향해 다가왔다.

  "대주, 생각해 보니 그다지 할 일이 없더군요. 저야 어차피 돌아갈 곳도 없는 처지니 대주님과 함께 있는 것이 더욱 좋을 듯해서……."

  말이야 어찌 됐든 자신을 뒤따르겠다는 말이 아닌가. 장영은 잠시 사마수동을 게슴츠레한 눈으로 바라보다가 싱긋이 웃었다.

  "그렇군. 나머지들도 같은 생각인가?"

  "예? 무슨?"

  장영의 말에 사마수동은 그 의미를 알지 못했다.

  "그만 나와라. 맨 앞에는 적환과 마연인 듯하군."

  우당탕탕!

  "아고고……."

  장영의 나직한 말이 끝나자 담벽 뒤에서 서너 명이 쓰러지듯이 넘어졌다.

  "너희들?"

  넘어졌다가 일어나 옷에 먼지를 털어내는 적환을 보면서 사마수동이 어이없는 표정을 지었다.

  "헤헤, 저희도 딱히 갈곳이 없어서. 더구나 남궁세가에만 있었더니 좀이 쑤셔서요."

"예, 아무래도 대주님과 함께 있으면 심심하지는 않으니까."

적환과 금마연이 겸연쩍게 웃으면서 뒷머리를 긁적거리자 누군가 어둠을 헤치면서 또 나타났다.

"저희들도……."

을지마로와 태성욱이었다.

"이놈들이? 니놈들은 왜 온 거냐?"

사마수동은 자신만 따라온 줄 알고 있었는데 갑자기 불청객들이 하나둘씩 등장하자 어이없어 하는 음성으로 물었다.

"그게… 아직 대주님께 좋은 정력제를 못 만들어 드려서……."

"저는 그냥 대주님이 매일 일단 저지르고 보는 분이라 앞으로의 행보에 계획이라도 세워 드릴까 하고……."

을지마로와 태성욱 역시도 뒷머리를 긁적였다.

잠시 후 이경, 정석, 남학기, 한백, 상준강, 서문강, 양녹산이 말도 안 되는 변명을 내뱉으면서 나타났다.

멸마단 이대 무인 중 남궁가휘와 북궁우천을 제외하고는 모두가 장영의 뒤를 따라 나타난 것이다.

장영은 그런 자신들의 대원들을 훑어보면서 말했다.

"새벽잠을 깨우고 싶지 않았는데… 인사는 어제저녁으로 충분하지 못했나 보군."

돌아가라는 뜻의 말이었다.

"대주!"

사마수동이 단호한 음성으로 장영을 불렀다.

"따르게 해주십시오. 절대 대주님께 걸림돌이 되지는 않겠습니다."

사마수동이 고개를 숙이자 나머지 대원 역시 사마수동과 같은 뜻으로 장영을 향해 일제히 고개를 숙였다.

"후우……"

장영은 그들 모두에게서 굳은 결심이 느껴지자 길게 숨을 내쉬었다.

"수동."

나직막하게 울리는 장영의 목소리.

"예, 대주. 말씀하십시오."

"앞으로 내가 가야 할 길은 무림이라는 곳과는 전혀 상관 없다. 또한 정의 수호라든지 하는 거창한 의미조차 없다. 단지 나를 위한 여행길에 불과하다. 그래도 따를 것이냐?"

장영의 물음에 사마수동은 생각할 가치도 없다는 듯 말이 끝나기 무섭게 대답했다.

"어차피 대주가 없다면 멸마단 이대도 없습니다. 무림에 대한 더 이상의 미련도 없습니다. 정의 수호… 그런 것까지 생각했다면 아마도 멸마단으로서 무림맹에서 생활할 수조차도 없었을 겁니다. 어차피 정파의 무리들과는 맞지 않는 저희들이 아닙니까? 따르게 해주십시오."

"따르게 해주십시오!"

멸마단 이대의 대원들이 사마수동의 끝말을 따라 외쳤다.

"흐흠……."

장영은 잠시 고민하다가 결심한 듯이 말했다.

"좋다. 너희들의 뜻이 그렇다면 막지 않겠다. 앞으로 너희는 나의 수하가 아니라 동료이자 벗으로 대하겠다."

"예, 대주."

장영의 승낙에 모두가 기분 좋은 미소를 띠면서 이구동성으로 우렁차게 대답했다.

"수동, 지금부터 가야 할 곳은 신강 마교다. 출발한다."

"옙, 대주. 멸마단 출발. 뒤처지는 놈은 각오해라. 최대 속도로 움직인다."

사마수동이 전과 다름없이 장영의 출발 명령을 전하면서 기분 좋게 뛰어나가려는 찰나였다.

"대…… 주…… 니…… 임!"

멀리서 익숙한 목소리가 귓전을 통해 들려왔다.

"응?"

"저거 누구지?"

"저… 저놈은 우천이잖아?"

그랬다.

멀리서 장영을 부르면서 엄청난 속도로 달려오는 인영은 바로 북궁우천이었다.

"헉, 헉, 헉, 대주님…… 어? 전부 모여 있네? 헉, 헉!"

북궁우천은 자고 있다가 장영이 사라진 것을 알게 되자 자신이 낼 수 있는 최고의 속도로 경공을 펼쳐 따라오는 바람에 숨이 턱에 차 있었다. 한데 도착한 곳에 멸마단 이대의 무인들이 전부 모여 있자 의문이 가득한 표정을 지었다.

"늦었다, 우천! 너 때문에 시간이 지체되잖아. 자, 출발!"

겉으로는 짜증을 내면서 슬며시 미소 짓는 얼굴로 사마수동이 외쳤다.

피웃! 풋!

사마수동의 명령에 따라 멸마단 이대의 전 무인이 장영을 따라 몸을 날렸다.

"어? 뭐… 뭐야?"

갑자기 자신은 아직 숨도 제대로 고르지 못한 상태였는데 모두가 경공술을 펼치면서 질주하기 시작하자 북궁우천은 어리둥절하기만 했다.

"우천! 뒤처지면 죽는다!"

사마수동의 외침이 들려오자 북궁우천은 무의식중에 또다시 최고의 경공을 펼쳐 그들의 뒤를 따랐다.

"젠장. 뭐야, 도대체? 왜 갑자기 뛰는 건데? 좀 쉬고 가지. 제길……"

멸마단 이대는 북궁우천의 푸념 섞인 투덜거림만을 안휘성의 한 골목에 남겨둔 채 신강을 향해 내달렸다.

2

"공자, 그들이 떠났습니다."

남궁세가의 가장 높은 전각에 위치한 대회의실.

대회의실에는 현재 정문이 보이는 방향으로 창문을 열고 물끄러미 희미한 풍경을 바라보는 준수하게 생긴 청년과 한 명의 시비가 있었다.

청년은 시비를 향해 고개조차 돌리지 않은 채로 가만히 정문 쪽을 응시했다.

"그래… 떠났군……."

그 청년은 남궁가휘였다.

남궁가휘 역시 장영이 아무도 모르게 새벽에 출발할 것이라는 사실을 어렴풋이 느끼고 있었기에 밤새 멸마단 이대 무인들이 한숨도 자지 못한 채 자신들만의 생각에 빠져 이리저리 뒤척대었다는 것을 알고 있었다. 분명 그들이 장영을 따라 나설 것이라는 것도 추측하고 있던 사실이었다. 하지만 남궁가휘는 그들의 대열에 참여하지 않았다.

물론 지난밤 장영과 멸마단이 생겨난 이야기를 사마수동으로부터 들었지만 그것은 그들만의 문제였다. 남궁가휘로서는 한편으로는 이해가 되었지만, 또 한편으로는 마음에 들지 않았다. 아마도 어린 시절부터 정도무림의 한 사람으로 자라온 기억들은 그들을 이해할 수 있을 만큼 넓은 아량을 가지지 못하게 했음이리라.

더구나 남궁가휘는 남궁세가의 소가주였고, 세가를 이끌어 가야 할 사람이었다.

무림맹의 멸마단이라면 정도무림에 속해 있는 단체였지만, 이미 무림맹에서 떠나온 지금은 단지 무림의 수많은 집단들 중 하나에 불과했고, 그들의 성격상 정도를 걷는 무리라고 하기엔 어폐가 있었다.

　"휴우… 저들과의 인연은 여기까지인가……."

　남궁가휘는 한숨을 내쉬었다.

　함께할 수 없음을 잘 알고 있었지만 가슴이 미어지는 듯한 아쉬움을 왜일까…….

3

　새벽 나절에 안휘성의 성도를 출발하여 걸음을 옮긴 장영 일행은 반나절 만에 하남성으로 들어왔다. 오는 길에 하남성 성도인 정주에 들러 말을 구입한 터였기 때문에 해가 중천을 지나 서쪽으로 넘어가려는 움직임이 생겼을 때는 낙양에 도착할 수 있었다.

　하남성의 서쪽에 위치한 낙양은 그 옛날 주(周)나라의 수도가 된 이래로 동주(東周), 동한(東漢), 조위(曹魏), 서진(西晉), 북위(北魏), 수(隨), 당(唐), 후량(後梁), 후당(後唐) 등 9개 왕조가 도읍을 정한 까닭에 '아홉 왕조의 도읍[九朝古都]'이라고 불리기도 했다.

　수많은 나라의 도읍이었던 까닭에 수많은 문화재와 문인들이 거처를 정하고 있어 낙양은 북경보다도 어떤 면에서는 더욱 발달한 도시였다.

만향루(萬香樓).

멸마단 이대는 낙양에 들러 주린 배를 채우기 위해 낙양의
중심가에 위치한 객잔인 만향루라는 곳으로 들어갔다.

만향루은 말 그대로 '만 가지 향기가 모인 곳'이라 평가될
만큼 이름 높은 곳이었다. 오층의 거대한 누각으로 지어진 만
향루 일층과 이층은 식사하는 여행객을 위한 전각으로 만들어
져 낮에는 식당으로, 밤에는 술집으로 사용되었다.

만향루가 유명해진 이유는 당대의 석학이자 전대 황제인 영
락제의 황사(皇師:황제의 스승)인 대문호 가려군이 한 기녀가
지은 시를 보고 크게 감탄하고, 중원 최고의 화원이라던 모개
충이 벽면에 이름없는 기녀가 그렸다는 그림에 찬사를 금치
못한 데서 비롯되었다.

그 이후 만향루에는 뛰어난 기예를 지닌 기녀들이 넘쳐 난
다고 하여 수많은 이들이 찾으면서부터 그 유명세를 타기 시
작하여 지금에 이르러서는 중원에서 가장 유명하기로 소문난
주루가 된 것이었다.

"야! 그냥 아무 데서나 처먹으면 될 것을 굳이 돈 아깝게시
리……."

사마수동이 짜증을 내면서 툴툴거렸다.

"부대주님, 그래도 낙양에 왔으면 가장 유명한 곳은 들러봐

야 할 거 아닙니까? 어차피 다시 들를 것도 아닌데……."

사마수동의 말에 만향루를 굳이 고집한 양녹산이 대답했고, 적환과 금마연, 북궁우천 역시 그 생각에 동조라도 하듯이 고개를 끄덕였다.

"이 새끼들이 또 개기네? 하여튼 이것들은 틈만 나면 놀고 마시고 할 생각뿐이지. 안 그래도 대주님이 바쁘신데. 하여간 철이 없어, 철이."

사마수동이 인상을 찡그렸다.

"수동……."

장영은 나지막하게 사마수동을 불렀다.

"예, 대주."

여전히 사마수동은 장영을 향해 공손함을 잃지 않았다.

"들어가지. 어차피 다시 못 올 곳이라면 한번 들러보는 것도 괜찮겠지."

"예, 대주. 알겠습니다."

방금 전까지 양녹산에게 화를 냈던 사마수동은 장영의 말에 금세 입장을 바꾸면서 만향루의 정문으로 안내했다.

"하여간 부대주님의 충성심을 누가 말려?"

"아싸! 만향루다, 만향루!"

안휘성을 떠나 낙양으로 오는 반나절밖에 되지 않은 시간이었지만 사마수동은 장영이 과거와는 달리 많은 부분이 변해 있음을 깨달았다.

이전에 그의 모습이던 야성적인 모습보다는 왠지 모를 기품이 느껴졌고, 부드러움이 생겨났다.

　만향루로 들어간 장영 일행은 일층이 꽉 차 있어 비교적 자리가 많은 이층의 구석진 곳에 자리를 잡고 음식을 주문했다.

　일층에는 일반민들이 자리를 잡고 있다면 이층에는 무림인들과 관부의 무인들이 자리를 채우고 있었기에 분위기가 제법 조용했다.

　"대주님, 일단 신강까지는 육로로 이동하는 것이 좋을 듯합니다. 일단은 섬서의 서안을 거쳐 감숙성의 난주에서 옥문관을 지나는 길이 가장 빠를 것 같습니다."

　적환과 북궁우천이 음식을 주문하기 위해 점소이와 대화를 나누는 동안 태성욱이 가죽으로 만든 지도를 펼쳐 신강으로 가는 경로를 사마수동과 장영에게 설명했다.

　"그러지."

　장영은 태성욱의 말에 고개를 끄덕여 찬성을 표했고, 사마수동 역시 장영이 찬성한 행로에 그다지 다른 의견을 제시하지 않았다.

　"저기… 대주님?"

　"응?"

　음식을 주문하던 북궁우천이 넌지시 장영을 불렀다.

　"술을 시켜도……."

　빠직!

　사마수동의 이마에 굵은 힘줄 하나가 돋아 오르자 북궁우천이 하고 싶은 말을 다 하지도 못한 채 금세 입을 다물었다.

"거봐라. 내가 안 될 거라고 했지?"

"그러게 말이다. 하여간 이 자식은 생각이 없어요."

사마수동의 일그러진 표정과 살기등등한 눈빛에 적환과 한백이 북궁우천을 나무랐다.

"그러지. 한잔하도록 하지. 어차피 시간이 촉박한 사안은 아니니까 말이야."

인상을 쓰는 사마수동과는 달리 장영은 흔쾌히 허락을 했다.

"옙! 알겠습니다. 이봐! 여기 죽엽청도 한 병 추가!"

장영의 허락에 북궁우천이 움츠렸던 어깨를 펴고 점소이에게 주문을 했다.

이윽고 음식이 나오고 장영 일행은 게걸스럽게 먹어대기 시작했다.

"이번에는 귀주성의 열두 개 방파가 당했다면서?"

"말도 말게. 안 그래도 지금 온 무림이 난리일세, 난리야. 하루가 멀다 하고 연일 무림방파들이 멸문지화를 당하는데다가 흉수의 정체는 밝혀지지도 않으니……."

"그나저나 이번에 귀주성 쪽까지 피해가 갔으면 흑룡성에서도 무슨 움직임이 일겠구만 그래?"

"그렇다네. 지난번에 운남의 환락정이 멸문당하면서 흑룡성에서도 난리가 났다고 하더구만."

"그래? 내가 듣기로는 후계자 싸움으로 인해서 내부가 시끄럽다고 하던데……."

만향루의 이층 누각에서 음식을 먹는 자들 대부분이 무림인이다 보니 현재 가장 화제는 의문의 멸문지화에 관련된 이야기가 가장 많았고, 같은 곳에 있는 장영의 일행들도 그에 관한 이야기를 듣지 않을 수가 없었다.

"누군지 꽤나 귀가 가렵겠네요. 가는 곳마다 저 이야기이니."

태성욱이 오향장육을 뜯으면서 심드렁하게 말했다.

"그러게 말이다."

북궁우천이 술을 따라 마시면서 태성욱의 말에 동조했다.

"괜한 관심이다. 음식이나 처먹어."

그런 그들을 나무라듯이 사마수동이 말했지만 정작 본인도 이번 멸무지화건이 무척이나 궁금한지 무림인들의 이야기에 귀를 기울였다.

"그 왜, 혈사검대라는 녀석들 있지?"

"그래, 그 흑룡성의 정예라는 녀석들."

"그래, 그 녀석들 말이야. 들리는 바에 의하면, 그 녀석들도 환락정 사건을 조사하러 갔다가 한 명도 살아남지 못했다고 하더구만."

"뭐? 정말인가?"

"그래, 이 사람아. 내가 듣지도 못한 사실을 지어내겠는가?"

'웅? 혈사검대가? 설마?'

사마수동을 비롯한 멸마대 이대 무인들은 '혈사검대' 라는 말이 나오자 잠시 음식을 먹던 것을 멈추었다.

혈사검대는 흑룡성의 정수와도 같은 단체였다.

마교의 수라대에 비교될 정도의 무력을 가진 곳이 바로 흑룡성주 예하의 혈사검대였고, 혈사검대의 대주인 '표' 라는 사내는 중원오대권사에 들어가는 사마수동보다 더 강한 무인이었다.

그런데 혈사검대가 한명도 살아남지 못하고 죽었다니… 믿을 수 없는 사실이었다.

"그만 하고 밥 먹지."

괜한 관심을 보이는 자신들을 대원들을 향해 장영이 나지막하게 말했다.

"예? 아, 죄송합니다."

사마수동은 그제야 무인들의 말에 관심을 끊고 다시금 음식을 먹기 시작했다.

그때였다.

갑자기 일층 누각이 소란스러워지기 시작하더니 청삼을 입은 일단의 무리들이 이층으로 올라왔다. 그들 중 우두머리로 보이는 자는 이층의 손님들을 둘러보더니 장영 일행을 발견하고 다가왔다.

"저들은 관림당의 무인들이 아닌가?"

"그러게? 그런데 저들이 이곳에는 웬일이지?"

관림당(關林堂).

낙양 시내에서 조금 떨어진 곳의 용문 석굴로 가는 도중에 삼국지로 유명한 관우(關羽)를 기리는 관림당이 있었다.

관림당은 관우를 기리기 위해 만들어진 최초의 관제묘였고, 자칭 관우의 언월도술을 이어왔다고 하는 무인들이 관림당 주변에 장원을 지어 무가를 열었다. 그들은 낙양 지역에서는 숭산 소림사를 제외하고 가장 성세를 구가하고 있었다. 강맹한 위력의 무위를 가지고 있었기 때문에 정파 내에서도 꽤나 세력이 큰 곳에 속해 낙양에서의 입지가 상당했다.

멸마단 이대가 앉은 곳으로 다가온 청삼무인은 말없이 내려다보더니 건방진 자세로 포권을 했다.

"본인은 관림당의 순찰향주인 안준호라고 하오. 몇 가지 묻고자 하는 것이 있으니 답해주기 바라오."

다짜고짜 하대를 하는 안준호를 향해 멸마단 이대 무인들이 눈살을 찌푸렸지만 사마수동은 예의를 잃지 않고 응대했다.

"말씀하시지요."

"본인은 조금 전 출신이 불분명한 무인들이 이곳 만향루에 들었다는 소리를 듣고 달려왔소. 귀하들의 정체가 밝혀진 바가 없으니 잠시 본 당으로 동행을 해서 조사를 받아주셨으면

하오."

상대방의 의사는 전혀 묻지 않는 일방적인 통보였다. 아무리 정파의 거대 세력이었고, 멸마단 이대의 이름이 잘 알려지지 않았다고는 해도 처음 보는 무인들에게 함부로 할 수 있는 말이 아니었다.

너무도 예의없는 말에 멸마단 이대의 모두가 인상을 찡그렸지만 장영이 별다른 표정 변화 없이 가만히 있었기 때문에 아무도 선뜻 일어나 화를 내지는 않았다.

"만약 우리가 거부한다면 어쩌시겠소?"

장영의 표정을 살피던 사마수동이 화를 삭이는 듯한 음성으로 자신을 안준호라 밝힌 무인에게 물었다.

"훗, 그대들에게 거부권은 없소. 응하지 않는다면 강제로 끌고 갈 수밖에."

안준호는 멸마단 이대를 보며 비웃듯이 말했다.

사실 처음 처음 보는 무인들이 낙양성으로 들어왔다는 순찰조의 보고를 받았을 때만 해도 시기가 시기인지라 조금 긴장하고 만향루를 찾아왔지만 눈앞의 무인들은 그다지 걱정할 만한 수준의 모습으로 보이지는 않았다.

그다지 강해 보이지도 않았고 상석에 앉은 왠지 창백해 보이는 잘생긴 자를 제외하고는 모두가 낡은 무복을 입고 있는 데다 자신들의 무기를 아무렇게나 내려놓은 모습이었기 때문이다. 안준호는 어디 이름없는 낭인들이 패를 지어 다니는 정도일 뿐이라 생각한 것이다.

그냥 무시하고 넘어갈 수도 있었지만 혹시나 하는 생각에 순찰조의 대부분에 관림당의 주력인 언룡대원 몇 명까지 끌고 온 터라 대충 잡아가서 체면치레나 하려는 생각이었다.

　　"강제로 끌고 간다라… 재미있군."

　　이제껏 아무런 말 없이 음식을 먹고 있던 장영이 처음으로 입을 열었다.

　　"이봐, 너."

　　장영은 점소이가 놓고 간 작은 천으로 입가에 묻은 음식물의 흔적을 닦아내면서 낮은 목소리로 안준호를 불렀다.

　　"네! 아… 아니, 왜 그러냐?"

　　장영의 부름에 왠지 모를 위압감으로 인해 '네'라고 대답한 안준호는 금세 자신의 말을 정정하고 물었다.

　　"관림당의 이름 따위로 지금 우리를 협박하는 건가?"

　　장영은 안준호와 관림당의 무인을 바라보면서 살짝 비웃음을 흘렸다.

　　"관림당 따위? 협박?"

　　"저런! 버릇없는 놈의 자식이?"

　　"감히!"

　　장영의 비웃음에 안준호의 뒤에 있던 무인들이 발끈하면서 금세라도 주먹질을 할 듯이 화를 내었다. 안준호는 자신의 수하들을 제지하며 장영을 비웃었다.

　　"아, 제법 강단은 있다는 말인가? 웃기는군. 감히 낙양에서 우리 관림당에 반기를 드는 행위라… 네놈들, 역시나 의심스

럽군. 최대한의 예의를 차려주었건만… 도발은 네놈이 먼저
한 거니 칼에 눈이 없음을 원망하지 마라."

안준호가 비릿한 웃음을 지으면서 수하들에게 손짓을 하자
멀마단 이대의 탁자 주위로 관림당 무인들이 포위하듯이 둘러
싸기 시작했다.

주위에 있던 무인들과 음식을 먹던 손님들은 혹여 자신들에
게 불똥이 튈까 하여 자리를 피했다.

"야, 마로야. 내가 이해가 안 돼서 그러는데 '예의'라는 말
이 예절 예(禮) 자에 제도 절(節) 자를 쓰는 것 아니었냐?"

"흠… 아마도 이 선배의 말이 맞을걸요?"

"그렇지? 그런데 저놈이 언제 예의라는 걸 우리한테 차린
거지?"

이경은 안준호의 말에 잠시 고개를 갸웃하면서 을지마로와
대놓고(?) 속삭였다.

제법 뛰어난 무위를 가진 안준호이기에 그들의 속삭임을 듣
지 못할 리 없었다. 자신이 놀림당하고 있다는 사실을 인지한
안준호의 얼굴이 시뻘겋게 달아올랐다.

"이… 이… 네놈들, 감히!"

"대주, 어찌할까요?"

사마수동이 혼자서(?) 분노를 터뜨리는 안준호는 신경도 쓰
지 않은 채 장영의 의사를 물었다.

"음… 대충 마무리하고 이동하도록 하지."

"예, 대주."

장영은 자신의 말에 복명하는 사마수동에게 고개를 끄덕이고는 관림당의 무인들의 틈새로 걸어나가려 했다.

"이봐! 지금 장난하냐?"

멸마단 이대를 포위하고 있던 관림당 무인 중 하나가 자신들의 포위를 뚫고 나가려는 장영을 향해 인상을 쓰면서 어깨에 손을 올려 잡았다.

뻐어억!

아니, 잡으려 했으나 자신의 얼굴을 향해 날아오는 거대한 주먹에 턱뼈가 으스러지면서 날아가 벽에 처박혔다.

"이런 개자식이 감히 누구한테 손을 올리는 거야?! 우리 대주님이 니 친구냐?"

사마수동이었다. 장영의 어깨를 잡으려는 순간 엄청난 속도로 주먹을 휘둘러 관림당 무인의 턱뼈를 바스라뜨리고는 불같이 화를 내었다. 절혼권이라는 명성답게 일권에 혼백이 빠져나갈 정도의 타격을 입힌 것이다.

모두가 갑작스럽게 일어난 상황에 할 말을 잃었다.

잠시 동안 어리둥절한 표정으로 상황을 머릿속으로 정리하던 안준호는 드디어 사태 파악이 끝나자 어금니를 깨물면서 명령을 내렸다.

"이런 쌍놈의 새끼들이! 얘들아, 쳐라!"

"에혀, 왜 약한 놈들은 뻑하면 '얘들아, 쳐라!' 이렇게 말하는 건지."

북궁우천이 탁자에 남은 술을 한 모금 들이켜고는 자신들의 무기로 공격해 오는 관림당의 무인들의 공격을 막아갔다.

　까가가강!

　아무 일 없다는 듯이 걸어나가는 장영과 사마수동을 제외하고 나머지 대원들은 관림당의 무인들의 공격을 너무도 쉽게 튕겨내어 버렸다.

　안준호는 자신들의 공격이 너무도 쉽게 막히자 한껏 긴장하기 시작했다.

　"이… 이놈들이 무공을 숨기고 있었구나!"

　멸마단 이대 무인들은 어이가 없었다. 자신들은 아무것도, 아무 말도 한 적이 없는데 잡으려 하고, 공격하고, 이제는 무공을 숨겼다고 한다.

　"내참. 아예 소설을 써라, 이 자식아."

　"그러게 말이야. 누가 언제 무공을 숨겼다는 거야?"

　북궁우천과 적환이 안준호의 말에 또다시 토를 달았다.

　"우천, 갈 길이 멀다. 신속히 처리하고 이동한다."

　사마수동은 장영의 뒤를 따르면서 북궁우천에게 말했다.

　"얘들아, 부대주님 말씀 들었지? 뭐, 별 볼일 없는 놈들이라 아쉽긴 하지만 맹의 멸마단으로서가 아니라 우리 자신들로서의 첫 싸움이다. 파묻어 버려!"

　슈가가각!

　퍽! 뻐버벅!

　퍼퍽!

　관림당의 무인들과 멸마단 이대의 무인들과의 싸움은 말로 설명할 필요도 없을 정도로 신속하게 끝나 버렸다.

어느새 만향루의 이층에는 널브러진 채 고통에 신음하는 관림당의 무인들만이 남아 있을 뿐이었다.

4

조용하던 낙양의 무림세가들은 때아닌 난리가 났다.

안 그래도 세상이 흉흉하고 누가 적인지 아군인지 구분 못하는 상황에서 낙양 일대를 제집처럼 활보하고 다니면서 위세를 떨쳤던 관림당이 이름조차 없는 낭인들에 의해 박살이 났다는 소문은 순식간에 퍼져 나갔다.

중원의 서남쪽에서부터 시작된 의문의 멸문지화 사건과 관련하여 무척이나 민감한 시기에 생겨난 사건이었기 때문에 낙양 일대의 무림세가들은 이번 관림당 사건의 주모자들에 대한 촉각을 곤두세우기 시작한 것이었다.

관림당주 송기백은 거의 폐인이 되다시피 해서 돌아온 순찰향주 안준호와 무인들의 모습에 분노를 터뜨렸다. 그리곤 관림당의 전 무인을 동원해 멸마단 이대를 쫓았다.

낙양에서 조용한 무림문파는 불도를 전념하는 숭산의 소림사뿐이었다.

"어느 쪽으로 갔다고?"

과거의 미염공처럼 길다란 흑염(黑髥)의 사내는 먹처럼 검고 윤기 나는 흑마 위에 앉아 지나가는 행인을 붙잡고 멸마단 이대의 행적을 탐문하였다.

그는 바로 관림당의 오대 당주이자 관우의 현신이라 불리는 낙양월도(洛陽月刀) 송기백이었다.

"말씀하시는 비슷한 무리를 저쪽으로 오는 길에 본 듯합니다. 모두가 검은 옷에 말을 타고 가는 것이 아마도 방향이 서쪽의 의마현(義馬縣)으로⋯⋯."

"서쪽이다! 가자!"

송기백은 행인의 말이 끝나기도 전에 자신들의 수하에게 명을 내리며 말을 내달렸다.

"반드시 잡아야 한다. 이대로 보내면 관림당의 명예가 땅에 떨어진다. 어서 달려라!"

그들은 채찍으로 말을 때리면서 순식간에 먼지만을 남겨둔 채 뛰어나갔다.

*   *   *

관림당의 무인들이 열심히 뒤를 쫓고 있을 때 즈음. 멸마단 이대는 두런두런 마상 대화를 나누면서 신강으로 향하는 길을 재촉하고 있었다.

"참 웃기는 놈들이었습니다. 별로 들어보지도 못한 지방 문파의 일개 무사 놈의 행실이 저러니 정도무림이 힘이 없다는 게 당연하게 느껴지는군요."

사마수동은 불과 한 시진 전에 맞붙은 관림당의 순찰향주 안준호를 생각하면서 장영에게 말했다.

"흐흠……."

"그러게 말입니다. 하여간 요즘 서남쪽 일대가 시끄럽다고 하던데… 괜한 오해나 사지 않을지……."

말없이 뒤따르기만 하던 남학기가 걱정스러운 듯이 말했다.

"뭐, 까짓것 덤비는 족족 쓸어버리면 되지요."

허리춤에 묶인 자신의 삼절곤을 손으로 툭툭 치면서 양녹산이 웃자 북궁우천이 샐쭉하게 째려보고는 험담을 했다.

"어째 저 자식 말하는 폼이 예전 일대의 패왕 놈이랑 비슷한 거 같네."

"듣고 보니 그렇네. 그나저나 일대 놈들은 잘 지내고 있으려나?"

"잘 지내겠지. 돈 많기로 중원에서 둘째가라면 서러워하는 만금산장에 들어갔잖냐. 지금쯤 좋은 거만 처먹어서 살이 뒤룩뒤룩 찌지 않았을까?"

한백과 적환이 북궁우천의 말에 맞장구를 치면서 일대의 무인들을 회상하자 갑자기 생각난 듯이 정석이 손바닥을 쳤다.

"아! 맞다."

"뭐? 왜?"

"휘연 누님은 잘 지내고 있을까요? 매일 대주님을 죽자사자 쫓아다니더니……."

"아! 그 녀석이 있었지? 큭큭큭."

정석과 태성욱이 한때 장영을 짝사랑해서 매일같이 쫓아다니던 사도휘연이 생각나는지 게슴츠레하게 장영의 뒷모습을 보면서 킥킥댔다. 그 모습을 가만히 보던 사마수동이 고개를 돌려 째려보자 모두들 딴청을 피우면서 외면했다.

'저놈의 새끼들이… 하여간 한시라도 틈을 주면 안 돼. 그런데… 응? 저건 뭐지?'

사마수동은 일행의 뒤를 바라보다 멀리서 일어나는 먼지구름이 보이자 인상을 찡그렸다.

분명 말들의 움직임으로 인해 일어나는 먼지였다. 그리고 그 속도로 보아 얼마 가지 않아 자신들이 있는 곳까지 올 것 같았다.

"대주님."

"응?"

사마수동의 부름에 장영이 그가 가리키는 방향으로 고개를 돌렸다.

"관림당의 무인들인가?"

"예. 아무래도 그런 것 같습니다. 어찌할까요?"

"흠… 도발해 오기 전까지는 무시한다."

"……."

장영은 가볍게 고개를 저었다.

"알겠습니다. 도발해 오기 전까지는……."

사마수동은 그다지 마음에 들지 않았지만 장영의 결정을 존중하고 따랐다.

잠시 후.

먼지구름의 정체가 드러났다.

낙양월도 송기백과 관림당의 무림인들, 그리고 낙양 지역에 퍼져 있는 수많은 무림방파에서 모인 무인들이었다.

그 수는 물경 백여 명을 헤아렸는데 모두 멸마단 이대를 쫓아온 것이었다.

한참을 전력 질주로 달려온 말들이 투레질을 해댔고, 어느새 멸마단 이대는 수많은 무인들의 틈에 포위되었다. 하지만 정작 당사자들은 여유가 넘쳐흘렀다. 그런 모습이 송기백의 기분을 더욱 상하게 했는지 무척이나 언짢은 얼굴이었다.

"묻겠다. 네놈들이 만향루에서 본 당의 무사들과 시비가 붙은 자들이 맞느냐?"

송기백은 알고 있으면서도 무수히 많은 무인이 모인 자리인지라 체면치레 삼아 신분 확인을 했다. 하지만 멸마단 이대는 그런 송기백의 말을 무시하면서 코웃음치며 대답했다.

"밥 먹는데 와서 식사를 방해하며 막말하는 개새끼들을 패준 것을 말하는 것이라면 우리가 맞는데. 어째 그러시는지?"

태성욱이 사람 속을 잔뜩 긁어대는 비웃음을 띠고는 나름 최대한의 예의(?)를 다해서 답해주었다.

"뭐라? 개새끼? 정녕 본인들의 잘못을 모른단 말이냐!"

"무슨 잘못을 말하는지 모르겠군요. 또한 누가 잘못했는지도."

"네놈들은 알량한 무공 실력을 믿고 감히 대관림당의 무인을 상대로 시비를 걸어 치졸한 암수로 상대를 쓰러뜨렸다."

"웃기는 소리! 치졸한 암수가 도대체 무엇이란 말인가?"

"부인할 셈이냐!"

"흥, 그 나물에 그 밥이었군. 어째 수하 놈이랑 하는 꼬락서니가 그리도 닮았수? 결국 하고 싶은 말이 뭐요? 애새끼 맞은 것에 대한 복수라도 하려는 것이오?"

태성욱이 속 긁는 말을 하자 송기백은 금세라도 자신의 언월도를 뽑아 목을 베어버리고 싶었다. 하지만 수많은 무인들이 모여 있고 관림당의 수장이라는 신분 때문에 경거망동하지 않았다.

"어린놈의 입이 매섭구나. 실력이 안 되니 말로라도 이겨보려는 것이렸다!"

"홋, 재미있군. 그따위 허식 따위는 버리고 싸우자고 하면 될 것을 말이야."

"그러게. 하여간 정도무림을 걷는다는 놈들은 어째 저래 겉과 속이 다른지 모르겠어. 이럴 땐 내가 한때 정도무림에 있었다는 사실이 막 화가 난다니까."

멸마단 이대의 무인들은 송기백의 말 따위는 안중에도 두질 않았다.

"놈! 너에게 오늘 예의라는 것을 가르쳐 주마. 하마(下馬)해라. 어째서 낙양에 관림당이 있는지 알게 해주마!"

송기백은 더 이상 참지 못하고 자신의 거대한 언월도를 들고 말 위에서 내려섰다.

"흥, 정도 같지도 않은 위선자 같은 놈들. 그 입을 다물게 해주지."

태성욱이 비꼬듯이 말하면서 관림당과 함께 온 이들의 얼굴을 훑어보았다.

"성욱, 신속히 정리하고 떠난다."

"예, 부대주."

마치 자신들을 동네 건달패를 대하듯이 말하는 모습에 송기백의 분노가 폭발했다.

"이런! 근본도 없는 낭인 놈들이!"

송기백의 거대한 언월도가 엄청난 바람을 일으키면서 횡으로 휘둘러지자 먼지가 일어났다.

까강!

"웃!"

태성욱이 뽑아 올린 만도와 송기백의 언월도가 부딪치면서 불꽃을 튀겼다.

"파풍환도!"

순간 언월도가 수십 개의 환영을 일으키면서 태성욱의 요혈을 찔러 들어갔다.

슉, 슉, 슉, 슉!

"흥!"

자신을 향해 날아오는 언월도극의 환영에 태성욱의 검끝이 흔들리면서 무수한 변화를 쏟아내기 시작했다.

따다다당!

송기백의 언월도는 미처 태성욱의 몸에 닿기도 전에 뻗어낸 검에 의해 차단되어 버렸다.

일진일퇴.

두 인물은 잠시 거리를 두고 떨어져서 서로를 노려보았다.

"대단하구나, 놈. 일개 낭인인 줄 알았더니 제법 쓸 만한 실력이군."

먼저 입을 연 것은 송기백이었다. 진정으로 감탄했다. 아무리 본신 내력을 싣지 않은 휘두르기 공격이었지만 순간적으로 다섯 번의 변화를 일으키는 '파풍환도' 라는 초식은 일개 낭인이 막아낼 수 있는 정도의 수준이 아니었다. 뿐만 아니라 자신의 언월도의 공격점을 정확하게 찾아 그 맥을 끊어낼 정도의 감각이라면 일류고수 이상의 무인이라는 뜻이다.

"호오, 본인의 언월도를 막아내? 네놈, 누구의 문하더냐? 일개 낭인이 가질 만한 실력이 아니거늘……."

송기백은 낙양에서 소림사를 제외하고는 가장 강하다고 자부하는 무인이었다. 물론 세상에 널린 것이 일류고수라 할지라도 이미 절정의 경계를 밟고 있다고 생각했다. 한데 언뜻 보기에도 몇 살 되어 보이지도 않는 청년이 자신과 근접한 무위를 선보이다니 믿을 수가 없었다.

"정말 놀고 있네. 왜? 낭인 무사는 이 정도 실력을 가지면 안 되는 건가? 오로지 명문들만 강한 무공을 익힐 수 있다는 아집에 가득 찬 놈들."

태성욱의 검이 움직였다.

그런데 희한하게도 태성욱의 검이 허공중에 수(繡)라도 놓는 듯한 변화를 일으키자 은은한 향기가 피어오르면서 수십개의 매화가 흐드러지게 피어올랐다.

"웃!"

까가가강!

송기백은 갑작스럽게 어디선가 많이 본 듯한 검법에 얼을 빼고 있다가 서둘러 자신의 언월도를 풍차처럼 휘둘러 대면서 쏟아져 내리는 매화꽃을 막아갔다.

핏!

하지만 꽃잎이 떨어지듯이 수천 개로 화하여 떨어져 내리는 매화를 모두 막아내기는 무리였는지 그만 어깨에 상처를 입으며 피가 튀어 올랐다.

"화산의… 매화검법? 그것도 검향의 경지까지?"

송기백은 다친 어깨보다도 눈앞의 태성욱이 매화검법을 펼쳤다는 사실에 더욱 놀랐다.

함께 온 무인들 역시 두 눈을 부릅뜬 채 경악한 표정을 지었다. 놀라지 않은 것은 멸마단 이대의 무인들뿐이었다.

"네놈은 화산의 문하였더냐?"

"흥, 화산의 문하 좋아하시네. 다른 것도 보여줄까?"

송기백의 경악에 가득 찬 음성에 태성욱은 코웃음을 치면서 또다시 검을 움직였다. 검극을 따라 새하얀 검기가 피어오르면서 휘둘러지자 검기가 새하얀 빛무리를 토해내면서 엄청난 속도로 송기백을 향하자 경악성을 내질렀다.

"헉! 곤륜의 분광검?"

송기백은 더 놀랄 힘도 생기질 않았다. 태성욱이 뻗어내는
공격에 방어하기만도 급급했다. 화산의 매화검에 이어 곤륜
의 분광검, 청성의 청운적하검에 태양마저 꿰뚫는다는 종남의
사일검법(射日劍法)이 자신의 가슴을 향해 날아왔기 때문이
다.

땅!

"큭!"

태성욱의 검이 빛살보다도 빠르게 송기백의 어깻죽지를 꿰
뚫어 버렸다.

"네… 네놈, 정체가 뭐냐? 구대문파의 공동 전인이라도 되
는 것이냐?"

믿기지 않는 표정이었다. 송기백은 어깻죽지에 태성욱의 검
이 박힌 채 물었다.

"흥, 공동 전인 같은 소리하고 있네."

태성욱은 자신의 검을 송기백에게서 뽑아내면서 또 한 번
코웃음을 쳤다.

"겨우 이까짓 것으로 놀라는 거냐? 너희 같은 놈들 때문에
정파무림이 욕을 먹고 있는 것이다, 이 사파 같은 놈들아. 네
놈들이 정의며 협의라 떠들고 다니지만, 실제로는 뒷배를 채
우기에 급급하고, 얼마 되지 않는 세력으로 낙양의 주인 행세
를 하며 무고한 이들을 괴롭히고 있다는 것쯤은 보지 않아도

잘 알 것 같다. 네놈들처럼 정파 같지도 않은 정파 놈들이 뒷
짐을 지고 거드름이나 피우는 통에 정말로 정의 수호를 위해
목숨을 초개와도 같이 버리는 이들까지 욕을 먹는 거다. 감히
어줍잖은 실력과 세력을 앞세워 정파 행세라니 부끄럽지도 않
냐?"

"저 자식, 왜 저러냐? 뭐 때문에 저렇게 예민한 거지?"

두 사람의 싸움을 지켜보던 북궁우천이 한백에게 물었다.

"글쎄? 저 자식, 사내놈이 달걸이를 하는 것도 아니고. 나도
잘 모르겠는걸?"

한백이었다.

"놔둬라. 원래 저놈이 꼴 같지 않은 놈들을 보면 저러잖냐.
괜한 정의감에 넘치는 놈이니까 니들이 이해해라. 예전에도
정파랍시고 허세만 부리는 놈들을 보면 한번씩 저렇게 화를
내곤 했는데 뭘 그리 이상하게 생각하냐?"

태성욱을 바라보면서 남학기가 북궁우천과 한백에게 말했
다.

"하긴⋯⋯."

"보여주마, 네놈이 말하는 낭인의 무공이 어떤 것인지."

태성욱은 천천히 자신의 검집에 검을 꽂고 튀어나갈 듯한
자세를 취했다.

발검술의 기수식이었다.

천천히 검자루에 손을 가져가던 태성욱의 움직임이 일순간
빨라지며 지면을 스치듯이 튀어나갔다.

스아아악!

"그만!"

사마수동이 대갈일성을 질렀다.

그 소리에 맞추어 태성욱의 검이 순간적으로 멈추어졌다.

미처 반응조차 하지 못한 송기백은 어느새 자신의 목에 닿은 검날을 바라보면서 식은땀이 흘러내리는 것을 느꼈다.

꿀꺽.

마른침을 삼켰다.

엄청난 속도의 발검술이었다. 이제껏 수많은 무인을 보아왔지만 이렇게 빠른 쾌검은 본 적이 없었다.

태성욱은 송기백의 목에 칼날을 대고 잠시 노려보더니 자신의 검을 회수하고는 뒤로 돌아 자신의 말에 올랐다.

그때까지 송기백은 옴짝달싹할 수가 없었다.

태성욱의 검이 거두어지고 나서야 목에서 미세한 상처가 생겨나 피가 흐르고 있음을 느낀 송기백은 두려움이라는 감정이 처음으로 생겨났다. 목에 칼을 가져다 대고 자신을 노려보던 태성욱의 눈은 폭발할 듯한 야성을 감추고 있었다.

"돌아가라. 그리고 다시는 쫓아오지 마라. 그때는 베겠다."

사마수동은 얼떨떨한 표정으로 안색이 창백해지는 송기백을 내려다보면서 말하고는 말 머리를 돌렸다.

멸마단 이대가 다시금 말을 돌려 길을 떠났지만 남아 있던 무인들은 아무도 쫓아갈 엄두를 내지 못했다. 아무리 낙양 일대에서 알아주는 무인이라고 할지라도 관림당주가 손도 못써 보고 당했다. 감히 자신들이 당해낼 수 있는 수준이 아니었던 것이다.

第七章
또 다른 비밀과 음모

戰鬼
전귀

1

   청해성, 운남성, 사천성에서 시작된 의문의 멸문지화는 수 많은 소문과 유언비어를 낳아 들불처럼 퍼지기 시작했다.

   불과 한 달도 되지 않은 시간 동안 구파일방의 세력인 청성 파와 아미파가 무너져 내렸고, 흑룡성 예하 환락정이 멸문을 당했으며 스물여섯 개의 무관과 중소 방파가 흔적도 없이 사 라져 버렸다.

   흥수에 대한 정보는 극히 제한되어 있었으며, 무너진 세력 에서 살아남은 자들이 극히 일부인 관계로 제대로 된 조사가 어려웠다.

   하지만 각 세력의 끈질긴 조사와 노력으로 인해 몇 가지 중 요한 사실이 드러났다.

첫째, 공격해 온 흉수는 열 명 정도의 무리이다.

둘째, 공격당한 수많은 문파들 중 동일한 시간대에 공격당한 문파는 한 번에 다섯 곳 정도였다. 즉, 흉수의 수는 오십여 명 내외로 파악된다.

셋째, 흉수가 검강을 맞고도 이겨낸 것으로 보아 금강불괴나 그에 준하는 외공을 익혔을 가능성이 크고, 최악의 경우 강시일 수도 있다.

넷째, 흉수는 독을 쓴다.

현재까지 밝혀진 것은 단 네 가지였다.

지금의 정보로는 어떠한 사실도 유추해 낼 수가 없었기 때문에 무림의 모든 문파들은 비상경계령을 내린 채 사태를 지켜볼 수밖에 없었다.

그런데 이상한 것이 있었다. 이번 사건이 중원의 세력들에 대해서 시작된 것이라면 어째서 서장의 혈교와 신강의 마교에는 아무런 피해가 없는 것인지, 그리고 운남성에서 흑룡성 예하의 환락정이 무너졌음에도 독곡은 어째서 무사한가 하는 것이었다.

세 곳의 세력이 모두 정파나 사파와 대립 관계에 있었으며 항상 반목을 거듭해 왔다는 사실에 비추어 보았을 때, 이번 사건의 주모자로 의심될 가능성이 있었다. 특히 흉수가 독을 쓴다는 사실을 미루어 볼 경우 독곡이 흉수와 깊은 관계가 있을 것이 유력시되었다.

하지만 그들의 주력이 움직인 흔적이 발견되지 않았고, 의심만으로 그들과 전면전을 벌일 경우 생길 막대한 피해를 예상하여 섣불리 움직이는 세력은 없었다.

다만 흉수의 이동 경로로 보았을 때 다음에 공격받을 수 있는 곳은 아마도 감숙성과 섬서, 중경, 귀주성, 광서성 등지로 예측될 뿐이었다.

패도련은 감숙성으로 무인들을 집중하였고, 구파일방과 무림맹은 청성파와 아미파가 위치했던 사천성으로 개방의 조사단을 파견하는 한편, 수많은 무인들을 섬서성의 종남과 화산으로 파견했다.

사파의 맹주인 흑룡성주 천잔도 두원은 혈사검대의 일부가 운남성의 환락정을 조사하던 중 그 행적이 묘연해지자 혈사검대주 표와 혈사검대의 무인 오십여 명을 운남성으로 재차 파견했고, 광서성과 귀주성 일대로 나머지 혈사검대를 파견했다. 하지만 현재 사파칠패들은 서로 반목하고 있는 실정이라 자신의 세력을 지키기에 급급할 뿐이었고, 여전히 후계자 선정에 관련된 내분은 사그라들 줄을 몰랐다.

오가회는 안휘성을 비롯한 하북, 하남, 산서, 산동, 강서성에 위치하고 있었기 때문에 이번 멸문지화에 유일하게 별다른 피해 없이 세력을 유지하고 있었다. 하지만 언제 흉수들이 나타날지 몰라 연일 오가회의 회주인 하북팽가에 모여 회의를 하고 있었다.

"이거 참, 큰일이구만."

"그러게 말입니다. 한 달도 되지 않은 시간 동안 그렇게 많은 세력들이 무너지다니……."

"크흠……."

모두가 인상을 찡그린 채 고개를 가로저었다.

오가회 대회의.

오가회는 하북성 북경에 위치한 하북팽가를 중심으로 무림맹과 밀접한 관계를 맺고 있던 제갈세가를 제외한 안휘의 남궁가, 요령의 모용가, 산동의 악가, 하남의 황보세가의 다섯 가문이 모여 만든 세력이었다.

"일단 이번에 가주님들을 바쁘신 와중에도 소집한 것은 다름이 아니라 패왕련주가 보낸 서찰 때문입니다. 아시다시피 현재 회에서는 별도의 조사단을 사천성 일대에 파견하였습니다."

오가회의 회주 직을 맡고 있는 하북팽가의 가주 팽철환이 무거운 음성으로 각 가문의 가주들을 돌아보면서 말했다.

"이번에 패왕련주가 운남의 독곡을 조사하는 것에 힘을 빌려주기를 요청했습니다."

패왕련은 하북언가를 중심으로 만들어진 중소 방파들의 단체로, 현재는 하북언가의 가주인 하북권왕 언가풍이 일대 련주를 맡고 있었다.

"뭐라? 독곡을?"

"음······."

팽철환의 말에 모용세가의 가주인 모용무백과 남궁창천이 침음성을 흘렸다.

"회주, 하지만 독곡은 세외의 강자요. 패왕련이 조사하려 한 다고 해서 조사할 수 있는 단체가 아니지 않소?"

"저도 그리 생각합니다. 현재 흉수가 독을 쓴다 하여 흉수의 정체가 독곡과 관계있을 것이라는 추측이 은밀하게 퍼지고 있 다는 사실은 익히 들어 알고 있으나 함부로 결정할 만한 사안 은 아닌 듯싶소이다."

"예, 황보 형님과 악 소제의 말씀은 일리가 있습니다. 하나 무턱대고 거절할 입장도 아닌지라······."

팽철환 역시 황보세가의 가주인 황보곽과 산동악가의 가주 인 악리환의 말에 난처한 표정을 지었다.

"혹시 패왕련에서 독곡이 관련되었다는 결정적인 정보를 얻은 것인가?"

"글쎄요. 아직 자세한 사항은 밝혀진 바가 없습니다 만······."

"그렇다면 일단 그에 대한 사항부터 알아내야 할 것이 아닌 가?"

황보곽이 신중한 어조로 말하자 팽철환이 고개를 저었다.

"소제 역시도 그러한 사실에 대해 하북권왕에게 말했지만 협력할 경우에만 자신들이 조사한 내용을 밝히겠다는 입장이 었습니다."

"그런 멍청한! 어찌 그런 바보 같은 말이 있단 말인가? 혹여 정말로 독곡이 관련되었다는 정보가 있다면 구파의 무림맹과 우리에게 밝혀 힘을 모아야 할 것이거늘, 어째서 아둔한 생각으로 독곡에 대한 조사를 한다 만다 말한단 말인가. 쯧쯧……."

황보곽이 무척이나 마음에 들지 않는다는 표정으로 혀를 찼다.

"그런데 어째서 혈교나 마교 쪽에서는 아무런 반응이 없는 것일까요? 마교야 원래부터 그런 놈들이니 접어두고 생각하더라도 사천과 청해에서 사건이 일어났다면 혈교 역시도 어떠한 움직임을 보여야 할 것인데 말이죠."

남궁창천이 이해가 되지 않는다는 듯 탁자 위에 두 팔을 올려 깍지를 꼈다.

"음… 그렇네. 아마도 이제껏 아무런 움직임도 없었던 마교가 개입했을 리는 없고, 또한 마교주의 성격상 치졸한 암습 따위는 하지 않았을 것이네. 독곡 역시 이제까지 한 번도 중원무림에 관심을 가진 곳이 없었던 곳이네. 사실 나도 이번 일에 대해서는 혈교가 가장 의심스럽긴 하다네……."

팽철환이 남궁창천의 말에 동조하면서 고개를 끄덕였다.

"그렇다면 독곡이 아니라 혈교가 꾸민 일일까요?"

"글쎄, 하지만 패왕련주가 어떤 정보를 가지고 있는지 모르니……."

"음……."

모두가 미간을 찌푸렸다.

무거운 침묵이 흐르자 팽철환이 입을 열었다.

"그럼 이번 패왕련주의 서찰에 관련하여 표결을 하도록 하지요. 하지만 각 세가의 가주님들도 아시다시피 이번 사안을 거절할 경우 패왕련과 관계가 다소 소원해질 수 있음을 명심하시기 바랍니다."

"난 반대일세. 일단은 사태를 좀 더 지켜보아야 할 듯하네. 무턱대고 독곡을 건드리는 것은 위험하다는 것이 내 생각일세."

황보곽은 작게 한숨을 내쉬면서 무거운 어조로 말했다.

"저도 반대합니다. 아직은 섣부르게 결정할 시기가 아닌 듯합니다.

"저 역시 반대입니다."

"저도 반대하겠습니다. 저는 독곡보다 혈교 쪽을 조금 더 경계하는 것이 좋을 것 같습니다."

가부 결정을 할 필요도 없었다. 모든 가주들이 반대의 입장을 들고 나온 이상 오가회의 결정이 내려진 것과도 같았다.

회주는 하북팽가의 가주인 팽철환이었지만 중요 대소사는 모두의 의견을 종합하여 다수결로 결정하는 것이 오가회의 회의였다. 회주는 단지 회의 대표 격인 자리였고, 각 회의 모임을 주최하는 것 이외에는 나머지 가주들과 동등한 위치에 있었던 것이다.

"그럼, 모든 가주님들의 의견이 그러하니 이번 패왕련주의 서찰에 관련된 내용은 없던 것으로 정하겠습니다."

팽철환은 다시 한 번 결정된 사안을 선언하였다.

"자, 그럼 다들 먼 길을 오셨으니 술이라도 한잔 드시지요. 인근 주루에 자리를 잡아두었으니."

"그러세나……."

회의를 마친 각 가문의 가주들은 천천히 자리에서 일어나 두런두런 이야기를 주고받으면서 회의장을 걸어나갔다.

"참, 이번에 집안에 좋은 일이 있다 들었습니다만?"

태사청으로 향하며 모용무백이 남궁창천에게 물었다.

"예?"

"아드님이 대성을 이루셨다구요."

"아, 그것 말씀이시군요. 허허. 어찌하다 보니 그리되었습니다."

남궁가휘에 대한 이야기였다.

세가로 돌아온 남궁가휘가 북해빙궁의 빙한검을 꺾었다는 소문은 이미 무림 전역에 퍼져 나가 있는 상태였다.

"그리 대수롭게 말씀하실 사안이 아니지요. 사실 빙한검이라고 하면 빙계 검술의 극한을 보았다고 하는 자가 아닙니까? 가휘 녀석이 이제 스물셋이니 어찌 대단하지 않다 하겠습니까? 축하드립니다."

남궁가휘에 대한 칭찬이 나오자 남궁창천은 무척이나 기분이 좋았다.

"원래 어릴 때부터 신동 소리를 듣던 녀석이 아닙니까? 될 성부른 나무는 떡잎부터 알아본다 하더니, 그 말이 꼭 맞습니다, 형님."

악리환이 남궁가휘를 한껏 치켜세웠다.

"그러게 말이야. 내 딸이라도 있으면 사위로 얻고 싶을 정도라니까. 창천이 자네가 '검왕'이라 불리니 자네 아들은 '소검왕'일세그려. 허허허."

팽철환과 함께 앞서 걷던 황보곽도 남궁가휘에 대한 칭찬을 늘어놓자 기분이 좋아진 남궁창천이 흐뭇한 미소를 지었다.

"이거 참, 오늘 술은 제가 사야겠습니다. 허허허."

2

하북의 또 다른 거대 무림세가인 하북언가.

하북언가는 무림맹에서 독립한 이후 더욱 성세를 구가하고 있었다.

항상 팽가에 밀려 하북의 변두리에 위치한 무림세가가 아니라 이제는 당당히 중원의 거대 세력 중 하나인 패왕련의 수좌로서 그 힘을 과시하고 있었다.

하북언가는 그 역사가 무척이나 짧았다. 그리고 언가권이라는 가문의 절기가 있었지만 그리 대단한 무공도 아닌데다 대성하여 절정고수가 된 이도 없었기 때문에 항상 이름없는 하북의 문파에 불과했다.

언가가 유명해지기 시작한 것은 다섯 번째 가주가 된 언가풍이 정사의 중간에 있던 중원오괴를 제압하면서부터였다. 그 일이 있은 이후 언가풍은 당당히 중원오대권사에 그 이름을

올렸고 언가는 오대권사 중 하나를 배출해 낸 세가로서 유명
세를 타기 시작했다.

특히 세상의 모두에게서 별 볼일 없이 여겨지던 언가권이
세인들로부터 관심을 받기 시작했던 것이었다.

또한 언가를 중심으로 패왕련이 구성되면서부터 언가는 하
북 지역에서 팽가와 비슷한 규모의 세력으로 성장했다. 게다
가 무림맹 칠성대전에서 있었던 회의에서 언가풍이 한 발언이
수많은 정도무인들로부터 공감을 형성하면서 진정한 정도문
파로 칭송받기 시작했다.

하북언가의 가주전인 언청전.

"오가회에서 거부했다 들었습니다."

"그렇네."

청삼을 입은 무척이나 건장한 무인과 조금 야비한 인상을
가진 남자의 대화.

청삼사내는 잘 단련된 근육을 가진 무인이었고, 야비한 인
상의 사내는 중원인의 복색이 아니라 짐승의 털로 만든 달단
족의 복장을 하고 있었다.

"뭐, 이미 예상했던 사실이었지만 조금 아깝긴 하군요."

야비한 인상의 사내는 비릿하게 웃으며 입맛을 다셨다.

사내의 정체는 중원오대권사의 일 인이자 하북권왕이라 불
리며 중원 사십오 개의 무림문파를 대표하는 패왕련주 언가풍
이었다.

"걱정하지 마십시오. 련에서는 지난번 무림맹의 세력들을 와해시켜 놓으신 공만으로도 충분히 감사해하고 있습니다."

무슨 말일까? 련이라니, 그리고 무림맹의 세력을 와해시켰다니?

"후후… 별것 아닐세. 련주님께서 나에게 베풀어주신 은혜를 갚기에는 아직 멀었다네."

언가풍은 야비한 인상의 사내에게 기분 좋게 웃으면서 손사래를 쳤다.

"지난번 일로 련주님이 무척이나 고마워하시면서 거사가 성공했을 경우 가주님을 련의 요직에 앉힐 것이라 하였습니다."

"뭐라? 그래? 그런 일이 있었단 말인가?"

"예."

"그다지 힘든 일도 아니었거늘, 련주님께서 과도하게 칭찬하셨구만 그래."

겉으로는 매우 사양하는 듯한 모습이었지만 조금 전보다 더욱 기분 좋은 웃음을 흘리는 언가풍이었다.

"여하튼 이번에 패왕련으로 하여금 독곡과 싸움을 붙여 그 세를 약화시킬 것이라 전해주시게나. 참! 흑룡성에 가셨다던 이당주님의 소식은 어찌 되었는가?"

"예. 현재 흑룡성의 후계자 구도를 흔들어 칠대세력을 모두 반목하게 만들어두었다고 합니다."

"그래? 큰일을 해내셨구만 그래."

사내의 말에 언가풍은 고개를 끄덕였다.

"그럼 전 이만 돌아가 련주님께 패왕련이 독곡과 맞붙을 것이라는 것을 보고하도록 하겠습니다."

야비한 인상의 사내가 언가풍에게 공손하게 포권을 하고는 물러나려 할 때 언가풍이 다시금 질문을 했다.

"아참, 귀원련은 언제쯤 중원에서 개파를 한다고 하시던가?"

"아직 정해놓으신 바는 없는 것으로 알고 있습니다. 하나 소룡을 암살하는 시기와 함께 개파할 것으로 사료됩니다."

언가풍은 사내의 말에 깜짝 놀라 자리에서 일어났다.

"소룡을 암살한단 말인가?"

"예."

"설마, 벌써 뒤엎으실 생각이란 말인가?"

"그것까지는 아직 저도 알지 못합니다."

"……"

"그럼 소인은 이만 물러가겠습니다."

야비한 인상의 사내는 다시 한 번 공손히 인사하고는 흔적도 없이 사라져 버렸다.

도대체 무슨 말을 주고받은 것일까?

귀원련이라면 달단의 대만호인 호라크가 말한 곳이 아닌가. 더구나 그 련은 혈교와도 관계가 되어 있었던 단체가 아닌가. 그렇다면 언가풍이 귀원련과 모종의 관계를 맺고 있단 말이었다. 언가풍이 지난 칠성대전에서 한 행동은 모두가 귀원련의 밀명에 의한 것이란 말인가.

더구나 소룡을 암살한다는 것은 무슨 의미일까? 현재 무림에서 소룡이라는 무림명을 사용하는 무림인은 없다. 과연 그들이 말한 것은 무슨 의미였을까.

3

칠흑같이 어두운 밤.

달은 구름에 가려 세상은 온통 암흑으로 뒤덮여 있었고, 차가운 바람은 지나는 사람들에게 오싹함을 느끼게 하는 분위기를 만들어내었다.

인적이 드문 골목에 위치한 낡은 대문 안에는 스며든 바람에 일렁이는 촛불의 빛이 희미하게 새어 나오고 있었다.

탁자 위에 밝혀진 촛불 주위로 두어 명의 인영이 무척이나 긴장된 목소리로 무언가를 주고받고 있었다. 한 명은 검은 면사로 얼굴을 가린 여인이었고, 나머지 한 명은 칼칼한 음성을 지닌 남자였다.

남자가 사기로 만든 작은 병을 건네면서 의미심장한 눈빛을 보내자 여인이 마른침을 삼켰다.

"거사는 열흘 후입니다."

"……."

"절대 실패란 없어야 할 것입니다. 귀 부인의 실행에 맞추어 거사를 진행할 계획입니다. 이미 황궁 안의 대다수의 무장들은 저희 쪽으로 돌아섰습니다."

"……."

여인은 무언가 불안한 듯이 연신 손에 쥔 병과 남자를 번갈아 쳐다보았다.

"저… 정말로… 확실한 것이겠지요?"

가늘게 떨리고 있었지만, 무척이나 고운 음성이었다. 아마도 면사에 가려진 여인은 무척이나 아름다운 얼굴을 하고 있을 것만 같았다.

"후후, 걱정하지 마십시오. 소룡만 없애주시면 나머지는 저희가 전부 알아서 하겠습니다."

"하지만 불안하군요……."

"희님을 위해서라도 마음을 굳게 드셔야지요. 그런 불안한 마음으로 어찌 거사를 이루고자 하십니까."

"그래도……."

"기회는 한 번입니다. 성공하면 희님은 세상을 얻을 것입니다."

"……."

"이미 준비는 모두 끝났습니다. 귀 부인만 결행해 주시면 모든 것이 순조롭게 끝날 것입니다."

남자는 야비한 웃음을 흘리면서 여인을 격려했다.

잠시 후 여인은 사내로부터 건네받은 작은 사기병을 가슴에 품은 채 어둠 속으로 사라졌다.

"클클클… 욕심에 눈이 먼 여인은 무슨 일이라도 저지를 수 있지. 그 대상이 자신의 자식에 대한 욕심이라면 더더욱……."

第八章

각성, 그리고 생사투

戰鬼
전귀

1

　신강은 청해성의 옥문관을 넘어서부터 시작되는 중원의 서
북부 끝에 위치한 성도였다.

　신강은 원의 이대 황제 때인 쿠빌라이 당시에 색목인들과의
거래를 위해 서장 일대와 함께 교통의 요충지로 사용되었고,
수많은 서양의 문물이 전래된 곳이었다.

　신강은 서장의 포달랍궁과 마찬가지로 명의 지배하에 있었
으되 명이 아니었고, 중앙의 힘이 거의 미치지 않는 세외라고
해도 좋을 곳이었다.

　황도와 가장 멀리 떨어진 곳이었을 뿐 아니라 신강의 서북
부 지역은 일 년 내내 눈이 녹지 않는 수천 장 높이의 험준한
산맥들이 병풍처럼 둘러싸고 있어 적들이 감히 침투할 수 없

는 천혜의 요새였다. 그렇기 때문에 별도의 군사 조직이 주둔
하지 않아 관부의 규모 역시도 하나의 성도라고 하기에는 너
무도 작았다.

각 도시에는 관군이나 관리들이 주둔하는 곳보다 주둔하지
않는 곳이 더 많았고, 몇 개의 도시를 묶어 하나의 관에서 관리
하기도 했다. 하지만 그럼에도 신강의 치안은 다른 어느 곳보
다도 뛰어났다.

썩은 관리의 수탈도 없었고, 도적 떼나 건달패도 존재하지
않았다. 아니, 존재할 수가 없었다.

그 이유는 무척이나 오랜 시간 동안이나 신강의 패자로 군
림한 하나의 세력 때문이었다.

중앙에 위치하여 신강을 동서로 가르는 거대한 산맥.

이곳 사람들은 그곳을 천산이라 불렀고, 무림인들은 그곳을
십만대산이라 했다.

수천 장에 달하는 높이의 산과 절벽, 그리고 인위적으로 설
치된 엄청난 수의 함정과 절진은 그 누구도 함부로 접근할 수
없게 하였다.

천산의 중심부에는 산의 절벽을 깎아 만든 거대한 궁이 있
었고, 그 입구에는 거대한 비석이 세워져 있었다.

허락받지 못한 자, 강하지 못한 자는 들어올 수 없다.

"이렇게 길을 따라 들어오는 것은 처음인 것 같습니다."

천산의 설원으로 인해 푹푹 빠져드는 발걸음에 한 무인이 신기한 경험이라도 되는 양 말을 건넸다. 질문을 받은 당사자가 말이 없자 뒤에서 함께 가던 무인이 대답해 왔다.

"그러게 말입니다. 전에는 항상 몰래 침투하느라고 산등성이를 넘고, 진을 해제하느라 진땀깨나 흘렸는데 말입니다. 왠지 이쪽으로 들어오니 기분이 삼삼합니다."

그들은 얼마 전 남궁세가를 떠나온 멸마단 이대의 무인들이었다.

천산 초입을 들어서면서부터 말이 이동할 수 없을 정도로 눈이 많이 쌓여 있어 모두가 자신들의 짐을 등 어림에 묶은 채 도보로 이동하고 있었다.

과거 멸마단 시절에는 항상 마교의 눈에 띄지 않기 위해서 은신한 채 잠입하느라 거의 하루를 소비하고도 마교의 궁 안으로 진입하지 못하였었다. 한데 오늘은 그 길을 당당히 정문을 향해 걸어 들어가자 무척이나 감회가 새로웠나 보다.

마교의 궁인 신마궁의 정문은 겉으로 보기에는 그다지 정문이라고 할 것도 없었다. 입구에는 거대한 비석이 세워져 있어 정문이라는 표시를 하는 것이 전부였다.

"누구요?"

무척이나 퉁명스러운 목소리의 무인이 멸마단 일행을 보고는 심드렁하게 물었다.

검은색의 장삼을 입고 장검을 허리에 대충 비껴 맨 무사는 대충 벽면에 기대어 서서 졸다 일어난 듯했다.

"......"

멸마단은 별 생각 없이 무사를 지나쳐 가려 했다.

"어이, 그냥 지나가면 안 되는데. 아, 귀찮게시리… 거기 잠깐 서봐."

무사의 이름은 나단이었다.

"잠깐 서보라니까! 거참, 말 안 듣는 놈들일세."

마교의 정문은 이제껏 자파의 무인들을 제외하고는 아무도 드나들지 않았다. 그도 그럴 것이 머리가 어떻게 되지 않고서는 무시무시한 마교의 정문을 저리도 당당하게 걸어 들어갈 수 있는 자가 있을 리 만무했다.

"이봐, 지나가려면 통행증이라도 내봐야 할 것 아냐? 어디 소속이야?"

마교의 외당 무사 나단은 상대의 모습이 마치 제집 대문 지나듯 당당히 걸어 들어가는 멸마단 무인들을 보면서 으레 마교의 무인들 중 하나일 거라고 생각했다. 자신이 아무리 마교 소속이었지만, 일만이나 되는 마교도의 얼굴 모두를 외울 수는 없었기 때문에 멸마단에게 통행증을 요구했다.

"......"

"통행증 말야, 통행증. 뭐야? 통행증 몰라?"

멸마단의 무인들이 앞을 가로막은 채 무척이나 귀찮은 표정을 짓고 있는 나단을 바라보기만 할 뿐, 아무것도 꺼내놓지 않았다. 그러자 그는 뒷머리를 긁적거렸다.

"내참, 그럼 뭐야? 니들 길을 잘못 든 거야? 대충 복색을 보니까 생각이 없는 놈들 같지도 않은데… 여기가 마교의 신마궁으로 가는 길이라는 걸 모르는 거야?"

"……."

"모르나… 보네. 에휴, 귀찮게 하지 말고 돌아가라, 그냥. 본 어르신이 어제 잠을 못 자서 조금 피곤하니까 귀찮게 하지 말고."

나단은 말없이 멀뚱멀뚱 자신을 바라보기만 하는 멸마단을 향해 손짓을 하면서 내보내려 했다. 그러나 멸마단은 전혀 그럴 생각이 없는 듯 다시금 앞으로 이동하기 시작했다.

"어? 어? 이봐? 지금 내 말을 무시하는 거야? 돌아가라고!"

나단은 짜증 섞인 목소리를 내뱉으면서 자신을 지나치려 하는 제법 곱상하게 생긴 무인의 어깨를 잡으려 했다.

슈슈슉! 파곽!

갑자기 자신을 향해 날아드는 주먹에 나단은 순간적으로 몸을 피하면서 뒤로 움직였다. 갑작스런 공격이었음에도 군더더기 하나 없는 동작으로 피해낸 것이다.

나단은 순식간에 날아드는 주먹을 피했을 뿐 아니라 순간적으로 상대의 권격권에서 벗어나 몇 걸음 떨어진 곳에서 몸을 세웠다.

"네놈들… 좋은 의도로 들어온 게 아니구나?"

나단이 눈을 가늘게 뜨고는 멸마단 이대 무인들을 노려보았다.

"우린 단지… 독고진악을 만나기 위해 왔을 뿐이다. 방해하지 마라."

선두에 있던 장영이 나지막이 말했다.

"뭐? 뭐! 독고진악? 이런 시러베 아들놈이! 교주님이 니 친구냐?"

마교 무사들의 교주에 대한 충성심은 대단했다.

마교인이라면 누구나 꿈꾸는 절대극강의 경지를 이룩한 마교주는 그들에게 있어서 하늘이었고, 이상이었다.

그런 교주의 이름을 함부로 불러대자 나단의 눈썹이 역팔자로 휘면서 살기등등한 기세를 싣고 장영의 면전으로 주먹을 뻗었다.

슈아아악! 퍽!

그러나 장영의 얼굴에 주먹이 닿기도 전에 또다시 뒤에 있던 사마수동이 나단의 공격을 막아갔다.

타닥! 투다닥!

"응?"

뒤에서 그들을 바라보던 북궁우천이 나단의 움직임에 눈을 부릅뜨고 다른 대원들을 바라보았다. 나머지 대원들도 자신과 똑같이 놀란 얼굴이었다.

그는 너무도 쉽게 사마수동의 공격을 받아내고 반격까지 가한 것이다. 처음에 공격을 피했을 때만 해도 그럴 수 있다고 생각했었는데 방금 전의 움직임은 절대 정문 경비나 보고 있을 정도의 것이 아니었다.

"수라천권? 너는 수라대인가?"

"어? 나를 알아? 그리고 수라천권까지 알아보는?"

장영이 사마수동을 제지하면서 묻자 나단 역시 자세를 풀었다.

수라천권을 알아볼 정도의 눈을 가진 무인인데다가 자신의 공격을 무척이나 쉽게 막아내 버리자 나단은 살짝 긴장하면서 일단 자신의 신분을 밝히기로 했다.

"저는 수라대의 파혈권 나단이라고 합니다. 신분을 밝혀주십시오."

좀 전과는 달리 제법 공손한 어조로 포권을 하면서 살짝 고개를 숙이는 나단을 보면서 장영이 말했다.

"내 이름은 장영이다. 얼마 전까지는 무림맹의 멸마단 이대주로 있었다."

"저, 전귀?!"

장영이 신분을 밝히자 나단은 눈을 크게 뜨면서 깜짝 놀란 표정이 되었다.

2

멸마단 이대는 나단에 의해 거대한 동굴 속에 지어진 신마궁의 드넓은 대전으로 안내되었다. 대전에는 미리 기별을 받은 이장로와 혈광살귀대가 기다리고 있었다.

마치 기선 제압이라도 하듯이 마기로 대전을 가득 채우고 있었기 때문에 멸마단의 무인들이 느끼는 압박감은 엄청났다. 더구나 벽 속에 살수들이라도 숨겨두었는지 머리 위며 발밑이며 할 것 없이 살기가 느껴져 왔기 때문에 장영을 제외한 모두 잔뜩 긴장했다.

"오랜만이군, 전귀."

새하얀 머리에 큰 키에 어울리지 않는 앙상한 체격을 가진 노인이 장영을 깔아보면서 말했다. 얼굴은 온통 주름이 가득했고, 가로 찢어진 두 눈은 날카롭게 빛나고 있었다.

노인은 자신의 이름보다는 환혼수라는 무림명으로 더 유명한 마교의 이장로인 구양수였다.

"환혼수… 오랜만이군."

"오랜만이군? 여전히 싸가지없는 놈의 자식이구나."

배분으로 따지면 두 배분은 차이가 날 것이고, 나이로 따져도 오십 살은 더 많다. 한데 일말의 주저함도 없이 장영이 자신에게 반말을 하자 구양수의 이마에 힘줄이 돋아 올랐다.

마음 같아서는 당장 머리를 터뜨려 버리고 싶었지만 교주를 만나러 왔다고 하니 함부로 손대지도 못했다.

"뭐 하러 찾아왔나? 그것도 정문으로?"

"말했잖아, 독고 영감을 만나러 왔다고."

장영이 대수롭지 않게 대답했다.

"갈!"

우르릉!

구양수의 대갈일성에 신마궁의 드넓은 대전이 뒤흔들리면

서 돌 부스러기가 떨어져 내렸다.

"감히! 누구에게 함부로 이름을 부르는 것인가!"

구양수의 손이 하얀 백광으로 물들어갔다.

환혼수의 기세가 급격히 끓어오르자 멸마단 이대는 자신들의 무기에 손을 가져가면서 주위를 경계하기 시작했고, 대전을 가득 채우고 있던 마기가 폭풍처럼 휘몰아치기 시작했다.

"이봐, 영감. 난 독고 영감을 만나러 온 거지, 당신과 싸우러 온 게 아니야. 싸울 이유도 없고 말이지."

장영이 여유로운 웃음을 흘리며 말하자 환혼수의 화가 폭발했다.

"이런 쌍놈의 자식, 죽어랏!"

거대한 기운의 일장이 장영에게 쏟아졌다.

쿠아아앙!

거대한 폭음이 울리고, 장영이 서 있던 자리가 터져 나가면서 바닥의 돌무더기가 튀어 올랐지만 아무 느낌도 없었다. 어느새 장영의 신형은 환혼수의 장력의 범위에서 한 발자국 물러나 있었던 것이다.

"영감, 싸울 이유는 없지만 걸어온다면 마다하지 않겠다."

장영의 눈이 게슴츠레하게 변하더니 새파란 기운이 일렁이기 시작했고, 소름 돋게 하는 살기가 조금씩 퍼져 나왔다.

"그만!"

금방이라도 싸움이 일어날 듯했던 살기등등한 대전의 분위기는 막 문을 열고 들어오는 자에 의해 깨어져 버렸다.

파파팍!

"천하마도의 종주이신 교주님을 뵈옵니다. 충!"

대전 안을 가득 채우고 있던 마기와 살기가 순식간에 씻은 듯이 사라지며 장내에 있던 혈광살귀대와 은신하고 있던 살수들마저 튀어나와 오체복지하여 절을 했다.

일만마도의 자존심이자 중원 최강의 무인 혈영마제 독고진악.

"충복 구양수가 교주님을 뵙습니다."

이장로 구양수가 늙은 몸을 굽혀 교주에게 읍을 했다.

마교에서 교주에게 허리를 굽히는 정도로 인사하는 것은 무공이 백위권 안에 드는 자들, 즉 마교주의 한 초식이라도 받아낼 수 있는 자들에 한했다.

만약 그 한 초식조차 받아낼 수도 없는 자들은 감히 쳐다볼 수도 없는 자가 바로 독고지악이었다.

"오랜만에 뵙습니다, 노야."

장영은 독고진악을 바라보면서 가볍게 포권하면서 고개를 까닥거렸다.

그런 장영의 모습에 마교주를 수행하면서 따라 들어왔던 수라대주 냉천악이 자신의 거대한 도끼를 잡으면서 인상을 찡그렸으나 특별히 질타를 하지는 않았다.

"오오, 오랜만이구만. 살다 보니 자네가 날 찾아올 때도 있구만 그래?"

독고진악은 무척이나 반갑게 장영에게 인사를 했다.

"이거 참. 이거 오늘 무슨 날인가? 전귀, 네 녀석이 날 찾을 때가 다 있고 말이야. 허참. 그래, 공적인 임무로 온 것이냐? 아니면 개인적인 용무로 온 것이냐?"

장영이 자신을 찾아오자 무척이나 흥미로운 표정으로 독고진악이 물었다.

"개인적인 용무입니다."

"개인적인 용무라……."

독고진악은 잠시 장영을 바라보다가 가볍게 손을 저었다.

"충!"

대전 안을 가득 채웠던 수많은 무인들이 독고진악의 손짓에 조심스럽게 일어나 뒷걸음치듯 대전을 빠져나갔고, 대전에는 독고진악과 그의 호위이자 수라대주인 냉천악, 이장로 구양수, 그리고 멸마단 이대의 무인들만이 남았다.

"이장로와 천악이는 있어도 괜찮겠지? 아무리 개인적인 일이라고 해도 말이야."

"그다지 상관없습니다."

나름 상대를 배려하는 듯한 독고진악의 음성에 반해 장영의 목소리는 나지막하고 심드렁하기만 했다.

"큭큭큭, 까칠한 것은 여전하구만. 그래, 무엇 때문에 찾아온 건가? 이 십만대산까지 말이야."

"……."

"어이, 주저하지 말고 말해보라고. 뭐, 웬만하면 다 들어줄 테니까 말이야."

파격적인 제안이었다.

누가 있어서 저 교주에게 있어서 저런 말을 들을 수 있단 말인가?

옆에 있던 구양수도, 파천부 냉천악도, 멸마단 이대 무인들도 깜짝 놀랐다. 그런데 장영의 대답은 그들을 입이 떡 벌어질 정도로 경악하게 만들었다.

"생사투를 청합니다."

생사투(生死鬪)!

무인과 무인의 일대일 비무에는 여러 가지 종류가 있다.

기본적으로 서로의 무공을 겨루기 위해 하는 대련이 있었는데, 이는 내공을 쓰지 않고 서로의 초식의 숙련만으로 싸우는 것이라 보통 심한 경우 뼈가 부러지거나 다치는 정도에서 끝나는 경우가 많다.

두 번째로 서로의 심력으로 싸우는 논검이라는 것이 있다.

논검은 서로의 무공에 대한 깨달음을 겨루는 것으로 언뜻 생각하기에는 무공에 대한 학식이 얼마나 깊은가를 대화로 겨루는 것 같지만, 실제로는 상당히 많은 정신력을 사용하기 때문에 최악의 경우에는 논검만으로도 상대가 주화입마에 빠질 수도 있었다.

그리고 세 번째가 바로 생사투라는 것이다.

생사투는 말 그대로 목숨을 걸고 싸우는 것을 말한다. 생사투에 있어서는 어떠한 제약도 없었다. 주변 지형을 이용해도 되었고, 기습이나 암습, 암기, 벽력탄과 같은 폭약을 사용하거나 독을 쓰기도 했다.

대전 안은 무거운 침묵과 함께 팽팽한 긴장감이 흘렀다.

물끄러미 장영을 바라보고 있던 독고진악도, 움찔거리면서 자신의 도끼를 부여잡은 냉천악도, 환혼수 구양수도 아무런 말이 없었다. 멸마단 이대 무인들 역시 경악한 채 장영을 바라볼 뿐이었다.

숨소리 하나 들리지 않는 어색한 시간.

"생사투… 란 말이냐?"

독고진악의 목소리에 무거운 침묵이 깨어지면서 팽팽하게 늘어난 긴장감이 누그러졌다.

그러자 여기저기서 소란이 일기 시작했다.

"대주, 그게 무슨 말입니까? 생사투라니요?"

"안 됩니다, 절대 안 됩니다."

"그렇습니다. 이번만큼은 절대 대주님의 말에 따르지 못하겠습니다."

"생각을 돌리세요, 대주."

그는 분명 떠나기 전에 그사이 몇 번 접전을 했고, 무척이나 친했던(?) 마교주에게 작별 인사를 하러 간다고 했다. 그런데 별안간 생사투라니.

"후후후… 크크크, 크홧홧홧!"

갑자기 독고진악이 태사의 팔걸이를 붙잡고, 어깨를 움찔거리다가 앙천광소를 터뜨렸다.

우르릉! 우르르릉!

교주의 웃음에 엄청난 내기가 퍼져 나가면서 대전을 받치고
있던 기둥이 견디지 못하고 흔들리기 시작했다. 그 엄청난 공
력이 실린 음파에 대전 안의 모두가 자신의 귀를 막고 인상을
찡그렸다.

"좋다! 받아주마. 단, 사흘 후이다. 사흘 후에 궁 밖에서 너
와 생사투를 해주마. 그때까지 최고의 상태를 유지해 놓아라."

독고진악이 얼굴에 미소를 가득 머금은 채 장영을 보면서
말했다.

"천악!"

"예, 교주님! 하명을 기다립니다."

"저들에게 궁에서 가장 좋은 전각을 내어주라. 최고급 요
리와 술을 내어주고 필요한 모든 것을 지원하라. 그리고 궁내
에서 저들의 행동을 제지하지 마라. 이것은 교주령으로 시행
하라."

"존명!"

독고진악은 천천히 자신의 태사의에서 일어나 대전을 빠져
나갔다.

"큭큭… 생사투라 재미있겠군. 크크크크."

장영은 무엇이 그리도 기쁜지 큭큭대면서 웃는 독고진악을
바라보고 있었고, 멸마단 이대 무인들은 모두가 걱정스러운
얼굴 표정을 짓고 있었다.

"하아……."

"하아……."

"휴우……."

듣는 이로 하여금 의욕마저 사라지게 할 정도의 한숨이 거대한 탁자에 앉은 이들의 입에서 나왔다.

"흐흠……."

무슨 연유에서인지 모두가 돌아가면서 합창이라도 하듯이 한숨을 내쉬고 있었다.

그들은 마교에 들어와 최고급 전각 하나를 통째로 부여받은 멸마단 이대의 무인들이었다.

탁자 위에는 무척이나 고급스러워 보이는 요리들이 가득 채워져 저마다 맛깔스러운 향기를 뿜어내고 있었지만, 그 누구도 젓가락을 가져다 대지 않은 채 힘없는 눈으로 한숨만을 내쉬고 있었다.

"소녀, 취옥이옵니다."

"……."

방문 밖에서 마교에서 배정해 준 아리따운 시비의 목소리가 들렸다.

그러나 멸마단 이대 무인들은 아무런 대답도 없이 한숨만 내쉬었다.

"뭐야? 안에 아무도 없는 건가?"

"아니옵니다. 아직까지 밖으로 출타하신 분은 한 분도 없습니다. 그리고 지금 모두 안에 계십니다."

"그런데 어째서 대답을 하지 않는 거지?"

"다시 한 번 여쭈어보겠습니다."

불러도 대답이 없자 문밖에서는 굵직한 목소리의 남성과 취옥이 이상하게 생각하면서 대화를 나누었다.

"소녀, 취옥입니다."

"……."

여전히 방 안에서는 아무런 대답이 들리지 않았다.

"뭐야? 네년들은 방 안에서 나가는 것을 제대로 파악도 해 두지 않은 것이냐? 비켜라! 들어가 보겠다."

굵은 목소리의 남자가 화를 내면서 방문을 열자 취옥은 어찌할 바를 몰라 하면서 뒤따라 들어왔다.

'웃! 뭐야? 이 분위기는?'

문을 열고 들어온 사내는 방 안에서 느껴지는 엄청난 분위기에 침음성을 삼켰다.

방 안을 가득 채우고 있는 축 처지는 듯한 분위기.

문을 열고 한 발자국 들어섰을 뿐인데도 온몸에 힘이 쭉 빠지는 느낌이었다.

"뭐야? 모두 안에 있었잖아? 근데 어째서 대답이……."

사내는 불타오르는 듯한 시뻘건 머리에 호남형의 인상이었고, 검은색에 혈룡이 수놓아진 장포를 입고 있었다. 그는 그나

마 마교인들 중 멸마단 일행과 면식이 많은 혈광살귀대주 혈
도위였다.

혈도위가 방 안에 들어오자 모두가 고개를 돌려 그를 바라
보았다.

그들은 병든 닭마냥 혼백이 달아나 버린 듯한 몽롱한 눈이
었고, 힘이 하나도 없어 보였다.

'뭐? 뭐냐? 이 자식들? 새로운 기공이라도 익히는 중인가?'

멸마단 이대의 의욕없는 모습에 혈도위는 살짝 긴장했다.

"이봐, 왜들 이러고 있는 거냐? 니들 때문에 교의 모든 무사
들이 난리가 났구만 어째 당사자인 니들은 이렇게 힘없는 모
습이냐?"

사마수동의 옆으로 의자 하나를 당겨 걸터앉은 혈도위가 물
었다.

"아, 빨강대가리… 오랜만이다……. 하아……."

빠직!

'빨강대가리? 이놈의 새끼를 그냥! 휴우… 참자, 참아. 교주
님의 명도 있었으니…….'

"야, 니들 왜 이렇게 힘이 없냐고? 교에서는 지금 생사투 때
문에 난리가 났다고. 대결 장소를 물색해서 단을 만들고 객석
을 만드느라 우리 애들까지 지금 총동원되었는데 니들은 어째
이리 힘없이 앉아 있냐? 더구나 차려놓은 음식도 안 처먹고,
문밖에서 불러도 대답도 안 하고 말이야."

"그러냐?"

"그럼 당연하지. 교주님이 얼마 만에 무위를 선보이시는 건데. 더구나 니들 대주인 전귀가 보통 인물이 아니잖냐? 지난번에 냉 대주님께 들으니 교주님이 혈영신공을 펼치셨음에도 어깨에 상처를 입혔다고 하던데. 으휴… 생각만 해도 짜릿짜릿하다고. 그만한 대결을 볼 수 있게 되다니 말이야. 벌써 손이 땀이 난다고. 아휴… 아직 이틀이나 더 기다려야 한다니!"

혈도위가 마치 어린아이처럼 흥분된 모습으로 이야기하든 말든 사마수동은 한숨만 내쉴 뿐이었다.

"그래… 휴우……."

여전히 힘없이 한숨만 내쉴 뿐이었다.

'이 자식들, 도대체 왜 이래? 같이 있다가는 나도 전염되겠다.'

"그나저나 전귀는 어디 간 거냐?"

절레절레.

사마수동이 말없이 고개를 저으면서 또다시 한숨을 내쉬었다.

"몰라?"

끄덕끄덕.

빠직!

'이 새끼가 진짜!'

"하여간 수고들 해라. 난 그만 가볼 테니까. 그나저나 장로님이 찾아오라 그랬는데. 이거 참."

자신의 대답에 무성의하게 대답할뿐더러 아무런 의욕조차 느껴지지 않는 멸마단 무인들을 내버려 둔 채 중얼거리듯 말하면서 혈도위는 내실을 나가 버렸다.

"아아… 휴우……."

여전히 사마수동의 입에서 긴 한숨이 내쉬어졌다

4

마교가 위치한 천산.

천산은 일 년 내내 눈이 녹지 않는 설산이다.

천산은 거의 사람들이 찾지 않아 아직 밝혀지지 않은 곳이 너무나 많다. 천산에 자리한 마교인들조차도 추위와 강설 때문에 교의 주위를 제외하고는 걸음을 하지 않는 실정이었다.

천산에는 마교주를 비롯한 일부의 마인들만 알고 있는 거대한 폭포가 존재하고 있었다.

만년폭(萬年瀑)!

십여 장이나 되는 엄청난 높이의 폭포.

마교가 생겨나기 이전부터 존재해 왔고, 그때부터 지금까지 한 번도 그 풍경이 변하지 않은 채 존재했기 때문에 모두가 만년폭이라 불렀다.

일반적인 폭포와 하나 다른 점이 있다면, 물이 흘러내리지 않는 얼음 폭포라는 것이다.

너무도 강한 추위로 인해 십여 장을 굽이쳐 포물선을 그리며 흘러내렸을 폭포수는 거대한 얼음으로 화해 있었고, 폭포가 흘러 만들어진 소(沼:폭포아래에 생성된 호수, 늪) 역시 폭포와 이어져 두꺼운 얼음으로 만들어져 있었다.

그런데…….

지금 만년폭이 세찬 물살을 뿌려내면서 흐르고 있었다.

한번 시작된 물길은 한 자 두께의 얼음을 깨부수며 떨어져 내려 웅장한 소리를 만들어내고 있었고, 차가운 한기를 뿌리면서 뿌연 물안개를 만들어내었다.

콰콰콰콰콰!

거대한 폭포수가 흘러내리는 곳에는 검은 옷을 입은 인영이 정좌한 채 폭포수가 주는 청량감에 눈을 감고 명상을 하고 있었다. 엄청난 한기가 몸에 전해질 만도 한데 그의 얼굴은 무척이나 평온해 보였다.

새하얀 설원, 투명한 물살과 대조적인 검은 옷임에도 무척이나 잘 어우러져 보였다.

무림에서 떠나기 전 마지막으로 벌일 독고진악과의 일전을 최상의 상태로 임하기 위해 폭포수에서 명상에 잠긴 그는 장영이었다.

장영은 지난 십수 년간 기억의 저편에 묻어두었던 생각들을 정리하고 있었다.

전장터에서의 시간들, 무림에서의 시간들…….

한때는 미친 듯이 불어가는 바람으로, 또 한때는 성난 호랑이로, 그리고 지금은 전장의 악귀로 불리고 있는 수많은 시간들에 대해서 다시금 생각하면서 모든 것을 잊어가려 하고 있었다.

하지만 잊어버리려 하면 할수록 더욱 또렷하게 기억나는 것은 왜일까?

그리고 오랜 시간 동안 기억 속에 묻어두었던 자신의 어린 시절마저 떠오르기 시작했다.

시간을 거슬러 자신이 아비로부터 떠나오면서 당부하듯이 말하는 아비의 모습.

차갑게 식어버린 귓가로 아비의 말이 선명하게 들려왔다.

"너는 나의 아들이다. 혈족에서 가장 강한 피를 계승한 자다. 눈물을 흘리지 말아라. 영아, 너는 악귀가 되어라. 악귀처럼 강하고, 악귀처럼 악랄해져라. 너의 기세가 적으로 하여금 공포를 느끼도록 만들어라. 적의 냉혹함에 맞서기 위해서는 너 역시 냉혹해져야만 한다. 그리고 나중에, 먼 나중에 네가 저들을 아우를 만큼 힘이 생기거든 나와 네 어미를 죽인 자를 찾아 복수해 다오. 영아, 중원으로 가거라. 그곳에서 네가 원하는 힘을 얻거라. 그리고 명심하거라. 너에게 타인의 아픔을 동정하고, 타인의 죽음을 슬퍼할 여유가 없다는 것을. 진정으로 강해지기 전에는 절대로 네 과거에 대해 찾으려 하지 말아라."

기억 속에 묻어두었던 아비의 말.

자신이 태어나기도 전에 일족의 배신자가 되어 쫓긴 아버지와 자신을 낳고 죽은 어머니에 대한 기억.

"만년폭이 다시 흐르기 시작했습니다."

"응?"

냉천악의 담담한 말에 설화를 손질하고 있던 독고진악이 손을 멈추고 돌아보았다.

"만년폭이 흐른다고?"

"네."

"호오……."

무척이나 놀라운 사실이었다. 이미 백 년도 더 지난 시간 전에 얼어붙은 거대한 폭포가 다시 흐른다는 사실에 독고진악의 호기심이 끓어올랐다.

"만년폭의 소리가 천산을 울리기 시작했습니다."

"재미있군, 재미있어. 아직 살아 있었나, 그 폭포? 완전히 굳어버려 흘러내릴 물조차 남아 있지 않을 것이라 생각했는데 말이지. 후후, 정말 흥미를 느끼게 하는 놈이라니까. 반쪽짜리 흔적인 줄 알았더니 자연과 동화를 한단 말인가?"

독고진악은 흐뭇한 미소를 피어올리면서 다시금 막 꽃망울이 피어오르기 시작한 설화를 손질하기 시작했다.

장영은 서서히 폭포와 동화되어 가고 있었다.

만년폭에 가득 들어찬 한기가 장영의 온몸으로 퍼져 나가면서 발끝에서 머리끝까지 굳어갔다. 심장의 박동이 느려지고 혈관을 돌던 피마저 얼어버린 듯이 무척이나 천천히 흐르기 시작했다.

'크르르.'

움찔!

장영이 일순간 들려온 울림에 눈을 떴다. 하지만 자신의 주위에는 폭포 말고는 아무것도 없었다.

'이상하군······.'

장영은 다시금 천천히 눈을 감았다.

'크르르르······.'

무척이나 신경을 거슬리게 하는 소리였다.

폭포수를 맞으면서 온몸의 신경을 푼 채 깊디깊은 심연 속으로 빠져들려 할 때마다 들려오는 낮고 울림이 큰 소리. 마치 짐승의 으르렁거림과도 같은 소리였다.

'뭐지? 무슨 소리지?'

다시금 눈을 떴지만 역시나 아무것도 발견할 수 없었다.

'무슨 소리가 들렸는데… 자신의 영역을 지키기 위해 위협하는 듯한 짐승의 울음이.'

아무리 귀를 기울여 봐도 폭포수가 수면에 부딪치면서 생겨나는 소리 이외에는 어떠한 것도 들려오지 않았다.

'독고 영감과의 대결로 신경이 너무 곤두서 있었나?'

장영은 이상하게 여기면서도 신경과민이겠지라고 생각하고는 또다시 눈을 감고 명상을 했다.

몸은 얼음을 뚫고 흘러내리는 폭포수의 냉기로 인해 굳어가고 있었지만, 정신만은 더욱더 또렷해지며 점차 깊디깊은 심연 속으로 빠져들었다.

'크르르르……'

또다시 심연의 깊은 곳에서 울려오는 소리. 벌써 세 번째였다.

'누구냐?!'

내면의 세계에서 장영은 마음속으로 외쳤다.

어두컴컴하기만 한 세계.

아무것도 보이질 않았고, 아무것도 느껴지질 않았다. 마치 지옥의 무저갱처럼 어둠만이 존재할 뿐이었다. 들려오는 소리에 반응하여 장영이 인지하는 순간 무언가가 장영의 앞에 생겨나기 시작했다.

어둠 속이었음에도 붉은색의 털이 선명하게 보였고, 자신을 바라보는 두 눈은 아수라의 그것마냥 시뻘겋게 빛나고 있었다. 휘몰아치듯 살기가 넘쳤지만 두렵지는 않았다. 오히려 보이지 않는 끈에 연결되어 있는 것처럼 친숙한 느낌이었다.

'너는 누구지?'

'크크크… 나를 모른단 말인가? 아직도 멀었군. 나는 너이다.'

'나라고?'

'그래, 나는 또 다른 너. 혈족이라면 누구나 가지고 있는 또 하나의 자아이다. 인간의 모습을 하고 있는 너도 역시 너. 짐승의 모습을 하고 있는 나 역시 너.'

'무… 무슨 말이냐?'

어둠 속에서 웅크리고 있던 붉은 털을 가진 물체가 서서히 몸을 일으켜 장영에게 다가왔다. 거대한 크기에 타오르는 듯한 붉은 털을 가진 그것은 바로 범이었다. 적호.

'그것이 너의 모습인가?'

'아니, 이것은 너의 모습이다. 그리고 선대를 살아간 네 조상의 모습이지…….'

'나의 모습이라고? 나는 인간이 아닌가?'

'훗, 멍청하고 나약한 애송이…….'

'나약하고 멍청하다고?'

'그래, 너는 약하다. 실망스러울 정도로 약하다.'

'너는 나를 알고 있나? 나는 너를 처음 보는데?'

'멍청한 애송이. 나는 항상 너와 함께해 왔다. 네가 너의 어미에게서 떨어져 나올 때부터, 그리고 네가 아비의 품에서 도망칠 때도, 전장에서 미친 듯 칼을 휘둘러 댈 때도 나는 너와 함께 있었다.'

'그런가? 그런데 어째서 나는 너를 느끼지 못한 것이지?'

'그건 네놈이 약했기 때문이다. 한데 아직도 약하기 짝이 없는 몸을 하고 있군. 돌아가라. 아직 네놈은 나의 우리를 열어 줄 힘을 가지지도, 그만한 정신적 각성도 하지 못한 상태다. 돌아가라.'

적호는 한껏 장영을 비웃고는 서서히 사라지려 했다. 하지만 장영은 아직 묻고 싶은 것들에 대한 답을 얻지 못했다.

'기… 기다렷!'

'돌아가라. 지금은 나와 만난 것만으로도 너에겐 큰 힘이 되겠지. 하나 아직 너는 아직 혈족으로서의 진정한 힘조차 가지지 못한 반쪽짜리에 불과하다.'

그 말을 끝으로 적호는 사라져 버렸다.

'어디냐! 어디에 있는 거냐?!'

장영이 피를 토하듯이 소리치면서 주변을 두리번거렸지만 느껴지는 것은 아무것도 없었고, 보이는 것은 어둠뿐이었다.

무언가 세차게 내쳐진 기분이었다.

머리가 어지러웠다. 몸에서 오는 충격은 더욱 엄청났다. 움직이려 해도 움직일 수가 없었다.

번쩍!

장영의 눈이 천천히 뜨여졌다.

갑자기 뜨여진 눈이었음에도 어떠한 빛도 새어 나오지 않았다. 오히려 눈동자는 더욱 검어져 칙칙한 분위기마저 풍겼다. 빛마저 가두어둘 듯한 어둠.

"재미있군. 나는… 광수혈족이란 것은 인간이 아닌 것이었나?"

의미를 알 수 없는 말을 중얼거리면서 장영이 천천히 온몸으로 공력을 돌렸다.

오랜 시간 동안 한기에 노출된 육체는 어느 사이엔가 뻣뻣하게 굳어 있었다.

뜨거운 기운이 사지백해를 돌아 감각을 일깨우고, 멈추어져 가던 심장과 혈맥이 세차가 뛰기 시작했다.

"쿨럭!"

몸의 기능이 정상으로 돌아올 때쯤 장영은 한 사발이나 되는 검은 피를 토했다.

하지만 무척이나 상쾌한 기분이 들었다.

마치 몸 안의 탁기가 모두 쏟아져 나간 것처럼 무겁던 몸이 깃털처럼 가볍게 느껴졌다. 알 수 없는 힘이 온몸에 퍼져 마치 정신을 잃은 채 야수의 감각이 깨어나던 그때처럼 온몸의 세포가 살아 있는 듯 움직였다. 떨어져 내리는 물방울 하나하나까지 생생하게 느껴지기 시작했다.

장영의 입가에 자그마한 미소가 걸렸다.

자신의 깊은 내면에서 만난 알 수 없는 짐승.

그리고 배는 늘어나 버린 듯한 자신의 힘.

"대주님, 약속한 사흘이 지났습니다……."

누군가 폭포에서 걸어나오는 장영을 향해 말했다. 그의 두 손에는 무척이나 낡았지만, 깨끗하게 포개어진 검은 무복과 칙칙한 빛을 토해내는 검은색 창이 들려 있었다.

"그렇군. 이틀이나 지나 버린 것인가?"

장영은 자신의 축축하게 젖어버린 흑삼을 벗고 사내가 내민 검은 무복으로 갈아입었다.

"네. 이틀이나 폭포 아래에 계셨습니다."

"그랬군. 수동, 가자."

"예, 대주."

장영은 자신의 창을 들어 어깨에 슬며시 걸쳐 메고는 천천히 설원을 따라 걸음을 옮겼다.

　마치 설원의 풍경을 구경하듯이 여유있게 한참여를 걸어 도
착한 곳은 거대한 평원이었다.

　누군가 인위적으로 깎아놓은 것처럼 산 위에 만들어진 거대
한 평원.

　그곳에는 수많은 사람이 모여 있었다.

　거대하게 지어진 연무장과 객석.

　마교 대부분의 무사들이 객석을 가득 채운 채 숨소리 하나
들리지 않게 침묵을 지키고 있었고, 연무장의 중앙에는 붉은
혈의를 입고 당당한 모습으로 독고진악이 장영을 기다리고 있
었다.

　"조금… 늦었습니다."

　장영이 희미한 미소를 머금은 채 독고진악을 향해 고개를
숙였다.

　"그렇군."

　독고진악이 살짝 고개를 끄덕였다.

　사실 독고진악은 처음으로 긴장감이라는 것이 들었다. 사흘
동안 그의 모습이 변한 것도 아닌데 무언가 달라졌다는 생각
이 드는 것은 왜일까?

　그러나 싫지 않았다.

　아무런 기세도 풍기지 않았고 살기도 없었지만, 묘하기 자
신의 피부를 자극하는 장영의 느낌이 너무도 기분 좋았다. 아

직 시작하지도 않았는데 어느새 자신의 손에 자그마한 땀방울
이 맺히기 시작했다.

'긴장감인가? 오랜만이군, 이런 긴장감은. 크크크크, 역시
대단해, 광수혈족.'

장영은 천천히 연무장 바닥으로 올라섰다.

신묘한 경공을 써서 이동한 것도 아니었고, 엄청난 존재감
을 뿌린 것도 아니었지만, 주위에 모여 있던 모든 무인들은 장
영의 모습에 마른침을 삼켰다.

"좋아, 아주 좋아! 역시 그대로 두길 잘했어. 나에게 이런 도
전 의식을 생기게 만들다니 말이야. 정말로 좋아. 으하하하
하!"

장영이 연무장으로 올라오는 모습을 보면서 독고진악은 마
치 정신 나간 사람처럼 대소를 터뜨렸다.

단지 올라서기만 했을 뿐인데 묘하게 연무장과 어울리는 모
습이 되었다.

처음부터 그 자리에 있었던 것처럼 순식간에 동화되어 버린
듯했다.

독고진악의 눈은 승부욕으로 번들거렸고 그의 몸에서 서서
히 형언할 수 없는 기운이 끓어올랐다.

"혀, 혈영신!"

"뭐얏! 처음부터?"

독고진악의 몸에서 천천히 엄청난 양의 공력이 폭주하듯이
끓어오르면서 수많은 모공을 통해서 혈무가 피어올랐다.

언뜻 보기에 그것은 그저 핏빛 안개일 뿐이었지만, 사실 실 가닥처럼 가느다란 강기의 집합체였다.

혈영마공의 절대호신강기 혈영신이 또다시 세상에 모습을 드러낸 것이었다. 그런데 아직 한 번의 공방도 없었음에도 혈영 신을 시전하는 독고진악의 모습에 모두가 경악성을 내뱉었다.

전대미문의 상황. 아마도 그만큼 독고진악은 최선을 다해야 한다고 생각했나 보다.

혈영신이 펼쳐지자 마교의 무사들은 우레와 같은 함성을 터 뜨렸고, 멸마 이대 무사들의 안색은 거머죽죽하게 굳어가기 시작했다.

"큭큭큭… 본좌가 처음부터 혈영신을 사용하는 것은 교주 가 된 이후로 처음이다."

핏빛 안개에 혈의를 입은 독고진악은 눈에서마저 붉은 안광 을 토해내었다.

"감사합니다. 노야의 배려에 선수를 양보하겠습니다."

"그래야지. 암! 당연히 그래야지."

누가 보면 미쳤다고 할 만한 장영의 오만한 한마디.

선수를 양보하겠다니… 중원 최강의 무인이자 고금을 통틀 어도 독고진악만큼 강한 자를 찾아보기조차 힘들 정도인데 그 게 무슨 말도 안 되는 소리인가? 그런데 듣고 있는 독고진악은 화를 내기는커녕 마땅히 그래야 한다고 말하고 있었다.

"그럼… 시작하지. 생.사.투!"

핏!

스걱!

악귀같이 웃으면서 독고진악이 천천히 손을 들자 그와 동시에 장영이 오른발을 떼면서 몸을 틀었다.

아무도 보지 못했다.

그런데 장영의 가슴께가 베어졌다. 마치 잘 벼린 칼날에 베인 듯 나풀거리고 있었다.

그것이 시작이었다.

"혈라폭(血羅瀑:강기 그물의 소나기)!"

어느새 장영의 머리 위로 날아오른 독고진악이 손을 뻗었고, 혈영신을 이루고 있던 혈라강기가 장영을 향해 쏟아져 내렸다.

쿠콰콰콰콰콰콰!

순식간에 사라져 버린 장영이 독고진악의 등 뒤에서 창을 휘둘렀다.

"마벽(魔壁:마귀의 벽)!"

투웅!

거대한 강기의 벽이 장영의 창을 튕겨냈고, 강기의 반탄력에 장영의 몸이 바닥으로 튕겨진 채 사라져 버렸다.

"잔영난타!"

또다시 수십 개의 창날이 독고진악을 향해 휘둘러졌다.

투타타탕!

독고진악이 만들어낸 강기의 벽이 창의 두들김을 이기지 못하고 깨어져 나가기 시작했다.

"폭(爆:터져라)!"

퍼엉!

독고진악이 터져 나가는 마벽을 향해 주먹을 움켜쥐자 깨어져 나가는 강기의 조각이 터지면서 연쇄적으로 폭발했다.

강제로 강기를 터뜨려 버리다니, 정말 엄청난 공력이었고, 엄청난 신위였다.

강기의 폭풍이 연무장을 휘몰아쳤다.

"피… 피해랏!"

"크아악!"

강기의 폭풍의 연무장의 좌우측에 세워진 객석까지 휘몰아쳤고, 미처 방비하지 못한 수십 명의 마교인들이 목숨을 잃었다.

먼지와 함께 엄청난 눈보라가 피어올랐다.

"큭큭큭… 으하하하하하……!"

휘날리는 눈보라로 인해 연무장은 보이지도 않는데 갑자기 독고진악의 앙천광소가 터져 나왔다.

'서, 설마, 대주가?'

사마수동은 강기의 폭풍을 피해 숨은 채 인상을 찡그렸다.

휘이잉!

설원의 바람이 불어 눈보라를 잠재우자 연무장의 모습이 드러났다.

장영과 독고진악을 위해 만든 연무장의 모습은 어느새 폐허가 되어 있었다. 가득하던 눈은 사라지고 거대한 폭발의 흔적만이 남아 있었다. 독고진악이 기괴한 웃음을 지으며 노려보는 시선의 끝에는 너덜너덜해진 흑의 무복을 입은 장영이 서 있었다.

"과연, 본좌가 잘못 보지 않았다. 육성의 공력을 견디다니. 크크크······. 아직 가진바 힘을 보이지도 않고도 말이지. 흐흐흐, 아마도 너만 한 상대는 앞으로 다시는 만나기 어렵겠지."

독고진악은 무척이나 즐거운 음성이었다.

"퉤!"

장영은 목으로 치밀어 오르는 검은 핏덩이를 뱉어내었다.

"여전하시군요, 노야. 이제 정말로 가겠습니다."

"마다하지 않겠다."

고오오오오.

장영의 눈빛이 변하면서 기세를 끌어올리자 기의 회오리가 몸을 타고 올랐고, 엄청난 살기가 확 뿜어져 나왔다.

장영의 눈이 시뻘건 혈광을 토했고, 머리카락이 칼날처럼 빳빳하게 변하더니, 날카로운 송곳니가 그의 입밖으로 삐져 나왔다.

두 발을 지면에 대고 엎드린 장영의 얼굴은 마치 짐승과도 같았다.

"크르르르르······."

낮고 소름 끼치는 울음을 토해내며 장영이 천천히 독고진악을 노려보면서 먹이를 노리는 짐승처럼 배회하기 시작했다.

"크아아앙!"

어느 정도의 거리에 멈추어선 장영이 포효하듯 하늘을 향해 울음을 토했다.

사람이 아닌 짐승.

장영은 정확하게 독고진악의 간격권 바로 앞에서 한 치에 오차도 없이 걸음을 멈추고 그를 노려보았다. 붉은 눈동자가 번뜩이면서 독고진악의 허점을 찾듯이 쏘아보았다.

"크르르르르……."

"들어보긴 했어도 직접 보기는 처음이구나. 야수의 피를 가진 게 아니라 원래부터 야수였었나? 이건… 대단하구나!"

독고진악은 자신을 먹잇감처럼 노려보고 있는 장영의 모습에 침이 넘어갔다.

독고진악 역시 조금 더 공력을 끌어올렸다. 느껴지는 장영의 기세는 육성의 공력으로 막아낼 수 있는 수준이 아니었다. 낮은 으르렁거림에 대지가 울리는 듯했다.

어느새 독고진악은 자신의 최대치의 공력을 이끌어내고 있었고, 그에 독고진악의 주위로 강기의 바람이 휘몰아치기 시작했다.

허리를 구부린 채 송곳니를 드러낸 장영의 모습에서는 허점이라고는 찾아볼 수가 없었다.

서로가 서로를 노려보면서 한 치의 틈도 보이지 않는 팽팽한 긴장감이 흘렀고, 두 사람의 기세가 맞부딪치면서 미세한 기폭 현상이 일어났다.

독고진악의 이마에 굵은 땀방울이 생겨났다.

꿀꺽!

파곽!

장영의 신형이 땅을 박차고 튀어 오른 순간 독고진악의 면전을 향해 날카로운 창극이 찔러 들어왔다.

'우웃!'

"마벽!"

쿠웅!

창이 강기의 벽에 꽂히면서 독고진악의 신형이 지면을 스치듯이 밀려 나갔다.

"크아앙!"

흠칫!

순간 독고진악의 측면에서 무언가가 엄청난 속도로 날아들었다.

'대… 대단한 속도!'

장영이 어느새 손가락을 짐승의 발톱처럼 세워서 훑고 들어온 것이다.

독고진악은 뒷발을 지탱해 몸을 세우면서 옆구리를 내어주면서 걷어찼다.

"크윽!"

장영의 손가락이 혈영신을 찢고 들어와 옆구리에 다섯 줄기의 상흔을 내자 피가 튀어 올랐다.

하나 아픔을 느낄 새도 없이 반대쪽에서 휘둘러 오는 장영의 주먹이 독고진악의 허리를 강타했다.

콰콱!

"큭!"

허리가 끊어질 듯한 충격이 느껴지며 목을 타고 핏덩이가 올라왔지만, 독고진악은 당대 최고수. 전해져 오는 충격을 몸을 비틀어 흘리면서 뒤꿈치로 장영의 머리를 찍었다.

장영의 머리가 꺾이면서 몸이 뒤틀려 튕겨 나갔고, 독고진악은 허리를 부여잡으면서 두어 걸음 뒷걸음질쳤다.

"크앙!"

충분한 충격을 받았을 텐데 장영은 공중제비를 돌듯이 땅에 착지하자마자 엄청난 속도로 독고진악의 품으로 파고들었다.

'제기랄!'

"혈신강림(血神降臨)!"

독고진악이 자신의 품 근처까지 파고드는 장영의 움직임에 어금니를 깨물면서 내부의 공력을 터뜨리듯이 발산하자 모공에서 이어진 혈라강기가 엄청난 크기로 부풀어올랐다.

꾸아아아앙!

부풀어오른 혈라강기가 독고진악을 중심으로 엄청난 공력이 동심원을 그리듯이 터져 나가며 대폭발이 일어났다.

"허억, 허억……."

독고진악은 순간적으로 엄청난 공력을 뿜어내어 생겨난 공허감에 한쪽 무릎을 지면에 꿇은 채 가쁜 숨을 내쉬었다.

거대한 폭발로 인해 연무장을 만들었던 평원이 폐허가 되어버렸고, 지름이 십 장 이상이나 되는 거대한 구덩이가 생겼다. 객석 따위는 사라진 지 오래였고, 장영과 독고진악의 싸움을 보고 있던 대다수의 무인이 수십 장 밖으로 도망쳤다.

극도의 피로감이 독고진악의 몸으로 밀려들었다.

'놈은 어디로 갔지?'

독고진악이 날카로운 눈빛으로 주위를 두리번거렸다.

혈신강림은 혈영신공의 숨겨진 세 가지 절초 중 하나로, 단전에 모인 공력을 순식간에 응축하여 발출해 내는 기술이었다.

순간적으로 증폭되면서 기가 터져 나가면서 나타나는 위력은 금강석마저도 먼지처럼 으스러뜨릴 정도였으니 만약 장영이 강기의 폭발에 휩쓸렸다면 흔적조차 남지 않았을 것이다.

'기세가……'

더 이상 장영의 기세도, 휘몰아치는 살기도 느껴지질 않았다.

"휴우… 끝인가? 네놈은 역시 최고의 상대였다."

독고진악은 어디서도 장영의 움직임을 느낄 수 없자 나지막이 한숨을 내쉬었다.

몸이 천근만근과도 같았다. 이처럼 어지러움이 몰려올 정도로 공력을 발출하기는 교주가 된 이후로 처음 있는 일이었다.

또르륵!

"응?"

문득 폭발에 의해 만들어진 반구형의 언덕을 타고 작은 돌의 파편이 굴러 내렸다.

충분히 있을 수 있는 일인데도 묘하게 신경이 거슬렸다.

"설마, 네놈?"

일순간 엄청난 살기와 함께 흙 속에서 붉은빛이 일렁거렸다.

드드드득! 파악!

"헛!"

장영의 신형이 흙 속에 묻혀 있다가 빛살과도 같은 속도로 튀어나왔다.

콰곽!

"으윽!"

날카로운 송곳니가 독고진악의 어깻죽지를 파고들자 살점이 뜯겨 나갔다. 다행히 고개를 비튼 덕분에 목줄기가 뜯어져 나가는 상황을 모면한 독고진악은 팔꿈치로 장영의 얼굴을 후려쳤다.

퍼억! 쿠당탕탕!

독고진악은 자신의 어깨를 한 손으로 막아 지혈하면서 인상을 쓰며 장영을 노려보았다.

"크르르륵……."

장영은 뜯어낸 살점을 씹어 삼키고는 독고진악을 향해 비웃음을 흘렸다.

혈신강림이 펼쳐지는 순간 폭발의 범위에서 벗어나기 위해서 지둔술을 펼치면서 땅속으로 파고들었고, 기세를 죽인 채 독고진악이 방심하는 순간까지 기다린 것이다.

그러나 폭발의 여세를 완전히 피해내지 못한 듯 온몸이 피투성이였다. 한쪽 팔은 완전히 부러진 듯이 덜렁대고 있었고, 입가에는 옅은 핏줄기가 흘러내리고 있었지만, 독한 눈빛만은 독고진악을 향해 날카롭게 빛내고 있었다.

"정녕 대단하구나. 전보다 더욱 짐승에 가까워진 것인가?"

독고진악은 피가 흘러내리는 어깻죽지를 지혈하듯 움켜쥐고는 인상을 찡그렸다.

살점마저 씹어 먹는 장영의 모습은 말 그대로 짐승이었다.

"놈, 죽여주마."

독고진악의 기세가 살기로 일렁이면서 혈광이 짙어졌다.

스걱!

장영이 흠칫 놀라면서 뒤로 물러났다.

장영이 있던 곳의 대지가 깊게 베어져 나갔다.

"캬르르륵!"

온몸에 소름이 돋아 올랐다.

본능적으로 느껴지는 듯이 멈칫거리면서 이빨을 드러내는 장영을 향해 독고진악의 신형이 폭사했다.

슈아아악! 뻐억!

분명히 장영의 격공보다 빠르지도 않은 움직임이었지만 장영은 거미줄에 걸린 듯이 움직이지도 못한 채 걷어차였다.

"큭!"

장영은 충격에 인상을 찡그리면서 핏덩이를 토해내었다.

끈적끈적한 기운이 옭아매듯이 장영의 움직임을 방해했다. 장영이 헤어나가기 위해 몸부림칠수록 옥죄어오는 힘은 더욱 강해졌다.

독고진악은 독고진악 나름대로 죽을 맛이었다. 엄청난 공력 소모에도 불구하고 시전한 두 번째 절초.

혈신강림이 자신의 주위에 존재하는 모든 것에 대한 파괴의 힘을 지녔다면, 방금 시전한 혈망(血網:핏빛 그물)이라 불리는 무공은 모든 것을 묶어두는 기술이라 할 수 있다.

보이지 않는 기의 그물로 간격 내의 모든 것들을 감싸 안아 버리는 기술로, 그 범위 자체가 방대했기 때문에 공력 소모도 엄청나게 큰 초식이었다.

그가 살아오면서 한 번도 써보지 않은 기술 중 하나였다.

"크르르르르르……."

독고진악이 만든 기의 그물에서 벗어나기 위해 용을 써도 더욱 압박감만이 심해져 오자 장영이 더욱 광포한 모습으로 울었다.

"크크크… 놈, 쉽게 벗어날 줄 알았더냐? 혈망은 내가 존재하고 느낄 수 있는 모든 곳에 영향을 미친다. 생각해 보니 미친 짐승을 잡는 데는 최고의 기술인 듯하구나."

장영에 의해 뜯어져 나간 어깻죽지에서는 연신 시뻘건 핏물이 솟아 흘러내렸지만, 독고진악은 아픔조차 잊어버린 듯이 그물에 갇힌 짐승처럼 울부짖는 장영에게 천천히 걸어왔다.

"네놈… 최고의 승부였다. 충분히 목숨을 걸 만한 가치가 있었다."

독고진악의 우수에 조금씩 실낱같은 강기가 생겨나기 시작하더니 하나둘 뭉쳐지면서 날카로운 창처럼 변했다.

"죽어랏!"

슈아아악!

힘들고 괴로운 일전이었다.

수십 초의 공방을 쏟아 부으면서 몸 안의 대부분의 공력을 사용하고도 제대로 된 상처를 입히지 못한 장영이라는 괴물.

그런 괴물이 드디어 마지막에 도달했다.

잡을 수 없는 괴수를 잡은 사냥꾼의 심정이 이러할까? 독고진악이 승리감에 도취된 모습으로 우수에 모인 강기의 창을 장영의 머리를 향해 힘껏 내질러 갔다.

그 순간 위기를 느낀 장영의 몸에서 미증유의 힘이 솟아오르더니 독고진악을 향해 뻗어져 나갔다.

흠칫!

알 수 없는 기운이 독고진악의 몸을 스치고 지나갔다.

'뭐… 뭐냐?'

그것은 마치 거대한 호랑이의 아가리가 자신을 집어삼키는 듯한 느낌이었다.

마지막 일격을 날리려던 독고진악이 공포감에 두어 걸음이나 뒤로 물러섰다.

'설마… 공포를, 공포를 느꼈단 말인가? 내가?'

믿기지 않았다. 자신이 공포라는 감정을 느끼다니. 살아오면서 한 번도 느껴보지 못했다.

마음만 먹는다면 세상의 모든 인간들과 적이 되어도 이겨낼 수 있다고 생각했었는데…….

소름이 돋아 오를 정도의 섬뜩한 느낌은 그만큼이나 강렬했다.

"크르르……."

어느새 장영은 자신을 감싸고 있던 기의 그물을 갈기갈기 찢어내곤 자신을 향해 으르렁거리고 있었다. 그 모습을 보면서 독고진악은 축축이 젖은 자신의 손을 움켜쥐고 자신이 모을 수 있는 최대의 공력을 끌어모으기 시작했다.

"놀랍구나. 야수의 피를 계승한 자여, 이것이 너의 몸 안에 잠재된 힘인가? 으핫핫핫! 와라! 마지막까지 상대해 주마! 전귀!"

퓨욱!

누가 먼저랄 것도 없이 장영과 독고진악의 신형이 사라졌다.

꾸아아앙!

두 개의 거대한 기운이 맞부딪치면서 생겨난 굉음은 천산을 떠나갈 듯 울렸고, 거대한 산자락을 뒤흔들었다.

第九章

독강시……

戰鬼
전귀

1

　서북쪽에서 멸문지화의 변이 일어난 지 한 달이라는 시간이
흘렀다.
　이상하게도 처음의 사건 이후로는 더 이상 멸문지화를 당하
는 문파가 생겨나지 않았다. 하지만 소문이라는 녀석은 수많
은 억측을 낳기 시작했다. 수많은 사람들이 동조하는 이야기
는 기정사실화되어 퍼뜨려졌다.
　그 수많은 소문 중 하나가 바로 독강시와 독곡에 관련된 것
이었다.
　하나 그 소문은 패왕련의 무사들이 독곡을 향해 진군하면서
부터 소문이 아니라 사실로 빋아들여지기 시작했다.
　처음에는 긴가민가하던 수많은 무림의 세력들도 운남성을

향해 진군하는 패왕련의 무사들을 보면서 점차 그것을 사실이라 믿기 시작했다. 몇몇 문파에서 패왕련을 지원하기 위해 자파의 무인들을 파견하였던 것이다.

그 소문이란 것은 처음에 흉수가 독을 쓰는 무인이라 하여 혹 독곡이 아닐까 하는 추측에서 시작된 것이 독곡이 금단의 술법을 이용하여 독강시를 제조했고, 독강시의 제조를 위해서 수천 명의 동남동녀의 목숨을 제물로 사용했다는 데까지 발전하였다.

그리고 그 것은 다시 얼마 지나지 않아 독곡이 중원을 집어삼키려 한다는 소문으로 번졌다.

그러한 소문에 독곡은 코웃음을 쳤지만, 오히려 그런 모습이 더욱 독곡을 의심스럽게 하였다.

결국 패왕련의 무사 수천 명이 운남의 독지에서 독곡의 무사들과 맞부딪쳤고, 수백 명의 사상자가 났다.

독곡과 패왕련 모두가 격심한 피해를 입었다.

하지만 그때까지도 독곡은 자신들이 멸문지화의 흉수가 아니라는 사실을 밝히지 않았다. 결국 전 무림이 독곡을 흉수로 몰아붙였다.

하지만 독곡은 운남성에서도 가장 깊숙한 곳에 위치해 있었다. 가만히 서 있어도 땀이 흘러내리는 더운 지역인데다 독곡을 둘러싸고 있는 독지는 절독의 생명체들이 서식하고 있는 곳이라 쉽사리 범접할 수가 없었다.

만약 중원의 대평야에서 싸웠다면 수적으로 열세인 독곡이 패왕련과 무수히 많은 무림 단체들의 공격에 절대 견디지 못했겠지만, 독지 안에 웅크린 독곡은 그야말로 철옹성과 같았기 때문에 지지부진한 피해만 속출할 뿐이었다.

시간이 흐를수록 무사들 간의 싸움으로 일어난 피해보다는 토병과 독에 중독되어 죽어가는 패왕련의 무인들이 늘기 시작했던 것이다.

2

"헉, 헉……."

휘어진 만도를 든 사내가 온몸에 상처를 입은 채 달리고 있었다.

무척이나 호리호리한 체구를 가진 사내는 상처를 통해 흘러내리는 피를 지혈하지도 않은 채 숨이 턱 끝에 다다를 정도로 열심히 뛰었다.

"알려야 한다. 우리는 속고 있었다. 제길, 환락정을 친 것은 독곡이 아니야!"

극심한 피로로 인해 눈이 감겨왔다.

더구나 인간 같지도 않은 괴물들을 상대하면서 자신의 부하들이 몰살을 당했다.

피눈물을 흘리면서 대항했지만 그들은 사람이 아닌 강시였다.

칼로 내려쳐도, 막대한 공력을 쏟아 부어도 다시 일어나 자

신을 공격해 왔다. 시꺼먼 독무를 뿜어내는 모습은 마치 악마
와 같았다.

"제기랄! 찢어 죽일 혈교 놈들이 뒷공작이나 하고 있었을 줄
이야……."

사내의 이름은 '표' 였다.

사파의 거두인 흑룡성에서도 두 번째로 강한 무인이었으며,
흑룡성 내 최강의 무인 집단인 혈사검대의 대주였다.

그가 사건의 진실을 알게 된 것은 정확히 일주일 전 흑룡성
주로부터 밀명을 받고 사파의 아홉 개 세력 중 하나인 환락정
의 멸문지화를 조사하기 위해 운남성으로 들어왔을 때였다.

운남성의 성도인 곤명으로부터 삼백여리가 떨어진 곳에 위
치한 석림.

석림은 오랜 시간 동안 대지의 침식과 지각의 변동으로 인
해 수천 개의 돌이 솟아올라 마치 거대한 병풍과도 같은 풍경
을 연출하는 멋들어진 곳이었다.

운남성의 석림은 대석림과 소석림으로 나누어져 운남성을
들른 이들은 이 석림을 보지 않고는 운남성을 봤다 할 수 없을
정도로 유명한 곳이었다.

그 넓이가 크게는 삼사 장에서 넓게는 수십 장에 이르는 거
대한 돌기둥이 떼를 지어 늘어선 모습은 보는 이의 가슴을 멎
게 할 장도로 웅장한 장관이었다. 석림을 올려다본 사람들은
탄성을 터뜨리며 찬사를 아끼지 않았다.

운남의 석림이 유명한 이유는 거대한 기암괴석의 풍경 때문이기도 하지만 사파의 아홉 개 세력 중 하나인 환락정이 대석림의 중앙에 있는 거대한 돌기둥 위에 위치하고 있었기 때문이다.

환락정은 이름만으로 보자면 퇴폐적이고 음란한 여인들이 만들어낸 문파라 오해받기 쉽다. 실제로도 환락정은 무림에 그렇게 알려져 있었다.

사파(私派)가 정도인들에게는 사파(邪派)로 불리는 것처럼 환락정(歡樂庭) 역시 환락정(煥樂庭:불꽃을 즐기는 집단)이라는 이름을 가지고 있었다.

오히려 환락정보다는 향화십삼방이 음란함을 가진 문파에 가까웠다.

환락정의 무인들은 자신들을 향화십삼방의 여류 무인들처럼 '기쁨을 즐긴다' 라는 뜻을 가진 환락정(歡樂庭)으로 불리는 것을 무척이나 싫어했고, 누군가 자신을 그렇게 부른다면 목숨을 걸고 사과를 받아냈다.

여하튼 환락정은 불꽃, 즉 염화의 무공인 적양공을 사용하는 문파다. 적양공은 양기 자체가 너무도 강한 무공이었고 양기가 강한 남성들이 익혔다가는 목숨을 부지하기가 어려웠기 때문에 적양공의 양기를 중화시킬 수 있는 태음의 여류 무인만이 환락정을 구성하고 있었던 것이다. 물론 예외적으로 음기가 강한 남성 무인들도 있었지만 말이다.

당대 환락정의 주인은 적양화라 불리는 사파 최고의 여류 무인이었고, 환락정의 무인들은 사파무림에서도 손가락에 꼽히는 정예였다.

그런데 그런 최고수가 이끄는 환락정이 하룻밤 만에 몰살당하는 초유의 사태가 일어난 것이었다.

결국 흑룡성주는 내분으로 시끄러운 때였지만, 혈마도 표와 혈사검대의 정예 무인을 보내 석림 일대를 조사하게 하였다.

"대주, 아무래도 어렵겠는데요?"

"응?"

"여기 말입니다. 흉수의 흔적이라고는 시체에 난 상처가 전부입니다. 그나마 무공의 흔적을 알 수 있는 상흔도 독에 문드러지는 바람에 구분하기가 쉽지 않구요."

"흠……."

표는 혈사검대의 제일조장의 보고를 받으면서 인상을 찌푸렸다. 혈사검대의 일조장 혈사일호 검여호가 시체 하나를 짚으면서 말했다.

"보십시오. 시체에 남겨진 흔적은 무공이 아니라 일반적인 주먹의 타격으로 생겨난 것이거나 통째로 뜯겨져 나간 것이고 도검이나 여타의 무기에 의해 생겨난 것은 없습니다. 물론 있다 해도 독에 문드러져서 이 모양이라구요."

"흠… 그렇다면 시체에 남겨진 독의 종류는?"

"그것도 지금 조사 중이지만 현재까지 밝혀진 수백 가지의 독 중에서 해당되는 사항이 하나도 없습니다."

"그렇군……."

표는 곰곰이 생각하면서 눈을 감고 생각을 정리하고는 되물었다.

"사망 시각이 언제라고 했지?"

"약간씩의 오차는 있지만 사건이 일어난 당일 새벽 축시경일 것으로 추측됩니다."

"흠……."

다시금 생각을 정리하는 표.

"여호, 지금 대부분의 문파들이 흉수를 독곡으로 규정하고 있다고 했지?"

"그렇습니다."

"그런데 말이야, 그들은 독곡에 대해서 얼마나 알고 있지?"

"글쎄요. 아마도 남겨진 기록 정도… 겠지요?"

검여호는 곰곰이 생각하더니 고개를 끄덕이면서 말했다.

"그래, 아무도 독곡에 대해서 진정으로 아는 자들은 없어. 하지만 우리는 운남에 환락정이 있었기 때문에 어느 정도의 교류는 있었다고. 그리고 독곡의 감추어진 모습에 대해서도 제일 많이 알고 있을 거야. 그런데 독곡의 독이 적양공의 양기를 넘어설 정도로 대단한 것이 있나?"

"흠……."

맞는 말이었다. 환락정의 적양공을 이겨낼 수 있는 독은 많지가 않았다. 더구나 독곡주나 사용할 수 있는 절대독강도 적양공을 익힌 무인을 중독시키기는 쉽지가 않았다. 적양공을 익힌 무인들의 내부를 중독시킬 순 있어도 적양공이 퍼져 있는 육체를 중독시켜 살마저 문드러지게 한다는 것은 거의 불가능에 가까웠다.

"그렇군요!"

검여호가 손뼉을 쳤다.

"그럼 독곡이 범인이 아니라는 이야기군요!"

"그렇지. 독곡은 아니야. 더구나 적양화님은 사파 구대세력들 중에서도 단연 최강에 속하는 무인이다. 독곡주가 오지 않는 이상은 독곡의 무인들 수십 명을 데려온다 해도 쉽게 죽일 수 있는 상대가 아니었다. 하물며 독에 대해서 극도의 내성을 가진 환락정의 무인들을 세상에 알려진 대로 열 명의 흉수로는 단 두 시진 만에 몰살시키는 것은 불가능하다는 이야기지."

표는 실눈을 뜨면서 환락정의 적양궁을 중심으로 주위를 둘러보기 시작했다.

"그래, 절대 독곡이 아니야. 더구나 흉수는 열 명이 아닐 것이다."

"하지만 실제로 남겨진 발자국이나 흔적은 딱 열 명분이었습니다만……."

표의 말에 검여호가 고개를 갸웃거리면서 말했다.

"아니, 흔적은 조작할 수 있다."

표는 천천히 다시금 모든 상황을 정리하기 시작했다. 흉수가 들이닥친 순간부터 적양화가 죽임을 당하고 살아남은 자들이 몰살당하는 순간까지 머릿속으로 모든 것을 그려내기 시작했다.

그런데 무언가 아귀가 맞지 않았다.

싸우는 장소에서 마지막까지는 흔적이 남아 있었지만 그 후의 행적이 없다는 사실이다. 마치 증발해 버린 듯 조그마한 흔적도 남아 있질 않았다.

'흠… 어디로 갔을까? 아무리 용의주도한 놈들이라도 흔적은 남아야 한다. 있어야 할 흔적이 남지 않았다면 분명히 누군가에 의해 지워졌다는 이야기다. 자신들의 정체를 감추기 위해서 퇴로의 흔적은 지웠고, 혼란을 주기 위해서 현장의 흔적은 남겼… 라는 것인데…….'

표는 심각하게 고민하기 시작했다.

눈을 감고 잘 짜여진 조각들 중 빠져나간 하나를 맞추어야만 했다.

"여호, 너는 지금부터 애들을 데리고 가서 환락정의 주위 이십여 장을 뒤져라. 시간이 얼마나 걸려도 좋다. 이십여 장에서 발견되지 않으면 다시 이십여 장을 더해서 뒤져라. 반드시 찾아라. 꼭 흥수의 단서가 아니라도 좋다. 환락정으로 접근한 모든 인원들에 대한 흔적을 찾아내라. 절벽이든 강물이든지 간에 무조건 찾아내라."

말도 안 되는 명령에 검여호는 무어라 반박을 하고 싶었지만 저런 모습의 대주의 말은 절대 틀린 적이 없었다. 분명 마음속에 무언가를 이미 생각한 후에 한 말일 터다.

"존명!"

검여호는 표를 향해 짧게 대답하고는 혈사검대의 무인들에게 지시를 내렸다.

눈을 감은 채 이리저리 걸어다니던 표는 다시 한 번 모든 상황을 정리했다. 시체들을 보면서 치열했던 싸움의 순서를 예측하기도 하고, 순서를 뒤바꿔 보기도 했다. 환락정에 놓여진 모든 시체들에 대해서 세심하게 살폈다.

"대주!"
검여호가 표를 불렀다.

환락정을 조사한 지 벌써 사흘이라는 시간이 흘렀지만 아무것도 발견할 수 없었다. 환락정을 중심으로 석림 백여 장 가까이를 뒤졌지만 흉수와 관계된 것은 그 어느 것도 발견되지 않은 것이다.

조사는 거의 포기 상태에 다다른 상태였다.

결국 혈사검대는 환락정의 모든 것들을 태워 버리기로 결심했고, 수많은 시신들을 화장하기 위해서 한곳으로 모았다.

그런데 시체를 옮기던 검여호가 무언가 이상한 것을 발견하고는 표를 부른 것이다.

"응? 왜?"
"이것이… 뭘까요?"
검여호가 가리킨 곳.

그것은 환락정 무인 중 하나인 여류 무인의 손가락이었다. 아니, 정확하게 말하면 손톱이었다.

손톱 아래에 미세하게 끼여 있는 붉은색의 실.

"실?"

"네. 무심코 본 것인데 손톱에 끼어 있기에……."

표는 검여호가 가리킨 손톱 아래의 작은 실을 손바닥에 놓고는 유심히 살펴보았다.

"손톱에 붉은 실이 끼어 있다?"

어째서였을까? 누군가 일부러 집어넣지 않고는 사람의 손톱 아래 붉은 실을 넣고 다니는 이는 없을 것이다. 그렇다면 분명 누군가를 공격하면서 찢어진 의복의 일부에서 나온 것이 손톱에 낀 것이리라.

"붉은 실이라… 여호. 곽간을 불러와라."

"네."

잠시 후 검여호는 비대한 몸집을 가진 뚱보 하나를 데려왔다.

"간, 이걸 봐라."

"예?"

얼굴에 살이 쪄서 가느다랗게 휘어진 눈을 가진 곽간이 표가 내민 손바닥의 붉은 실을 바라보았다.

"흠… 독특하군요. 무척이나 특이한 재질입니다."

"그래?"

"예. 이런 종류의 실은… 통상 시신의 부패를 지연시키기 위해서 만들어지는 것과 비슷한 종류입니다. 표면 자체가 거칠 뿐더러 촉감이 좋지 않기 때문에 거의 입지 않지요. 더구나 이

실은 독특한 약품 처리를 하기 때문에 피부에도 좋지 않습니다. 하지만 시체의 시기를 차단시키는 효과도 있고……."

곽간의 설명이 끝나기도 전에 표가 물었다.

"시체?"

"네, 시체의 향기나 기운을 차단하는 데 쓰는 재질입니다."

"흠… 그래? 그렇다면 실에는 독특한 약품의 향기가 남을 수도 있겠군."

"네, 하지만 사람의 코로 맡을 수 있는 향기는 아닐 겁니다."

"성주님이 가지고 있는 백서라면?"

"백서요?"

백서는 쥐과의 영물로, 공격 성향이 없어 순하지만 후각에 의한 추적술은 엄청난 놈이었다.

"흠… 아마도 백서라면 이삼 일 지난… 아! 그렇군요. 백서를 통해 추적을 하면, 시체에 남은 독연에 백서가 중독될 위험은 있지만 이 실을 추적하게 한다면?"

곽간의 말에 표가 빙긋이 웃었다.

"그렇지. 일단 실에 독의 흔적이 남아 있을지 모르니 하군표에게 해독을 하라고 하고, 여호, 너는 성에 연락해 백서를 보내 달라고 요청해라."

"존명!"

서서히 사건의 실마리가 잡혀가고 있었다.

우연치 않게 발견된 붉은 실이라는 단서.

무엇을 가르쳐 줄지는 몰랐지만 아무것도 발견되지 않은 시점에서 흉수를 추적할 수 있게 하는 작은 단서는 무척이나 표를 고무시켰다.

백서가 도착한 뒤 혈사검대는 백서의 움직임을 따라 이동하기 시작했다.

"제기랄 혈교 놈들……."

표는 뛰고 또 뛰었다.

공력은 이미 한계치에 다다랐고 너무나 많은 피를 흘렸기에 어지러움이 밀려왔다.

백서를 따라 흉수를 추적한 결과, 흉수들은 처음 석림의 외곽으로 이동하여 운남 독지 근처까지 이동하였다가 서장으로 거의 일직선으로 이동한 것을 알 수 있었다. 백서는 붉은 실에 뿌려진 중화제와 너무도 미약한 향기만 남아 있었기 때문에 처음에는 갈팡질팡하면서 움직였고, 그에 따라 추적 시간도 무척이나 많이 소요되었다.

석림에서 출발해 세 개의 큰 도시를 지난 산자락에서 처음 그들의 제대로 된 흔적을 잡기 시작했고, 드디어 그들의 흔적을 찾아낼 수 있었다.

혈사검대는 그 흔적을 따라 이동하여 서장으로 들어섰다.

그런데 생각지도 못한 결과가 벌어졌다.

포달랍궁을 밀어버린 혈교 근처까지 왔을 때, 백서의 움직임이 빨라지기 시작하더니 공포를 느낀 듯 털을 곤두세운 채로 찍찍대는 것이 아닌가?

표는 설마하는 생각으로 혈교로 잠입을 시도했으나 결국 발각되어 혈교의 무사들에게 쫓기게 된 것이었다.

그때 나타난 인간 같지 않은 놈들의 정체.

수십여 번 칼을 내려치고, 엄청난 공력을 쏟아 부었음에도 꿈쩍도 하지 않는 괴물.

혈사검대의 대다수가 몰살을 당했다, 그것도 단 네 명에 의해서.

결국 성주에게 알리기 위해 표는 채 다섯도 남지 않은 혈사검대를 데리고 도망쳤으나 살아남은 건 표 혼자였다.

숲을 헤치며 달려가는 표의 앞으로 흐릿한 형체가 나타났다,

퍼억!

피할 새도 없이 다가온 물체는 표의 얼굴을 강타했고, 달리던 힘과 합해져 둔탁한 충격이 전해져 왔다. 표의 코뼈가 함몰되어 선 채로 반 바퀴나 회전하면서 지면에 그대로 떨어졌다.

"크윽……."

안면에 전해진 충격만큼이나 넘어지면서 뒷머리에 전해진 충격은 거세게 느껴졌다.

표의 안면을 강타한 것은 주먹이었다. 무척이나 거대한 주먹.

무인은 승려와 같이 머리를 파리하게 깎은 자였다.

초점이 없는 회색빛의 눈동자를 가지고 있었고, 아무런 표

정 변화조차 없는 무덤덤한 얼굴로 쓰러진 표를 향해 다가와 고통으로 정신을 차리지 못하고 울컥울컥 핏줄기를 토해내는 표를 가만히 지켜보기만 했다.

"뭐야? 흑룡성 산하의 최고수 중 하나라고 해서 꽤나 기대했었는데……."

잠시 뒤 거대한 덩치의 무인의 뒤로 나타난 염소수염을 가진 또 하나의 무인.

"쿠쿠쿠… 적어도 귀혼대 한 명 정도는 소모될 줄 알고 서너 명을 더 선발해서 데리고 왔는데 기우일 뿐이었나?"

염소수염의 무인은 킬킬대면서 표를 비웃었다.

"일단 강한 놈이니 데려가서 새로운 실험체로 사용해야겠구만."

그는 잠시 표를 내려다보고는 거대한 덩치의 무인을 향해 뜻을 알 수 없는 주문을 외웠다.

"끄ㅇㅇㅇ……."

마치 쇳가루가 갈리는 듯한 소리를 내면서 거대한 덩치의 무인이 고개를 끄덕이고는 쓰러진 표를 어깨에 걸쳐 메었다.

"마지막으로 생존한 놈을 잡았으니 흔적을 없애고 일단 교로 돌아가야겠군."

염소수염의 사내는 품속에서 작은 약병을 꺼내 주변을 향해 뿌리고는 발자국과 표가 쓰러지면서 생겨난 흔적을 지웠다.

"그럼 갈까?"

흔적을 지우고 나서 다시 한 번 주위를 돌아보면서 점검한

염소수염의 사내는 그대로 나무 위로 솟구치면서 몸을 날렸고, 거대한 덩치의 무인이 표를 어깨에 둘러멘 채 그 뒤를 따랐다.

第十章
비사문의 소문주

戰鬼
전귀

1

쾅!

거대한 손이 통나무로 만든 탁자를 때리면서 굉음을 울렸고, 탁자에는 선명한 장인이 찍혔다.

"뭐야? 뭐가 어떻게 됐다고?"

무척이나 격노한 목소리.

흑룡성주 두원은 더 이상 찡그릴 수조차 없을 정도로 화난 표정을 지으면서 씩씩댔다.

그런 성주의 모습에 침을 삼키면서 말하는 무인은 연신 흘러내리는 식은땀을 닦아냈다.

"그… 그것이… 저……."

"더듬지 말고 다시 말해봐!"

치밀어 오르는 분노를 속으로 삼키듯이 코바람을 내뿜는 두원.

"혈마도 이하 혈사검대 사십여 명이 연락 두절입니다……."

"연… 락… 두… 절?"

"예……."

"백서를 가져가고 나서 벌써 이십여 일째 연락이 없다고?"

"예……."

"그걸 지금 나보고 믿으라고?"

"그게……."

"지금 장난하냐?"

"하지만……."

"하지만, 뭐?"

"연락이……."

"찾아내!"

"예?"

"못 들었나? 찾아내라고! 연락이 끊어졌으면 어떻게든 방법을 강구해서 연락을 취해!"

"하지만 혈마도께서 연락을 하지 않으면… 저희도……."

쾅!

또다시 흑룡성주의 주먹이 탁자를 내려쳤다.

"무조건, 무조건 찾아내! 만약… 못 찾아내면 네놈의 잘난 그 눈깔이랑 혀를 뽑아버릴 테다."

"조, 존명!"

"나가!"

눈을 부라리듯 말하는 흑룡성주를 향해 두려움에 가득 찬 모습으로 대답하면서 무인이 꽁지가 빠지도록 성주실을 나가 버렸다.

"제기랄, 안 그래도 내부가 시끄러워 죽겠는데, 표, 이 자식은 어디에 처박힌 거야?"

흑룡성주 두원은 화가 치밀어 올랐다.

자신이 으름장을 놓고 있는데도 자꾸만 분란을 일으키는 흑룡성 예하 세력들 때문에 골머리를 썩고 있는 시점에서 갑자기 이름 모를 홍수가 환락정을 멸문시켰고, 생존자는 전무했다. 자신의 휘하 중에서 가장 믿음직하고 강한 표와 함께 자신의 분신과도 같은 혈사검대사십여 명을 파견했는데 며칠째 연락이 두절된 상태였다.

더구나 환락정이 멸문되었음에도 서로 뭉쳐서 문제를 해결하려는 생각은 안 하고 경쟁자가 하나 줄었다는 생각에 희희낙락하면서 어떻게 하면 환락정이 소유하고 있던 운남 일대의 세력권을 차지하여 자신의 배를 불리고 세를 키울까만 생각하는 여덟 세력의 모습에 짜증이 물밀듯이 밀려왔다.

"개자식들······."

욕설이 절로 내뱉어졌다.

마음 같아서는 여덟 세력의 윗대가리들 모두의 목을 모조리 따버리고 자신이 원하는 이들로 바꾸어놓고 싶었지만 자신은 마교주처럼 그리 잔인한 성격이 아니었다.

더구나 자신이 너무 강하게 나갈 경우 생길 수 있는 반발을 무마할 자신도 없었다.

"세간에 퍼진 대로 만약에 독곡 놈들이라면 절대로 가만두 지 않겠다."

흑룡성주 두원은 이러지도 저러지도 못하는 상황에서 애꿎 은 독곡만을 탓할 뿐이었다.

2

광서성의 비사문.

비사문은 무려 오백 년이라는 역사를 가진 곳이었다.

참혼마도 구일서가 사파를 통일하기 이전까지 광서성의 최 대의 세력으로 군림한 문파였고, 제이대 흑룡성주를 배출한 사파의 명망있는 문파이기도 했다.

하지만 비사문은 나머지 사파의 거대 세력들과는 달리 주변 상인들과 아무런 관계도 맺지 않은 유일한 세력이었다. 통상 무림문파는 인근 지역의 치안을 담당하거나 무관을 열어 수련 생들을 받고, 상인들의 호위무사를 파견하여 얻는 수입으로 운영되는 경우가 많았다. 특히 사파의 세력들은 정파의 세력 들보다 상계와 더욱 밀접한 관계를 가지고 있었는데, 희한하 게도 비사문만은 상계와 아무런 관계를 맺지 않고 있었다. 그 럼에도 비사문은 사파에서 재력이 가장 풍부한 곳이었다. 그 이유는 광서성 일대의 금광을 소유하고 있기 때문이었다.

명실공히 사파의 거대 세력으로 군림할 수 있었던 이유도 이러한 재력이 보탬이 된 것은 사실이었다. 때문에 비사문에서 재정을 담당하는 총관의 권력은 문주를 제외하고 가장 강했다.

　비사문의 금사각.
　평소라면 비사문의 총관 허생이 업무를 보기 위해 쓰는 개인 공간이었다.
　"혈사검대주가 혈교에 의해 죽었습니다."
　무슨 소리일까?
　혈사검대주인 표의 죽음은 아직 흑룡성에도 알려지지 않은 사실이었는데.
　"후후… 청연이 놈, 대단한 일을 했군. 쉽지 않았을 텐데. 더구나 정말로 독강시를 만들어낼 줄이야."
　"그러게 말입니다."
　이상한 일이었다. 혈교주로 알려진 청연의 이름이 이곳에서 거론되는 이유는 무엇일까? 더구나 독강시라니? 사파의 거대 세력 중 하나인 비사문에서 거론될 만한 이야기가 아니었다.
　"그나저나 나타님. 청연님이 저런 식으로 자신의 입지를 굳혀간다면 나타님의 앞으로의 행보에도 큰 문제가 아닙니까? 더구나 련주님의 보는 눈도 있고, 이미 련이 개파하여 터를 잡을 위치를 혈교, 아니, 청연님이 모두 만들어 버렸습니다만……."
　"허생, 이곳에서는 나타가 아니라 태진이라 불러라."

"아, 죄송합니다, 태진님."

그랬다.

그들은 바로 비사문의 총관인 허생과 소문주이자 흑룡성의 소궁주 선발에서 가장 많은 세력권을 확보한 황태진이었다.

태진이라는 자는 현 비사문주인 황석의 장남이었다. 원래 어려서부터 몸이 병약한 황태진은 십여 년을 침상에서 누워 있었고, 황석의 극심한 간호와 수많은 영약으로 겨우겨우 생을 이어가고 있었다. 그런데 삼 년 전 몸을 털고 일어났고, 그동안 먹은 영약의 효과 때문인지 현재는 비사문에서 문주와 몇몇 장로를 제외하고는 가장 강한 무공을 가지게 된 자였다.

"후후… 이 모습으로 변장하고 사파에 잠입한 지도 벌써 삼 년이란 시간이 지났군. 하나 얼마 남지 않았다. 곧 련이 들어서고 하만이 소룡을 암살하게 되면 나 역시 련으로 돌아간다. 하지만 그전에 흑룡을 잡아야 할 텐데……."

사실 지금 황태진의 모습을 하고 있는 자는 태진이 아니었다.

그는 황태진으로 변장한 나타라는 자였고, 귀원련의 련주 호라크의 큰아들이자 네 제자 중 둘째였다.

병으로 인해 누운 황태진을 암살하고 그의 모습으로 변해 비사문에 잠입해 삼 년간 황태진으로 살았으며, 현재 소성주 선발에 분란을 만들기 위해 금관홍을 암살하고 조학을 죽였다. 또한 각파를 부추겨 내분을 일으킨 장본인이었다.

하지만 그러한 사실을 아무도 알지 못한 채 현재에 이른 것이었다.

"허생, 현재 흑룡성주의 움직임은 어떠한가?"

"네. 혈사검대의 몰살로 인해서 노발대발하고 있습니다. 더구나 예하의 세력들이 모두가 외면하다시피 하고 있으니 아마도 미칠 지경일 것입니다."

"후후, 그렇겠지."

황태진, 아니, 그의 모습을 하고 있는 나타는 입꼬리를 말아 올리며 웃었다.

"태진님, 그냥 흑룡성주를 암살하고 흑룡성을 손에 넣는 것이 빠르지 않겠습니까?"

"허생, 너는 아직 모른다. 흑룡성주는 그리 쉽게 당할 위인이 아니야. 그는 강하다. 세간에 알려진 것은 그의 본모습이 아니다. 어쩌면 현 무림에서 가장 강하다는 마교주만큼 강할지도 모른다."

"그런? 마교주는 무림에서 제일 강하다고 평가되어지는 자가 아닙니까?"

"그래, 그렇지."

"설마 흑룡성주가 그리 강하다는?"

"아마도……."

"그렇군요."

허생은 나타의 말에 별다른 의문 없이 고개를 주억거렸다. 절대적인 신뢰.

"일단은 기다리기로 하지……."

"알겠습니다."

3

"찾으셨습니까, 아버님?"

"오오, 왔느냐? 어서 오너라. 안 그래도 흑룡성에서 이번 환락정의 멸문에 관련해서 전령이 도착해서 급히 너를 찾고 있었다."

황석은 건장한 모습으로 들어서는 자신의 아들을 반갑게 맞이하면서 자신의 옆 자리를 권했다. 얼마나 오랫동안 마음 아파했던가? 죽을병이라 오래 살지 못한다는 의원의 말에 눈물을 흘리면서도 십여 년 동안이나 병 수발을 직접 들어온 황석이었다. 그런데 그런 아들이 자리를 털고 일어나 무공을 익히고, 어느새 흑룡성의 소성주 선발에 가장 근접한 위치까지 다가가 있는 것이었다.

물론 이미 죽어버린 금관홍만큼 뛰어난 능력을 가지지는 못했지만 그래도 남아 있는 자들 중에는 최고라고 해도 좋을 만큼 뛰어난 자신의 아들이었다.

황석은 자신의 아들이 깨어난 뒤로 하루도 웃음을 잃은 적이 없었다. 너무 소중하고 든든한 아들이었기에 세상의 모든 것을 주고 싶었다. 아들의 말이라면 황제의 목이라도 가져다주고 싶었던 것이다.

"성주가 협조문을 보내왔구나. 이번에 석림에 혈마도를 파견했는데 소식이 끊어졌다 한다. 결국 성주가 직접 나설 모양이라 각파에 무인들을 요청한다는구나."

비사문주 황석은 흑룡성에서부터 전해진 서찰을 꺼내 태진에게 건넸다.

황태진은 자신의 아비로부터 서찰을 받아 들고 읽어 내려갔다. 간단명료하게 쓰여진 서찰에는 환락정과 독곡을 조사하기 위해 무인 백여 명을 보내 달라는 내용이 적혀 있었다. 더구나 그 수장으로는 황태진을 요청하고 있었던 것이다.

끝까지 읽어 내려간 황석은 비사문 회의실에 모여 있는 이들을 바라보았다. 각 당의 장로들과 무인 세력들의 수장들이 모여 자신의 얼굴을 바라보고 있었다. 그런 그들을 둘러보던 황태진이 피식거리면서 입을 열었다.

"성주님이 애가 닳았나 보군요."

흑룡성의 예하 세력들 중 하나이며, 소성주가 될지도 모를 비사문의 소문주인 황태진으로서는 무척이나 예의없는 말이었지만 그런 황태진을 그 누구도 나무라지 않고 고개를 끄덕여 수긍했다.

아마도 이들은 흑룡성이라는 거대한 단체 따위는 더 이상 자신들 위에 두지 않고 있는 모양이었다. 또한 흑룡성주에 대한 충성심이라고는 눈꼽만큼도 없어 보였다.

"그래, 어찌했으면 좋겠느냐?"

비사문주는 아들의 의견을 물었다.

"아마도 응해야 할 것입니다."

"성주의 의견을 수락하잔 말이더냐?"

"예."

당연하다는 듯한 황태진의 말에 장로들의 우려성이 터져 나왔다.

"소문주, 아니 될 말입니다. 아마도 다른 세력들은 성주의 말에 응하지 않을 것입니다. 더구나 백여 명이라면 적은 숫자도 아니거니와 소문주님이 함께 가시다니요."

"그렇습니다. 소문주님과 함께 간다면 응당 문의 정예들로만 구성해야 하거늘……."

"그냥 무시하는 편이 좋지 않겠습니까?"

모두가 입을 모아 성주의 요청을 거부하라고 말했다.

"어찌할 것이냐? 나 역시 장로들의 의견과 똑같다. 어차피 이번 소성주 선발에서 네가 가장 우위에 있는데 굳이 위험을 감수할 이유가 있겠느냐?"

황석은 걱정스러운 얼굴로 자신의 아들을 바라보면서 만류의 뜻을 표했지만 황태진은 가만히 고개를 저었다.

"아버님, 그리고 장로님들, 흑룡성주가 누군지 잊으셨습니까? 그는 강자입니다. 아무리 그 성격이 온화하다고 해서 호랑이가 아닌 것은 아니지요. 흑룡성의 소성주가 되기 위해서는 흑룡성주 두원, 그의 선택이 가장 중요합니다. 분명 흑룡성주는 각파에 똑같은 내용의 서찰을 보냈을 것입니다. 또한 그 서찰에 대해서 응하는 세력들은 단 한 곳도 없을 것입니다. 그 대단한 혈사검대주마저 어찌 됐을지 모를 일인데 위험을 무릅

쓰고 인원을 보낼 이들은 없겠지요. 하지만 흑룡성주가 있는
이상 그 어떤 위협도 제게 위험이 되지는 못할 것입니다. 아마
도 성주의 자존심 때문에라도 지키려 할 것입니다. 그러니 저
는 반드시 가야 합니다. 소성주가 되기 위해서라도요. 나아가
다음대의 흑룡성주가 되기 위해서라도 가야 합니다. 만약 이
번에 성주를 따라간 뒤로 소성주가 된다면 다른 세력들에서도
큰 반발을 잠재울 수 있을 겁니다."

황태진이 차분하게 자신의 생각을 밝히자 반대하던 이들도
고개를 끄덕였다.

"음……."

황석은 자신의 아들의 말에 일리가 있다고 생각했다.

"제가 가도록 하겠습니다. 아버님, 허락해 주시지요."

이미 허락하고 말고 할 것도 없었다. 황태진의 말이라면 자
다가도 일어나 해주는 황석이었다. 한 가지 걸리는 것은 위험
하다는 것이었지만, 흑룡성주가 함께 가는 이상 아들의 말대
로 그다지 큰 위협이 되지는 않을 것이었다. 황석은 누구보다
흑룡성주의 강함을 알고 있으니까.

"좋다. 다녀오도록 하여라. 단, 위험한 일에는 절대 나서지
말아야 한다."

"예, 아버님."

비사문주 황석은 침중한 표정으로 승낙을 하며 장로들에게
명령을 내렸다.

"각 당의 장로들은 들어라. 흑룡성의 요청에 응하기로 한 이

상 소문주의 안전을 위해서라도 가장 강한 이들로 백여 명을 추려라. 그리고 그들의 임무는 흑룡성을 돕는 것이 아니라 소문주의 안전이 가장 우선임을 명심하도록 하라. 또한 이번 일이 우리 비사문이 흑룡성의 최고가 되는 일임을 잊지 말아야 한다."

황석이 못 박듯이 강건한 어조로 말했고, 장로들과 무인들은 당연하다는 듯이 답했다.

"존명!"

第十一章
타오르는 분노

戰鬼
전귀

1

"으윽……."

고통에 가득 찬 몸부림.

온몸이 성한 곳이 없었다. 머리끝에서 발끝까지 동여맨 붕
대로 인해서 두 눈만이 빼꼼하게 드러낸 남자는 참을 수 없는
고통에 이빨을 깨물면서 의식을 차리고 있었다.

방 안에는 온통 피 묻은 붕대와 약탕기로 가득했다.

"으으으으……."

흐릿하게 보이는 사물들로부터 간간이 사람들의 목소리가
들렸다.

"깨어났다, 깨어나셨어."

"대주! 대주!"

누군가 자신을 부르는 음성.

잘 보이지는 않았지만 무척이나 걱정스러워하는 듯한 느낌
이 전해져 오는 목소리였다.

"의원을 불러라. 대주가 깨어났다고 전해라. 빨리!"

독고진악과 마교주의 싸움.

목숨을 걸고 서로의 모든 것을 쏟아 부은 일전은 실로 엄청
났다.

천산에 수백 년간 자리하고 있던 거대한 봉우리는 평지와도
같이 변해 버렸고, 그들의 싸움에서 생겨난 기파로 인해 수많
은 지형들이 파괴되어 완전히 다른 모습으로 변했다.

생사투가 중반쯤으로 흘렀을 때 그들의 싸움을 지켜보던 무
인들은 그들의 기세에 휘말릴 것을 우려하여 모두가 자리를
피했기에 정확히 그들의 싸움의 결과를 지켜본 자는 아무도
없었다. 다만, 천지를 울리던 소리가 잠잠해졌을 때 찾아간 그
들은 피투성이가 되어 쓰러진 독고진악과 창대를 지지해서 선
채로 기절한 장영의 모습을 발견했을 뿐이었다.

마교의 무인들과 멸마단 이대의 무인들은 서둘러 그들 둘을
신마궁 안으로 옮기고 치료하기 시작했다. 다행히 두 사람의
목숨에는 이상이 없었으나 이틀이 지날 때까지 깨어나지 못했
다.

"으음……."

장영이 천천히 눈을 뜨면서 시력이 돌아오는 듯 눈을 껌벅
이면서 주위를 살폈다.

"정신이 드셨습니까, 대주!"

사마수동이었다.

그는 무척이나 걱정스러운 얼굴을 한 채 장영의 옆으로 다
가왔다.

"으윽… 온몸이 찢어지는 것 같군."

"예. 독광심의의 말로는 근육이 전부 찢어졌다고 하더군요.
다행히 마교에서 비전인 마령심환과 대주님 몸 안의 진원지기
때문에 원상복구되기는 했지만 아직 무리하셔서는 안 됩니
다."

사마수동의 말에 장영은 붕대로 감겨진 자신의 주먹을 쥐었
다 펴면서 힘을 주었지만, 일 푼의 힘조차 들어가지 않았다.

"독고 노야는?"

장영은 누운 채로 천장을 보면서 물었다.

마지막 순간에 독고진악이 뻗어낸 혈영천하라는 초식을 맞
은 순간부터 전혀 기억이 나질 않았다. 자신의 몸을 뚫고 들어
오는 엄청난 강기의 덩어리는 마치 태양빛과도 같았다. 피할
곳도 숨을 곳도 없는 공격이었고, 인간이 할 수 있는 공격이 아
니었다.

보이는 모든 것을 시뻘건 강기로 뒤덮어 버린 엄청난 강기
의 공격.

"살아 계십니다. 하지만 아직 정신을 차리셨다는 소식은 없

습니다. 그날 대주님과 함께 쓰러져 계셨고, 함께 치료를 받으셨습니다. 독광심의의 말로는 가슴에 생긴 상처로 인해 목숨을 잃을 뻔했다고 하더군요. 만약 조금 더 깊이 들어갔다면 목숨을 잃었을 거라고 했습니다. 더구나 그가 죽었다면 저희도 살아 남지 못했을 거구요."

"음……."

"천산의 뒷동네가 완전히 폐허가 되어버렸습니다."

"그랬겠지……."

"여하튼 깨어나셔서 다행입니다. 일단은 좀 더 쉬십시오. 아직은 안정을 취하셔야 합니다."

"음……."

사마수동은 천천히 장영에게 이불을 덮어주고는 자리에서 일어나 문을 닫고 나갔다.

'이긴 것인가, 아니면 이기지 못한 것인가?'

장영은 아무 말 없이 천장을 바라보면서 독고진악과의 싸움을 생각했다.

'나는… 인간이 아니었나? 마지막 순간에 느낀 힘은 무엇이었지? 일단은… 혈족을 찾아갈 수밖에 없는 것인가? 그리고 아버님이 하셨던 말은 무엇이었지? 어머니의 복수를 해달라는 것은? 일족의 배신자라고 했었던가? 어째서 배신자가 되었던 것일까?'

머릿속으로 수만 가지 생각이 들었다.

이제껏 해보지 않은 생각들이 머릿속을 가득 채웠다.

모든 것이 생각나기 시작한 것은 자신의 마음속에서 붉은 호랑이를 만난 이후부터였다. 아직은 그것의 정체를 정확히 알 순 없었지만 그는 바로 자신의 모습이라 했다. 그리고 지금은 그것이 정확하게 느껴진다.

자신의 힘 이외에 또 다른 기운이 자리한 것이 무척이나 선명할 정도로 느껴져 왔다. 살이 떨려올 정도의 광포한 기운. 측정할 수 없을 정도의 거대한 힘이었다.

'무엇일까, 이 힘은……?'

여러 가지 생각들을 하면서 장영은 천천히 눈을 감고 다시금 잠이 들었다.

2

독고진악과 장영의 싸움이 있은 지 열흘이라는 시간이 흘렀다.

장영의 힘은 거의 회복되어 평상시의 모습으로 돌아와 있었다. 보통의 무인이라면 한두 달 이상을 몸져누운 채 정양을 하고도 완전히 회복되지 못할 정도의 상처를 입었음에도 장영은 하루가 다르게 회복했고, 어느새 평소의 모습으로 돌아가 있었다.

모처럼 만에 자신의 몸 상태를 점검하기 위해서 장영은 자신들이 쉬고 있는 신마궁 내의 한 연무장에서 몸을 풀고 있었다. 그 모습에 찾아온 혈광살귀대주 혈도위는 혀를 내둘렀다.

"뭐야, 저놈? 아직 교주님은 거동이 불편하신데. 저 자식은 무슨 괴물이냐?"

어이가 없을 수밖에 없었다.

마교주 독고진악조차도 상처가 아직 다 낫지 않아서 요양 중이었고, 아직도 가슴에 쌓인 울혈을 치료하기 위해서 연일 독광심의가 교주의 침소를 드나들었다.

"하여간 그 교주님과 싸워서 비기다니, 정말 대단한 놈이야."

혈도위는 장영의 모습에 고개를 저었다.

슈아아악!

진기가 실리지 않았음에도 검은색의 창은 바람을 불러 모았다.

파팡!

내질러진 창의 끝에서는 뒤따라오는 공기가 응축되었다가 터졌다.

일순간 수많은 변화를 일으키면서 휘둘러진 창이 연무장 전체를 뒤덮는가 싶더니 수십 개의 환영을 일으키면서 바닥을 때렸다.

"휴우… 공력이 실리지 않았는데도 저 정도면, 막아낼 수 있는 사람이 없겠구만."

장영의 창은 무서웠다.

빠르고 섬세했다.

그의 창술이 완전히 끝나 가볍게 숨을 몰아쉴 때까지 혈도위는 그 모습에 매료되어 바라볼 수밖에 없었다.

"누군가?"

장영이 문득 인기척을 느끼고 물었다.

"어? 아! 나다, 전귀. 혈도위다."

"무슨 일이지?"

과거와 같이 목소리에 살기가 배어 있지는 않았지만 여전히 무뚝뚝한 음성이었다.

"쳇, 좀 반가워하면 어디가 덧나냐?"

"……."

장영은 혈도위의 투정에 물끄러미 바라보기만 했다.

"관두자, 관둬. 교주께서 찾으신다."

"독고 노야가?"

"그래."

"흠… 알았다."

장영은 혈도위에게는 눈길조차 주지 않은 채로 몸을 돌려 연무장을 빠져나가 버렸다.

"젠장할 놈, 한 번쯤 살갑게 대해줘도 되잖아?"

3

장영은 교주의 호위를 맡고 있는 수라대 무사의 안내를 받아 신마궁의 심처인 교주전으로 걸어 들어갔다. 교주전으로 가는 복도는 화려하지는 않았지만, 오래된 목재의 결이 무척이나 고풍스러움을 느끼게 해주었다.

"교주님, 속하 수라대의 환입니다."

문 앞에서 무사가 자신의 신분을 밝히자 내실의 문이 열렸다.

문이 열리고 장영이 자신을 안내해 준 무사에게 살짝 고개를 숙이곤 내실로 들어가자 조용히 문이 닫혔다.

"늦어서 죄송합니다."

장영이 정중하게 고개를 숙이자 침상에 누워 있던 독고진악이 미소를 지으면서 고개를 끄덕였다.

"찾으셨다고 들었습니다."

"아, 그래."

침상에 반쯤 몸을 기댄 채로 독광심의의 치료를 받고 있던 독고진악이 손짓을 하자 독광심의를 비롯한 시비들이 공손하게 인사를 하고는 자리를 물러났다.

독고진악은 풀어진 상의의 사이로 보이는 가슴께에는 온통 붕대를 감겨 있었고 어깨와 팔은 백색의 천으로 고정시켜 둔 상태였다.

독고진악은 반쯤 뜬 눈으로 장영을 바라보며 웃었고, 함께 있던 수라대주 냉천악이 무덤덤한 표정으로 장영에게 자리를 권했다.

"많이… 다치셨습니다……."

자리에 앉으면서 장영이 무뚝뚝한 음성으로 독고진악을 향해 말했다.

"뭐?"

"……."

"많이 다쳤다고? 풋, 푸하하하하하!"

장영의 말에 어이없는 표정으로 잠시 장영의 얼굴을 바라보던 독고진악이 수라대주를 보다가 크게 웃었다.

장영은 느낀 그대로를 말한 것이었지만, 사실 독고진악의 상처는 장영이 만들어놓은 것이었다. 그런데 '많이 다쳤다' 라는 말을 하다니 어이가 없을 뿐이었다.

"교주님, 상처가 벌어집니다!"

수라대주는 상처는 신경도 쓰지 않고 웃음을 터뜨리는 독고진악의 모습에 살며시 인상을 쓰면서 걱정스럽게 말했다.

"괜찮아, 괜찮아. 이 정도로 죽진 않아."

독고진악이 손사래를 치면서 천천히 자리에서 일어나자 냉천악이 부축해 앞쪽에 놓인 의자에 앉혔다.

"그래, 자넨 이미 다 나은 듯하구만. 내가 진 건가?"

"……."

"그래, 내가 졌구만."

독고진악은 웃음을 멈추고 허탈하게 숨을 내쉬었다.

"십몇 년 전쯤 자네를 만났을 때 이미 이런 결과를 예측하고 있었지. 자네가 무료한 내 삶에 활력소가 되어줄 줄 알았어. 더 이상 도전해야 할 것이 없는 무인은 고독한 법이거든. 하지만 이제 나도 자네라는 도전 과제가 생긴 게 아닌가? 정파의 쓰레기들 중에는 무공을 익혀서 신선이 된다는 놈들도 있지

만, 그건 무인이 아니야. 끊임없이 자신보다 강한 자에게 이겨
내기 위해 도전해야 하는 게 진정한 무인이지."

"……."

독고진악이 장영을 보면서 흐뭇한 웃음을 지었다.

"그래, 이제 무엇을 할 셈인가? 자네가 날 찾아왔다는 것은
무언가를 결심한 때문일 텐데 말이야."

"……."

"말해보게. 자네가 앞으로 무엇을 할 생각인지 말이야."

독고진악의 말투는 무척이나 부드러웠다. 연배로 따지자면
수십 년 이상이 차이 나는 장영이었고, 무인으로서의 경험도
몇 배 이상이나 되는 독고진악이었다. 하지만 그는 지금 장영
을 일개 무인으로서가 아니라 자신과 동등한 힘을 가진 강자
로 대하고 있었다.

독고진악에게 있어 무인의 나이가 많고 적음은 문제가 되질
않았다. 얼마만큼의 강한 힘을 가진 상대인가가 그가 인정하
는 기준이었다.

"떠나고자 합니다."

"떠난다고?"

"예."

"흠… 그렇구만……."

어떠한 의문의 말도 하지 않았다. 장영의 의사를 존중할 뿐
이었다.

"하나 묻고 싶은 게 있네. 어째서 무림을 떠나고자 함인가?"

"가족이라는 분을 만났습니다."

"가족?"

"그렇습니다. 오래전에 기억에서 지워놓았던 저의 가족에 대한 이야기를 알고 계신 분을 만났습니다."

"흠… 그랬군."

"그래서 떠나고자 합니다."

"하면 자네의 혈족을 찾고자 함이구만……."

"예……."

잠시 동안 침묵이 흘렀다.

독고진악은 눈을 감고 가만히 고개를 끄덕였고 수라대주는 아무런 말도 하지 않았다.

"그래, 언제쯤 떠날 셈인가?"

"오늘… 떠날까 합니다. 다시 한 번 그분을 만나뵙고 나서 떠나고자 합니다."

무림에 들어온 뒤로 자신보다 강하다고 생각했던 유일한 인물이었고, 뛰어넘을 수 없는 유일한 적이라 인정했던 독고진악이었다.

어쩌면 십 년 동안 무림에 남아 있었던 이유도 그를 이기고 싶었기 때문인지도 몰랐다.

아직 완벽하게 독고진악을 이겼다고 할 수는 없었지만 장영은 이제 무림에 남아 있을 이유가 없었다.

"참, 마지막 순간에 나는 내가 가진 모든 힘을 쏟아 부었네. 혈영천하라는 초식일세. 그런데 자네의 몸에 닿는 순간에 자네가 그 강기의 벽을 손으로 찢고 들어와 나의 가슴에 일권을 날렸네. 그리고는 나는 정신을 잃었지. 대단한 공격이었네. 생각도 해보지 못했던 힘이었지. 그 정도의 강기를 찢어발길 수 있는 사람은 자네밖에 없을 것이네. 하지만 어딘가 불안정해 보이더구만. 만약 차후에 더 강해지고자 한다면 자네의 그 불안정한 힘을 바로잡아 보시게. 어쩌면… 지금보다 더욱 강해질지도 모르지.”

“…….”

독고진악의 작은 가르침.

무척이나 장영을 생각해 주는 듯한 느낌의 조언이었다.

장영은 독고진악의 얼굴을 지그시 바라보다 가볍게 고개를 숙여 감사를 전하고는 천천히 내실의 문을 열고 걸어나갔다.

4

장영이 신마궁 내에 멸마단 이대가 머무르는 전각으로 돌아왔을 때, 멸마단 이대의 무사들은 어느새 자신들의 짐을 싸고 장영을 기다리고 있었다.

마교에서 이것저것 챙겨주었음인지 모두가 올 때보다 짐이 더 많았다. 장영을 기다리고 있던 사마수동이 검은색의 창을 장영에게 전해주었다.

“준비가 끝났습니다, 대주.”

끄덕.

사마수동의 말에 장영이 고개를 끄덕이고는 자신의 창을 건네받아 등에 비스듬하게 메었다.

"말은 오로목제까지 가서 구하도록 하겠습니다."

"그래……."

장영이 사마수동의 말에 고개를 끄덕이자 이내 그들은 마교를 떠났다.

한참여를 걸어 마교의 초입을 벗어난 멸마단 이대는 오로목제에서 얼마 떨어지지 않은 신원(新源)이라는 곳에 당도했고, 잠시 식사를 하기 위해서 객점을 찾았다.

비교적 작은 마을이라 그다지 크지는 않은 규모의 객점에 들어간 그들은 소면 몇 그릇과 만두를 시켰다. 신원은 마교의 무인들이 잘 찾지 않는 외진 곳이라 신강을 찾은 대부분이 오로목제에서 식사를 해결하기 때문에 그다지 행인이 많지 않은 곳이었다. 멸마단 이대와 장영은 괜스레 붐비는 곳에서 식사를 하고 싶지 않았기 때문에 신원의 객잔에 들러 조금 일찍 식사를 청한 것이었다.

객점 주인은 그다지 많은 사람이 찾지 않는 곳이라 갑자기 열댓 명의 장정이 찾아오자 분주해지기 시작했다. 모처럼 만에 주인의 입에는 기분 좋은 미소가 걸렸다.

"대주님, 이대로 북경에 도착해서 인사만 나누고 떠나실 생각입니까?"

"그래."

"그럼 다음은 어느 쪽으로 경로를 잡아야 할지?"

태성욱이 장영을 향해 물었다.

"일단은… 길림성으로 가보는 것이 좋겠지. 그곳에 예전에 내가 잠시 살았던 한 마을이 있다."

"장백산이군요. 알겠습니다."

장영이 한산함이 느껴지는 객점 안을 둘러보자 같은 탁자에 앉아 있던 사마수동이 무척이나 궁금한 얼굴로 물었다.

"대주, 그리고 보니 아직 대주님의 과거에 대해 들어본 적이 없는 것 같습니다."

비록 크지도 작지도 않은 중얼거림과도 같은 목소리였지만 사마수동의 말은 음식을 기다리고 있던 멸마단 이대의 무인들의 관심을 하나로 모으기에 충분했다. 그곳에 있는 모두가 장영의 과거에 대해서는 들은 적이 없었기 때문이다.

"흠… 과거라……."

장영은 사마수동의 물음에 피식거리면서 웃었다.

"나의 과거는 그다지 말할 것이 없다. 나는 장백산에서 태어났다 들었다."

태어났다가 아니라 태어났다 들었다고 말했다. 그는 정확히 자신이 어디에서 태어난지 잘 몰랐음이라.

"어릴 적 나는 백정인 아버지와 얼굴 한 번 본 적 없는 어머니에게서 태어났지. 어릴 때부터 나는 항상 아버지와 이곳저곳을 옮겨 다니면서 살아야 했었다. 그 당시의 나의 이름은 한영이었다. 그리고 열다섯쯤에 집이 너무도 싫어서 가출을 했지. 그때 혈족이라는 자들로부터 습격을 받게 되었고, 아버지가 그 혈족의 배신자라는 사실도 알게 됐지. 아버지는 항상 내가 평범한 삶을 살았으면 하고 바라셨다. 하지만 나는 그것이 마음에 들지 않았지. 그날 이후 나는 전쟁터에서 살았고, 북원 정벌군의 광풍창이라 불리다가 무림으로 들어왔지. 그리고 처음 들어간 곳이 바로 지금의 멸마단이었다. 그 이후의 일은 수동이 아는 것과 똑같다."

애매 모호한 과거사에 불과했다.

하지만 멸마단 이대의 무인들이 듣고 싶은 것은 그것이 아니었다. 사마수동은 좀 더 많은 것을 알고 싶어했다. 장영은 지금 이대의 무인들의 과거를 모두 알고 있었다. 사마수동과 얼마 전까지 함께한 남궁가휘를 제외하고는 멸마 이대의 무인들은 장영이 임무 수행 중에 하나씩 데려온 자들이었다. 그리고 그런 그들에게 무공을 가르쳐 지금의 멸마단 이대가 구성된 것이었다.

"대주님, 간간이 들어온 광수혈족은 어떤 일족을 말하는 것입니까?"

무척이나 궁금해하던 사실이었다.

세상의 별별 정보까지 모두 취합하여 임무를 수행했던 멸마단 이대였지만 광수혈족에 대해서 아는 것은 단순하기 그지없는 정보에 불과했다.

"광수혈족? 글쎄, 내가 아는 것도 너희들이 아는 것과 비슷한 정도일 거다. 하지만 얼마 전에 새로운 사실을 알았지. 아마도 그들은 인간의 모습이되 인간이 아닐지도 모른다."

장영은 마교에서 알게 된 자신 안의 또 다른 자신을 생각하면서 말했다.

"인간이 아니라구요?"

"그래, 독고 노야와의 일전을 준비하면서 새로 알게 된 사실이다. 아마도 광수혈족 모두가 비슷하겠지. 생각해 보니 나의 아버지와 싸우는 자들도 비슷했던 것 같다. 그들은 인간의 모습이 아니었던 것 같다."

"어떤 것입니까?"

"광수혈족은 고대의 한 일족이라고 모두가 알고 있을 것이다. 처음에 나도 일반 사람들 중에 조금 독특한 피의 흔적 때문에 한 번씩 본능을 이기지 못하고 상상외의 괴력을 쓸 수 있는 것이라 생각했다. 하지만……."

그때였다.

누군가 객점의 문을 부술 듯이 열고 들어왔다.

갑작스런 소란에 모두의 고개가 돌아갔다. 문을 열고 들어온 무인은 무림인이 아니라 무관의 복장을 했다. 그는 붉은 옷에 단정하게 묶은 머리를 하고 있었고, 허리에는 '금위'라고 쓰여진 하얀색의 검을 차고 있었다.

멸마단의 무사들이 알기로 저런 복장을 하는 이들은 중원 전체에 단 한 곳뿐이다.

바로 황제의 비밀 감찰 기관인 동창.

그런데 어째서 신강의 외진 마을까지 동창의 무사들이 나타난 것일까?

동창 무인은 객점을 둘러보다 멸마단 이대의 무사들을 보고 그들의 곁으로 다가왔다.

"응?"

천천히 다가온 그는 장영을 향해 고개를 숙이며 포권했다.

"혹, 장영 대인이 아니십니까?"

그는 무척이나 다급한 목소리로 장영을 향해 물었고, 그의 지극한 공대에 멸마단의 무사들은 영문을 몰라 하면서 서로를 번갈아 쳐다보았다.

'대인?'

분명 그는 장영을 행해 '대인' 이라 칭했다.

"누구요?"

관부의 무인, 그중에서도 동창에서 찾는 것이라면 필시 좋은 일이 아닐 것이라 생각한 멸마단 이대는 무인의 행동이 공손하였음에도 경계하면서 장영 앞을 천천히 움직여 가로막았다. 선두에 있던 북궁우천이 자신의 검병에 손을 가져가면서 물었다.

"뒤에 계신 분이 장영 대인의 용모와 비슷한데, 아니십니까?"

동창 무인이 다시 한 번 물었다.

"내가 장영인데, 어째서 찾지?"

장영이 혹시나 주첨기가 보낸 이일지도 모른다고 생각하면서 대답했다.

"역시 장영 대인님이 맞으시군요. 긴히 전할 말이 있습니다. 패를 제시해 주시겠습니까?"

"패? 이것을 말하는 것인가?"

장영은 동창 무인의 말에 전에 주첨기가 주었던 한 개의 옥패와 금패가 묶인 것을 생각해 내고는 품속에서 천천히 꺼냈다.

"속하 동창 암살조 소속 이급무관 정훈, 진무사님을 뵙습니다."

장영이 패를 꺼내 들자 동창 무인은 자신을 정훈이라 밝히면서 무릎을 꿇고 고개를 숙여 인사를 했다.

"진무사?"

"설마? 내위진무사? 감찰단장? 대주가?"

"뭐얏? 정말?"

모두들 깜짝 놀랐다.

명의 건국 초기에 태조 주원장은 드넓은 영토와 수많은 관리를 감찰하고 반역자를 제거하기 위해서 금의위와 동창이라는 조직을 만들었다.

그들은 황제 이하 모든 황가의 인물이나 중원 전체의 관리들에 대한 부정부패와 권력의 남용 등에 대한 처벌권을 가지고 있었고, 정3품 급에 해당하는 지휘사라는 무관 직책을 수장으로 하는 엄청나게 거대한 규모의 조직을 가지고 있었다.

그중 이러한 동창과 금의위를 감찰하고 황제의 명에 따라 필요 시 모든 이들에 대한 명령권을 가진 직책이 있었는데, 그것이 바로 내위진무사라고 불리는 것이었다.

장영이 가진 금패는 바로 황제의 권력을 상징하는 패로, 명 황실에서 단 두 개만이 존재하는 패였다. 그중 하나는 황태자인 주첨기가 가지고 있었고, 나머지 하나를 장영에게 주었던 것이다.

즉, 장영은 그의 행동이 반역에 해당하는 것만 아니라면 동창의 모든 무사들과 중원의 모든 관부에 대한 명령권을 가지게 된 셈이었다.

갑자기 내위진무사라니, 멸마단 이대는 경악에 가까운 표정으로 장영을 쳐다보았다. 하지만 장영은 별 대수롭지 않게 탁자 위에 패를 놓고는 말했다.

"그렇군. 첨기가 나에게 이것을 준 것이 나를 내위진무사로 임명하기 위함이었나?"

움찔.

동창 무인 정훈은 장영이 황태자의 이름을 함부로 불렀음에도 잠시 움찔거릴 뿐, 어떠한 행동도 하지 않았다.

자신들이 듣기로 장영은 공헌현비의 친척이었고, 따지고 보면 황태자의 먼친척 뻘이 되었다. 더구나 지난번 주고후의 반란 시 하북성을 방어한 공이 엄청나게 큰 것으로 알고 있었으며 인간으로서 가질 수 없는 무위를 지녔다는 것을 소문으로 익히 들어왔다.

"뭐, 여하튼 어째서 나를 찾은 것이지?"

모두들 놀라서 말도 못하고 있는 가운데 장영이 피식거리면서 동창 무관인 정훈에게 물었다.

"예. 급히 황도로 돌아가셔야 할 것 같습니다."

"어째서?"

"그것이……."

동창 무관은 장영의 물음에 답을 하기가 애매했다.

현재 황도에는 황명에 의해 비상경계령이 내려졌고, 군부의 모든 것을 좌도독인 황엄 장군으로부터 절대 장영이 돌아와야 하는 이유를 가르쳐 주지 말라는 지시를 받았다.

"나는 이유도 모른 채 갈 수 없다. 더구나 내위진무사라는 직책은 첨기가 떠맡긴 것이고, 내가 황제의 명을 따를 이유도 없다. 말도 안 되는 황명으로 나를 옭아매려 하지 마라. 우리는 여기서 식사를 끝내고 떠나야 한다."

대놓고 황제를 무시하는 듯한 발언을 하는 장영의 모습에 멸마단 무인뿐 아니라 동창 무인까지도 움찔거리면서 누가 들을까를 걱정하였다.

하지만 장영은 담담하게 엽차를 마실 뿐이었다. 당금의 명에서 누가 있어서 황제를 저리도 대놓고 무시하는 말을 한단 말인가. 아마도 장영뿐일 것이다.

"사실은… 현비께서 독살……."

쾅!

동창 무관 정훈의 우물거리는 듯한 말이 끝나기도 전에 마시던 엽차 잔을 부술 듯 탁자에 내려친 장영은 정훈을 향해 으르렁거리면서 다시 한 번 물었다.

"뭐라고? 누가 독살당해?"

장영의 몸에서 질식할 듯한 살기가 뿜어져 나오기 시작했다.

"그… 그것이… 현비께서 독살을…… 당하시었습니다."

"이… 이……."

장영의 분노가 급격하게 끓어올랐다.

뻐억!

순식간에 동창 무인 정훈의 얼굴을 후려쳐 버린 장영은 미친 듯이 폭주하기 시작했다.

"으아아아아아!"

폭발적으로 터져 나가는 장영의 기운에 객점이 부서질 듯이 휘청거렸다.

"감… 히!"

엄청난 기운이었다. 장영이 일으킨 기운을 따라 대기가 휘몰아치고 객점 안의 탁자와 의자들이 기운을 이기지 못하고 부서져 나갔다.

"성욱!"

"예? 옙!"

"자금성의 방향이 어느 쪽인가!"

갑작스런 장영의 분노에 얼떨떨하기만 한 태성욱이 어리둥절한 표정으로 대충 자금성이 있는 동쪽을 향해 손가락을 들었다.

슈아아악!

태성욱의 손가락이 들림과 동시에 누가 말릴 사이도 없이 장영이 엄청난 속도로 몸을 날렸다.

"헉!"

장영의 격공보가 펼쳐지면서 객점 안을 가득 채우고 있던 살인적인 기세가 뒤늦게 장영을 따라 휘몰아쳐 나가자 객점 안은 태풍에라도 휩쓸린 듯이 난장판이 되어버렸다.

"적환, 대원들을 끌고 대주의 흔적을 따라와라. 저렇게 화내면서 달려가셨으니 별 힘을 안 들여도 대주의 흔적을 발견할 수 있을 게다."

사마수동은 적환의 대답을 듣지도 않고 장영이 쏘아져 나간 방향을 향해 몸을 날렸다.

남아 있던 멸마단 이대의 대원들은 어리둥절한 표정을 지을 뿐이었다.

"왜 저러시지?"

"무슨 일이지?"

"아까 동창 무관이 누가 독살당했다고 했는데… 야! 마로야, 그 녀석 좀 깨워봐."

적환이 동창 무인을 가리키면서 말하자 을지마로는 품속에서 가느다란 금침을 꺼내 장영의 권에 맞아 객점의 구석에 처박힌 채 기절해 버린 정훈의 얼굴에 꽂았다.

"으으으으……."

갑작스런 일격이었지만 워낙 강한 주먹에 맞았기 때문에 충격이 상당하였던지 동창 무인은 쉽게 정신을 차리지 못했다.

"이봐, 이봐, 다시 말해봐. 누가 독살당했다고?"

"으으… 현비께서 독살을……."

제대로 정신을 차리지 못한 동창 무인은 눈알을 반쯤 뒤집은 채로 말했다. 하지만 적환은 고개를 갸웃거릴 뿐이다.

"현비가 누구지? 야! 현비가 누군지 아는 사람 없어?"

"흠… 관부의 무인이 현비라고 부르는 사람이라면…… 공헌현비?"

"맞다, 공헌현비. 현재 황가에 현비로 불리는 사람은 그분뿐이야."

"그런데 현비가 독살당했는데 대주께서 왜 저리 화를 내시는 거지?"

"글쎄?"

적환은 장영과 공헌현비를 생각하면서 별다른 연관성을 떠올리지 못하자 다시금 동창 무인 정훈의 따귀를 때리면서 깨웠다.

"이봐, 이봐, 정신 차리라고. 공헌현비가 독살당했는데 대주께서 왜 저리 화내시는 거야? 뭐, 알고 있는 것 없어?"

적환이 따귀를 때리자 잠시 정신이 다시 든 동창 무인이 혼절하면서 말했다.

"현비는… 대인과 혈연관계…… 인……."

"뭐야?!"

놀라운 사실이었다.

야인으로 살아온 듯한 장영이 전 황제인 영락제의 총애를 받았고, 현재 대명의 황가에서 가장 어른 대접을 받고 있는 공헌현비와 혈연관계였다니, 충격의 연속이었다.

"그게 사실이라면……."

"대주님 성격에……."

"큰일이다. 어쩌면 자금성이 무너지겠다."

"어쩌지? 우리들 죄다 반역자 되는 거 아냐?"

"설마?"

"어쨌든 일단 대주를 뒤따르자."

휙! 휙!

적환을 비롯한 멸마단 이대의 무인들은 동창 무인을 버려둔 채 신속하게 장영과 사마수동이 이동한 방향으로 몸을 날렸다.

"젠장, 이건… 더 빨라지셨잖아!"

사마수동은 죽을 맛이었다.

장영이 몸을 날린 직후에 바로 자신이 펼칠 수 있는 최대의 속도로 따라 나갔는데 그의 모습을 발견할 수가 없었다. 한 번에 수십 장씩 격공보를 사용해 날아가는 장영을 무슨 수로 따라 잡겠는가.

"저러다가는 북경에 도착하기도 전에 공력이 바닥나실 텐데……."

5

"저게… 뭐지?"

"응?"

"저거 말이야. 저거… 말도 아닌 것 같은데?"

자금성의 서문을 지키고 있던 어림군의 서문 교위는 자신의 동료에서 서문에서 도시를 가로지르는 거대한 관도 끝에서 엄청난 먼지를 일으키면서 달려오는 무언가를 보면서 호기심 가득한 눈빛으로 물었다.

"그러게? 저거 엄청난데? 저렇게 빨리 달리는 동물도 있나?"

"그런데… 저거… 우리 쪽으로 오는 것 같지 않냐?"

"그러게. 사람인 것 같은……어? 어? 어?"

몇 마디의 말을 나누는 동안에 어느새 서문 앞까지 도착한 인영.

장영은 이틀여를 한시도 쉬지 않고 달려 자금성에 도착했다.

뒷일은 생각도 하지 않은 채 한 번 움직일 때마다 이십여 장씩 도약하면서 달려왔기 때문에 몸 안에 쌓여 있던 내공이 바닥을 드러내고 있었다.

살아오면서 이렇게 먼 거리를 이렇게 빨리 달려온 것도 처

5

5

5

음이리라.

어느새 장영의 머리카락은 속도를 이기지 못하고 풀어헤쳐진 채 헝클어져 있었고, 윤기 나던 흑삼은 흙먼지로 가득했으며, 온몸은 땀투성이였다.

관도를 타고 질주하듯이 자금성의 성문으로 도착한 장영은 달려오던 속도 그대로 한 자 가까이의 두께를 지니고 있는 강철 문을 향해 주먹을 뻗었다.

슈아아악! 꾸아앙!

"뭐? 뭐야!"

엄청난 굉음이 터져 나오면서 거대한 성벽이 지진이라도 만난 듯이 흔들렸다. 서문의 성곽에서 경계를 서고 있던 어림군의 병사들은 눈으로 보고도 믿지 못할 상황에 잠시 상황 판단력을 잃고 멍하게 서 있었다.

장영은 서문에 도착하자마자 엄청난 속도로 서문을 꿰뚫어 버렸다.

"경보를 울려! 침입이다! 적이다!"

황당하기 그지없는 상황에 서문 교위는 잠시 멍하게 있다가 적습을 알리는 종을 두들기고 북을 쳐대기 시작했다.

땅! 땅! 땅! 땅! 땅!

둥! 둥! 둥! 둥! 둥!

"침입이다! 침입이다! 적이다!"

순식간에 경보가 울려 퍼지고 어림군이 출동했다.

엄청난 속도로 들어온 장영은 길이고 건물이고 할 것 없이 일직선으로 꿰뚫고 나가면서 어느새 자금성의 내성 벽에 도달했다.

"후욱… 후욱……."

막대한 공력을 쏟아 부었기 때문일까?

장영의 머릿결은 흘러내린 땀에 흠뻑 젖어 있었고, 눈은 시뻘겋게 충혈되어 있었다. 그는 잠시 내성 벽문에 멈추어 서서 잠시 숨을 골랐다.

그동안 수백여 명의 어림군이 성벽 앞에 선 장영을 포위하고 있었다.

적의 침입을 알리는 북소리가 울린 지 일다경도 지나지 않은 시간이었는데도 순식간에 모여든 어림군을 보면 자금성을 지키는 병사들의 군율이 얼마나 대단한지 알 수 있었다. 그런데 장영은 그런 어림군의 군기는 신경 쓰지도 않고, 천천히 성벽을 노려보면서 가만히 한 손을 가져다 댔다.

"으아압!"

엄청난 기합성과 더불어 막대한 기가 장영의 손을 타고 성벽을 향해 뻗어져 나갔다.

콰아앙!

또다시 엄청난 충격음이 일어났다.

모두가 장영의 행동에 의아함을 품었지만 이내 표정이 경악으로 뒤바뀌었다.

장영이 손을 가져다 댔던 거대한 성벽이 터져 나가듯이 무너져 내렸다.

"헉!"

성벽이 모래로 지은 것도 아닌데 사람의 힘으로, 그것도 맨손으로 무너뜨릴 수 있다는 사실은 눈으로 보아도 믿을 수가 없는 것이었다.

성벽이 무너지면서 내성의 바깥과 태화전의 거대한 안뜰이 연결되는 길이 생겨났다.

"후욱… 후욱……."

막대한 기운이 허비한 장영은 악귀와도 같은 모습으로 천천히 태화전 안을 노려보면서 걸어 들어갔다. 그 모습에 어림군은 감히 다가서지 못하고 포위한 채 마른침을 삼켰다.

"비켜…… 다 죽여 버리기 전에……."

기력을 거의 다 소비해 버린 장영은 중얼거리듯이 어림군을 향해 말했다.

엄청난 살기가 태화전 안뜰을 가득 채웠다. 그의 앞을 막아서던 어림군이 주춤거리면서 뒤로 물러서고 있었다.

"과, 광풍창이다……. 전귀 광풍창!"

대다수의 어림군은 이 사내를 기억하고 있었다.

주고후의 사십만 대군을 홀로 막아섰던 사내. 홀로 북문을 지켜내던 악귀 같던 무인.

그의 모습은 헝클어진 머리 모양이며 헤어진 그의 흑색 무복까지.

손에 들린 검은창이 없었지만 그들은 똑똑히 기억하고 있었다.

"비키라고 했다⋯⋯."

장영의 기세가 점점 더 강해지기 시작했다.

어느새 그의 눈은 더욱 시뻘겋게 충혈되기 시작했고, 입가로는 짐승과도 같은 새하얀 송곳니가 돋아 나오기 시작했다.

"네 이놈!"

그때였다. 일갈의 노호성이 장내를 울렸다.

검은색의 갑주를 입은 노회한 장수.

"감히! 네놈이 황실을 모독할 참이더냐!"

장영은 끓어오르는 살기를 애써 잠재우면서 눈을 들어 소리친 이를 바라보았다.

그는 바로 뒤늦게(?) 적의 침입을 알고 태화전 앞으로 무장하고 나온 좌군대도독이며, 대명의 모든 황권을 쥐고 있다고 칭해지는 대장군 황엄이었다.

슈악!

"네놈이 아무⋯⋯ 커컥!"

다시 한 번 호통을 치려던 황엄은 순간적으로 자신의 앞까지 쏘아져 나온 장영의 손아귀에 목이 잡혔다.

엄청난 속도였다. 장영을 둘러싸고 있던 어림군도, 황엄의 옆에 있던 무장들도 미쳐 움직이지도 못했다. 아니, 장영의 움직임을 보지도 못했다. 순식간에 거의 삼십여 장을 이동한 귀신 같은 움직임이었다.

"말해라. 어째서 현비 마마를 지켜 드리지 못했나⋯⋯."

"커컥⋯⋯."

장영이 극도로 화가 나 오히려 절제된 듯한 낮은 목소리 묻
었으나 황엄은 목을 눌러오는 손아귀로 인해 숨이 막혀 대답
을 하지 못했다. 황엄의 얼굴은 숨이 막혀서인지 서서히 하얗
게 탈색되기 시작했다.

　"도대체 누가 현비 마마를 독살했나. 너와 주첨기는 무얼 하
고 있었나. 주첨기는 어디 있나?"

　"커… 태자… 역시… 독살……."

　"뭐라? 주첨기마저? 쓰잘데기없는 영감 같으니……."

　장영은 숨이 넘어가는 황엄을 패대기치듯이 던져 버렸다.

　"컥… 컥… 헉… 헉……."

　"안내해라, 현비 마마께……."

6

　생전에 공헌현비가 사용한 함복궁.

　함복궁의 시비들은 모두가 흰색의 의복을 입은 채 슬픈 표
정을 하고 있었고, 함복궁의 거대한 내실에는 화려한 수의를
입은 채 공헌현비가 가지런하게 누워 있었다.

　꽤나 심한 독에 당한 듯이 얼굴은 아직도 중독된 흔적이 가
시지 않아 푸르스름한 색을 띠고 있었다.

　황엄에 의해 안내되어 온 장영은 천천히 공헌현비에게로 다
가갔다.

　장영의 숨소리는 점차 커져 갔고 몸은 부들부들 떨렸다.

잔경련을 일으키면서 올라간 손이 공헌현비의 손을 가볍게 감싸 쥐었다. 무척이나 차가웠다. 처음 만났을 때 자신의 손을 통해 전해져 오던 따스함은 더 이상 느껴지지 않았다.

자신의 얼굴을 보면서 지어주던 따스한 미소조차 더 이상 보여주질 않았다.

잊고 있었던 자신의 어머니에 대한 기억을 가지고 있던 유일한 인물이 지금 자신의 눈앞에 시체가 되어 있었다.

꿀걱.

목울대를 타고 마른침이 넘어갔다.

어린 시절 백정인 아비와 함께 살던 시절.

자신의 동네에 살던 수많은 사람들은 자신의 어미는 도망친 창녀라고도 했고, 자신을 버리고 도망간 화냥년이라고도 했다.

하지만 자신의 어미는 조선이라 불리는 동쪽 나라의 고고한 집안의 여인이었고, 자신을 낳다가 돌아가셨다고 말해준 공헌현비가 죽은 것이다.

분노가 끓어올랐다.

너무도 큰 분노가 끓어올랐기에 절제가 되질 않았다.

하지만 너무 큰 분노는 오히려 장영의 머리를 더욱 차갑고 냉정하게 만들었다.

"누구냐? 누가 그런 것이냐?"

장영은 자신의 뒤에서 말없이 서 있는 황엄에게 물었다.

"아직… 밝혀진 것은 없다."

"밝혀내라… 밝혀내야만 한다. 그것이 늙은이가 목숨을 부지할 수 있는 유일한 방법이다."

"……"

황엄을 향해 돌아선 장영의 눈빛에 황엄은 순간 엄청난 공포로 인해 뱀의 앞에 던져진 개구리마냥 꼼짝도 할 수가 없었다.

빛조차 삼켜 버린 듯한 칙칙한 어둠을 가진 눈.

무저갱의 암흑처럼 새까만 장영의 눈동자에는 광포한 기운이 휘몰아치고 있었다.

"크크크… 모조리 죽여주마. 현비 마마의 죽음과 아주 조금이라도 관계된 자라면 절대로 살려두지 않겠다. 조각조각 찢어발겨 주마."

『전귀』 5권에 계속…

번외편
혈족의 배신자

戰鬼
전귀

1

장백산은 중원의 최북단에 위치하여 이성계가 세운 조선과 대명의 경계가 되는 곳이다.

국경이 가로지르듯이 있는 곳이라 군사들을 제외하고는 그다지 많은 사람들이 찾지 않는, 잘 알려지지 않은 산이었다.

하지만 산지기들에게서 전해 내려오는 이야기로는 예로부터 영험한 지기로 인해서 갖가지 영초들과 영물들이 서식하고 있는 곳이었기 때문에 험악한 산세에도 불구하고 많은 심마니와 의원들이 전설 속에나 나오는 영초를 구하려고 찾아들었다.

"크아아앙!"

거대한 짐승의 울음이 잠자고 있는 영산, 장백산 자락을 울렸다.

산 전체를 울리는 거대한 표효에 울창한 숲이 세차게 떨렸고, 만물이 숨을 죽였다.

마치 포악한 야수의 울음과도 같은 표효는 수백 년을 장백산의 왕으로 군림하던 백호마저도 꼬리를 말고 도망치게 했다.

검은 창을 비껴든 채 싸늘하게 적들을 노려보는 사내는 자신을 포위하고 있는 사람의 형상을 하고 있으면서도 사람 같지 않은 적들을 바라보면서 인상을 찡그리고 있었다.

마치 짐승과도 같은 본능적인 움직임으로 자신을 막아선 이들.

인간보다 짐승에 가까운 기운을 풍겨내는 그들이었지만, 시뻘건 피처럼 붉은 혈의를 입은 채 품 안에 아기를 보호하듯이 안아 들고 살기를 뿌려대는 사내의 기세에 함부로 그의 주위로 다가서지 못했다.

"크르르르르……."

짐승처럼 낮게 으르렁거리면서 배고픈 이리처럼 사내의 허점을 찾기 위해 서성댔다.

그때였다. 사내와 대치한 적들을 헤치면서 무척이나 사이한 느낌을 주는 검은 옷의 남자가 걸어나왔다.

"대장, 아니지. 이젠 적호(赤虎)라 불러야 하나?"

적호 장무달.

광수혈족의 최고의 전사였으며, 그들의 혈족들 중 유일하게 붉은 범의 인(印)을 타고나 다음대의 족장으로 내정된 사내였다.

일족의 지도자이자 차기족장으로 내정된 그가 어찌 된 일인지 자신의 일족들로부터 도망치는 신세가 된 것이었다.

"흑표……."

적호는 자신을 향해 천천히 다가서는 검은 옷의 남자를 향해 나직하게 이름을 부르면서 인상을 찡그렸다.

"후후… 사람의 삶은 정말 알 수가 없단 말이야. 일족 중에서 백 년에 한 번 계승된다는 적호의 인을 타고난 사내가 하루 아침에 배신자가 되어 쫓기게 되다니 말이야."

적호는 흑표의 비아냥거림에 어금니를 꽉 깨물었다.

한때 자신의 아래에서 수많은 전쟁을 치르며 자신을 가장 잘 따랐던 수하였는데 이제는 서로 원수가 되어 쫓고 쫓기는 신세가 되어버린 것이다.

"적호, 이제 그만 항복하는 것이 어때? 이미 너를 잡기 위해서 일족의 최정예 스물이 장백산에 들어왔다."

흑표의 말에 적호는 입술을 말아 올리면서 웃었다.

"그랬군. 이제까지 느껴지던 알 수 없는 위화감은 그들이었군."

"호오, 알고 있었나? 역시 대단하군. 꽤나 기척을 숨기면서 들어왔는데 말이야."

혹표가 비꼬듯 말하고 있음에도 적호는 말없이 주위를 경계할 뿐이었다. 혹여 자신과 같이 개문(開門)을 한 이가 혹표 말고도 또 나타나지는 않았을까가 걱정되었다.

광수혈족은 대부분이 부족혼(부족 간의 혼인)을 통해 자식을 가졌는데, 오랜 기간 동안 이어온 혈족끼리의 혼인은 수많은 부작용을 낳아 자식의 대다수가 기형의 몸이거나 혈족의 피를 계승하지 못한 채 태어났다.

그중 기형으로 태어난 아이는 얼마 가지 않아 죽었고, 피를 계승하지 못하고 일반인의 몸으로 태어난 자들은 모두가 실패작으로 취급되어 죽임을 당하기 일쑤였다.

그러나 혈족의 피를 계승한 이들은 적호와 마주한 채 짐승과도 같은 기세를 뿌리는 이들처럼 야수화(野獸化)가 가능했다. 그들은 야수화를 통해 인성을 잃어버리는 대신에 보통의 사람보다 열 배 이상 강한 힘과 속도를 가질 수 있었다. 그들의 야수화는 자신이 가진 모든 힘을 쏟아 부을 때까지 지속되었다. 혈족의 대다수를 구성하고 있으면서 하급 전사에 속하는 이들이었다.

그런 야수화가 가능한 이들 중에서 극히 소수가 짐승과 인간의 경계를 넘는 단계를 이룩하였는데, 광수혈족은 이를 개문(開門:어떠한 단계를 넘어서다)의 경지라 불렀고, 개문을 이룩한 이들은 혈족 내에서도 최고의 전사로 인정을 받았다. 그들의 힘은 야수화를 벗어나지 못한 이들과는 천양지차였다. 또한 그들은 특별히 야수화를 하지 않아도 야수화된 전사들보다 강한 힘을 지닐 수 있었고, 개문을 하였을 때는 가히 한 나라의 전력과도 맞먹는 힘을 낼 수 있었다.

현재 혈족 내에서 개문을 이룬 자들은 총 다섯 명으로, 그들 중 한 명은 적호가 도망칠 당시 죽임을 당했다. 남은 것은 단 네 명으로, 적호와 흑표 역시 개문의 단계를 넘어선 자들이었다.

"흠… 그 아이인가? 혈족의 사생아라 불리는 아이가?"

문득 흑표는 적호가 품 안에 안고 있는 아기에 대한 호기심을 드러냈다.

"후후… 실패작인 사생아 따위를 구하기 위해 전사로서의 긍지를 버린 것인가?"

흑표는 적호를 비웃었다. 적호가 품고 있는 아이는 죽었어야 했다.

부족혼이 아니라 조선이라는 나라에서 온 한 여인과의 관계를 통해 태어난 아이는 자신의 아비처럼 혈족 중에서도 백 년에 한 번 나올까 말까 한 적호의 인을 타고 태어났지만, 안타깝게도 반쪽짜리에 불과했던 것이다.

결국 혈족은 아이를 죽이기로 결정했고, 적호는 자신의 아이를 구하기 위해 일족의 전사를 스물 가까이 죽이고 도주한 것이다.

혈족을 배신한 적호는 쫓기고 쫓겨 장백산에 도착했고, 자신을 쫓는 혈족의 추적대에게 둘러싸이게 된 것이었다.

"그녀의 부탁이었다."

아무런 감정 없이 말하는 적호.

"그녀? 재미있군. 한낱 계집 따위의 부탁으로 혈족을 배신했단 말이냐?"

적호의 말에 흑표는 살기 어린 눈빛으로 바라보다 이내 엄청난 기세를 폭발시키듯이 흘려냈다.

"혈족의 배신자 적호, 혈족의 최고의 전사. 하지만… 이제 죽여주마, 그 아이와 함께."

흑표의 스산한 웃음과 함께 그의 뒤에 있던 야수 같은 남자 다섯이 번개처럼 튀어나와 적호의 몸을 공격해 들어갔다.

콰콰콰쾅!

무려 다섯이나 되는 이들의 주먹이 적호의 몸을 꿰뚫으면서 대지를 울렸다.

마치 거대한 운석이 떨어진 듯이 반구형으로 파여 버렸고, 자욱한 먼지가 피어올랐다. 실로 인간이 만들어냈다고 하기에는 엄청난 광경이었다.

"크르르르르……."

적호를 공격했던 사내들은 어금니를 드러내면서 고개를 들어 자신들이 공격한 곳에서 조금 떨어진 곳을 바라보았다. 그곳에는 언제 움직였는지 적호가 무표정한 얼굴로 선 채 싸늘하게 자신들을 바라보고 있었다.

슈아아아악!

다섯 명의 사내가 또다시 적호를 향해 공격해 들어갔다.

"일점혈(一点血) 오뢰창(五雷槍)!"

사내들의 주먹이 막 적호의 몸에 닿으려는 찰나, 적호의 입에서 나지막한 음성이 흘렀다.

퓨슉! 푸슈슉!

적호의 음성을 뒤따라 나온 무언가 뚫리는 듯한 소리.

어느새 적호가 들고 있던 검은 창이 다섯 사내의 목을 꿰뚫었고, 공격해 가던 다섯 명의 인영은 그 공격의 끝을 맺지 못한 채 천천히 쓰러졌다.

짝! 짝! 짝!

"훗, 야수화조차 하지 않은 몸으로……. 과연 혈족 제일의 전사. 대단하구나, 적호. 지금의 그 창술은 그 여인에게서 배운 것인가?"

흑표는 다섯 명이나 되는 사람이 목숨을 잃었건만 전혀 신경 쓰지 않는 듯한 투로 박수까지 치면서 감탄성을 내뱉었다. 그의 모습에 적호가 말했다.

"그만 하지, 흑표. 나를 그냥 내버려 둘 순 없겠나?"

적호의 음성은 무척이나 담담했다.

"흥! 웃기는군. 지난 시간 동안 전사로서의 네 모습에 반해 수하를 자처해 온 나다. 전사로서의 너의 긍지에 반했고, 극강했던 너의 투기에 반했었다. 하나 혈족을 배신하고 한낱 계집 따위의 말에 휘둘려 전사의 긍지마저 배신한 너를 내버려 둬

달라고? 무슨 말도 안 되는 소리냐? 지금의 넌 혈족의 배신자
일 뿐이고, 긍지를 잃은 채 꼬리를 말고 도망치는 개새끼에 불
과하다."

흑표는 적호의 담담한 음성에 조금 흥분하면서 화를 냈다.

물끄러미 흑표를 바라보던 적호는 길게 호흡을 내쉬면서 하
늘을 바라보았다. 구름 한 점 없이 맑기만 한 하늘이었다. 문
득 웃음이 났다.

"결국… 싸울 수밖에 없나?"

자조 섞인 듯한 나직한 적호의 음성.

하늘의 바라보던 적호의 얼굴이 내려지면서 자신을 쏘아보
고 있는 흑표를 향해 말했다.

"흑표, 긍지를 잃었다 했나? 한낱 계집의 부탁이라 했나?"

적호는 흑표에게 혼잣말을 하듯이 말하면서 대지에 자신의
창을 거꾸로 꽂은 채 허리띠를 풀러 품에 감싼 아들을 들어 등
어림으로 넘겨 메고는 다시 자신의 창을 뽑아 들었다. 담담하
기만 했던 적호의 기세가 살기등등하게 변하기 시작했다.

"지금 나의 긍지는…… 나의 아들이다."

2

술 마신 아비는 항상 자신의 아들을 불러다 놓고 한참 동안
이나 잔소리를 늘어놓았다.

"이놈아, 공부는 안 하고 허구한 날 싸우기만 하면 어쩌냐! 니가 동네 왈패냐?"

그의 아들은 아비가 풍겨내는 술 냄새에 코를 쥐어막으면서 짜증스러운 얼굴을 했다.

만날 똑같았다. 항상 집에 돌아오면 이런 식이었다.

가진 것 하나 없는 허름한 초가에 살고 있는 자신과 자신의 아비. 옷은 다 해어져서 벌써 몇 번이나 꿰매 입었는지도 모른다.

"이놈아, 우리 집안은 대대로 이름 높은 유학자의 집안이었다. 네놈의 십일대조 할아버님은 학문이 높으셔서 현에서 운영하는 학당 훈장이 되셨고, 구대조 할아버님은 고을 현감에게 감사장도 받으셨다. 뿐만 아니라 고조부님은 학문뿐 아니라 무예도 출중하셔서 예전에 황궁의 북부교위도 지내셨고, 증조부님은 현령을 지내셨거늘, 너는 어째 그리 공부와는 거리가 먼 것이냐."

또 시작이었다. 매번 술만 마시고 오면 반복되는 잔소리에 이제는 토시 하나 틀리지 않고 외울 수 있을 만큼 들어온 조상들에 대한 자랑이다. 아들은 말없이 아비의 말을 들으면서 짜증이 물밀듯이 밀려왔다.

아들은 자신의 아비에게 묻고 싶었다. 그리도 잘난 조상들 밑에서 태어난 자신의 아비는 어째서 일반 양민보다 못한 취급을 받는 백정으로 살고 있느냐고, 그리 잘난 집안의 재산은 전부 어딜 가고 이리도 거지 꼴을 하면서 살고 있느냐고.

아들이 짜증스러운 인상을 짓고 있는 동안 집안 자랑을 한 시진이나 늘어놓던 아비는 금세 술기운을 이기지 못하고 곯아 떨어졌다.

쾅!

아들은 신경질적으로 방문을 닫아버렸다.

"염병, 백정질이나 하는 주제에 매번 똑같은 집안 자랑은. 제길, 그리 잘난 집자식이 어째 백정이 되셨습니까."

아이의 이름은 한영이었다.

아이의 집은 명의 최동북단에 위치한 장백산의 이름 모를 마을에 위치해 있었고, 매일 보는 사람들 외에는 외지에서 아무도 찾아오질 않는 산속의 오지 마을이었다.

한영의 아비는 사람보다 못하다는 백정이었고, 자신은 천하 디천한 백정의 아들이었다.

한영은 공부하는 것이 싫었다. 백정의 아들놈이 공부 따위는 해서 무얼 하느냐는 소리가 듣기 싫었고, 집에 돌아와서 보는 술 취한 아비의 모습이 싫었다.

어미는 어떤 사람인지, 어떻게 죽었는지도 몰랐다.

생각이라는 것이 생겼을 때는 항상 술주정꾼인 아비의 모습만 바라봐 왔었고, 무언가에 도망치듯이 항상 이곳저곳을 옮겨다녀야 했었던 자신의 삶이 싫기만 했다.

이런 집에 태어나지 않았다면 지금보다 나은 삶을 살았을 자신이었는데 사람들에게 무시당하기 일쑤고, 혹여 무슨 잘못이라도 하는 날에는 몰매를 맞는 것이 다반사인 자신의 삶이 싫었다.

아비는 가끔 술에 취하면 마치 과거를 회상하는 듯한 얼굴로 자신의 어머니의 이야기를 했다. 어머니 이야기를 할 때면 가끔은 자신의 아비가 인간 같아 보였다. 어미에 대한 기억을 쏟아내고는 한없이 서럽게 울던 자신의 아비였다.

아비의 말에 따르면, 자신의 어미는 조선에서 꽤나 유명한 집안의 딸이라 했다.

한영의 아비와 결혼해서 고생만 하다가 한영을 낳고 이내 죽었다고 했다.

어미라는 자가 있었다면 살아가는 모습이 지금보다 조금 달라졌을까? 아니었다. 고개를 세차게 흔드는 한영은 동네 사람들이 수군대는 말들이 생각났다.

누군가 말했다. 자신의 어미는 도망친 노비였거나 잘나가던 기생이었고, 자신을 낳고는 술주정꾼에 개백정에 불과한 자신의 아비와 자신을 버리고 도망간 것이 확실하다고.

무척이나 원망스럽기만 한 어미일 뿐이었다.

술주정꾼인 아비가 자신의 어미에 대해 해준 말보다는 동네 주민들이 해준 말이 더욱 신뢰가 생기는 것 같았다.

'제기랄, 이래 살아서 뭐 해.'

한영은 자신의 신세가 한탄스러웠다.

자신이 아무리 노력해도 백정의 아들에 불과할 뿐이었다. 학문이 뛰어나도 신분의 벽을 넘을 수 없었고, 무예가 뛰어나도 마찬가지였다.

매일 몸을 단련하라면서 아비가 가르쳐 주는 한 가지 창술과 한 가지 보법은 마치 희대의 절학이라도 되는 양 침이 마르도록 설명을 하고, 동작을 보여주었어도, 결국은 백정의 무예일 뿐이고, 백정의 발걸음으로만 보였다.

'그래, 떠나자! 이리 살아서 뭐 한단 말이냐. 차라리 도망치자. 어차피 나 없어도 잘 살아갈 양반이 아니냐. 저 아비 밑에서 아무리 바동거리면서 살아봐야 백정 짓밖에 더 할 것이겠냐. 나는 내 힘으로 살자. 내 힘으로 성공해서 떵떵거리며 살자."

그렇게 한영은 열네 살의 나이에 가출을 결심했다.

어차피 가져갈 것이라고는 입고 있는 한 벌의 넝마 같은 옷가지밖에 없었다. 도망치며 훔쳐 갈 돈도 패물도 자신에겐 사치에 불과했고, 있지도 않을 뿐이었다.

한영은 마음속으로 굳게 결심을 하고 자신의 아비가 곯아떨어진 방을 향해 천천히 절을 했다. 그래도 이제껏 자신이 배를 곯지 않도록 길러준 아비였다. 아무리 볼품없고, 술주정만 하는 사내더라도 자신의 아비였다.

'아버지, 소자는 이만 떠날렵니다. 제가 꼭 성공해서… 반드시…….'

천천히 아비가 누운 방을 향해 절을 했다.

왠지 막상 떠나려고 하니 눈물이 나는 것은 왜일까?

한영은 소맷자락으로 눈물을 훔치면서 자리에 일어나서 홀가분한 마음으로 집을 나섰다.

"그래! 어차피 여기에서 살고 있으나, 나가서 내 힘으로 살아가나 똑같을 것이야."

한영이 집을 나선 지 며칠.

열네 살밖에 되지 않은 아이의 걸음으로는 멀리 가지도 못했다.

하지만 벌써 수십 개의 산을 넘었고, 서너 개의 마을을 지났다. 자신이 살고 있던 장백산의 어느 이름 모를 마을은 다시 찾아가려 해도 길을 되짚어 갈 수가 없었다.

"휴우… 이젠 어떻게 일자리라도 구해야겠지?"

한영은 벌써 며칠 동안 걸어서 피로감이 극에 달한 상태였다.

산속을 지나면서 아버지가 가르쳐 준 창술과 보법은 무척이나 많은 도움이 되었다.

살아가면서 쓸모가 없으리라 생각했던 무예였지만 지난 시간 동안 산속을 헤맬 때 동물들을 잡아서 먹는 데는 무척이나 유용했다.

아비가 백정질을 하는 것을 어깨 너머 배운 터라 동물을 잡아서 껍질을 벗기고, 먹을 수 있는 부분까지 골라내는 것은 예삿일도 아니었다.

항상 아비와 자신의 밥상을 차렸던 자신이었기에 기본적으로 산나물을 캐서 요리할 줄도 알았다. 소금이 없는 것이 무척이나 아쉬웠지만 그런대로 자신이 만든 음식은 먹을 만했다.

한참을 걸어서 도착한 곳은 제법 큰 성도가 있는 마을이었다.

나중에 알게 된 것이지만 한영이 도착한 곳은 길림성의 장춘이라는 곳이었다. 장춘은 길림성의 성도로 꽤나 거대한 도시였다.

수많은 사람들이 왕래를 했고 처음 보는 신기한 문물들도 많았다.

몇 날 며칠을 헤맸던 터라 한영의 옷차림은 거지 꼴이었기에 성도를 지키던 위사들도 어린 거지 소년쯤으로 생각하고 별 생각 없이 통과를 시켜주었다.

거리에 쪼그려 앉아 있을 때면 지나가는 사람들이 동전에 먹고 있던 음식까지 던져 주었기에 배를 채우는 데는 그리 힘들지 않았다.

"하아… 일자리를 구해야 하나?"

한영은 한숨을 쉬었다.

언제까지 비렁뱅이처럼 살 수는 없었다. 이래서야 고향에 살 때나 지금이나 달라질 것이 없지 않은가.

일단 한영은 제법 커다란 객점이나 주루에 점소이로 취직을 해보려 했지만 그도 그리 만만하지는 않았다. 다 떨어진 옷을 빨지도 않은 채 몇 날 며칠을 입어온 거지 꼴의 어린 소년에게는 아무도 일거리를 주지 않았기 때문이다.

"젠장할, 일자리 구하는 것도 쉽지 않구나."

한영은 수도 없이 장춘현의 객점이며 주루를 돌아다녔고,

수십 개를 돌아서야 겨우겨우 인적이 드문 곳에 위치한 한 객점에 취직을 할 수 있었다.

한 냥밖에 안 되는 월급이었지만 장영은 행복했다.

더 이상 거리를 떠돌아다니면서 구걸하지 않아도 되었고, 더 이상 길거리에서 쪼그려 잠들지 않아도 되었다.

한 달여를 점소이로 장춘객잔에서 일했을 무렵,

한영은 점소이 생활에 적응하고 있었다.

서글서글한 장영의 성격 때문인지 꽤나 손님이 늘었고, 제법 예쁘장한 외모로 인해 많은 여인들이 장영을 보기 위해서 장춘객잔을 들락거렸다.

어느새 한영은 장춘현의 작은 명물이 되어가고 있었다.

그렇게 점소이로 생활하던 어느 날.

한영은 어둑어둑해져 더 이상 손님이 없어진 시간에 객잔의 주인과 함께 하루를 마무리하기 위해 객잔 문을 닫으려 할 때였다.

누군가 탁자와 의자를 겹쳐 놓던 객잔 안으로 들어왔다.

"저기, 오늘 영업은 끝났습니다요. 손님. 헤헤……."

객잔 안으로 들어온 거대한 덩치의 사내를 향해 한영은 환한 미소를 지으면서 말했으나 사내는 무표정한 얼굴로 쳐다보기만 했다.

"아무리 반쪽짜리라 해도 적호의 인을 가진 놈이 이따위 짓거리라니……."

거대한 덩치의 사내는 살짝 인상을 찌푸리면서 한영에게로

다가왔다.

"저… 무슨 말씀을?"

사내가 말한 것의 의미를 이해하지 못한 한영이 고개를 갸웃거리면서 남자를 쳐다보았다.

꽉!

"켁!"

다가온 남자는 그대로 한영의 목줄기를 틀어쥐고 들어 올렸다.

"아니! 왜 이러십니까요? 저희 점소이 놈이 무슨 기분이라도 상하게 했습니까요? 용서해 주십시오."

장춘객잔의 주인인 춘삼은 안절부절못하면서 남자에게 다가가 사과했다. 그러나 남자는 그런 춘삼의 모습에는 신경조차 쓰지 않고, 한영의 목을 틀어쥔 채 몸을 돌려 객잔을 빠져나가려 했다.

"아이고, 대인. 용서해 주십시오. 아직 아무것도 모르는 어린아이입니다요."

춘삼은 애걸복걸하면서 남자의 옷을 잡으려 했다.

퍼억!

그 순간 춘삼의 머리가 터져 나가면서 허연 뇌수가 허공으로 비산했고, 머리를 잃은 몸은 객잔의 마룻바닥으로 쓰러져 내렸다.

그 모습을 본 한영은 목이 잡혀 숨이 막혀옴에도 공포로 인해 오줌을 지렸다.

지리한 냄새와 함께 한영의 바지가 축축히 젖자 남자는 인상을 쓰더니 슬며시 비웃음을 띠었다.

　"큭큭… 적호의 아들이… 고작 이런 겁쟁이였나? 재미있군. 고작 이따위 아들을 위해서 일족을 배신하고 숨어 지낸 것인가?"

　무슨 말을 하고 있는 것일까?

　남자는 한영을 객잔 밖으로 던져 버렸다.

　털썩!

　객잔의 밖에는 남자의 일행으로 보이는 열댓 명의 남자가 모여 있었고, 객잔의 불빛이 미치는 곳을 제외하고는 사방은 어둠으로 인해 깜깜했다.

　극도의 공포로 인해 한영은 몸이 자유로워졌음에도 도망칠 생각조차 하지 못하고 벌벌 떨었다.

　아무리 자신의 아비와 함께 살면서 동네 왈패들과 싸우고, 골목대장을 하던 한영이었지만, 사람을 죽이면서 얼굴색 하나 변하지 않는 이들을 처음이었다.

　"후후… 그는 분명 이 어린놈이 자신의 긍지라 했다. 분명 근처에는 놈이 지켜보고 있을 터다. 곧 나타나겠지."

　한쪽 눈에 검은 안대를 한 호리호리한 체격의 또 다른 남자가 한영을 힐끗 쳐다보면서 비웃음을 흘렸다.

　"크크크, 이제야 갚아줄 수 있겠군. 적호, 이 개자식."

　검은 안대의 남자는 비웃음 가득한 표정으로 공포에 떨고 있는 한영을 향해 다가왔다.

한영은 이미 이성을 잃어버린 듯했다.

"크크크… 꼬리를 말고 숨어버린 네놈의 아비처럼 볼썽사나운 모습이구나. 어차피 죽을 목숨이니 조금 괴롭혀 볼까?"

검은 안대의 남자는 한영의 앞에 쪼그리고 앉아 한영의 왼팔을 지그시 잡아갔다.

"끄아아악!"

마치 뜯어내 버릴 듯이 한영의 자그마한 팔을 잡아당겼다.

한영의 비명이 장춘현의 곳곳을 울리며 퍼져 나갔다.

"큭큭, 네놈의 아비는 끝까지 꼬리를 말려는 모양이구나. 제 새끼가 죽어가는데 숨어서 나오지도 않는군."

한영은 팔이 빠져 버려서 고통으로 눈물에 콧물까지 흘렸고, 입에서는 허연 거품마저 흘러나왔다. 문득 한 남자의 모습이 그려지는 한영이었다.

'아… 아버지… 살려주세요.'

그때였다.

어디선가 들려오는 거대한 장소성.

"우우우우우우……."

장소성이 들려오자 한영과 함께 있던 의문의 사내들은 소리가 들리는 방향을 찾기 위해 고개를 돌려 좌우로 두리번거렸다. 장소성은 사방에서 울리는 것처럼 정확한 방향을 찾아낼 수가 없었다.

"저기군. 가자!"

처음 한영을 끌고 나왔던 남자가 장춘객잔의 뒤쪽에 솟아오른 산을 지그시 바라보다가 사내들에게 명령을 내리고 몸을 날렸다.

"그만… 놓아주어라, 흑표."

하얀색의 명주옷을 입은 남자가 한영을 잡고 있는 검은 안대의 남자를 바라보면서 나지막하게 말했다.

"후후, 이 오줌싸개 꼬마 놈 말인가? 놓아주지."

획!

검은 안대의 사내는 한영의 빠져서 덜렁거리는 왼팔을 잡고는 남자를 향해 던졌다. 한영은 이미 혼절한 상태였기 때문에 더 이상 비명성을 내뱉지 않았다.

땅바닥에 굴려진 한영을 바라보면서 흰옷의 남자는 천천히 안아 올리고는 한영의 팔뼈를 맞추어 넣고, 맥문으로 자신의 기운을 불어넣었다.

"으으으……."

경기를 일으키듯이 몸을 떨면서 한영이 정신을 차렸다.

"아… 아버지?"

흐릿한 눈으로 자신을 바라보고 있는 흰옷의 사내는 바로 한영의 아버지였다. 그런데 갑자기 아버지가 이곳에 어떻게 나타난 것일까?

한영은 자신의 아버지의 얼굴을 보자 반가움에 한줄기 눈물이 흘러내렸다.

"이봐, 지금 부자 상봉이나 하고 있을 때가 아니라고."

검은 안대의 사내가 비웃 듯이 말했다.

공포스러웠던 목소리가 들리자 한영의 몸이 움찔거렸다.

자신의 아비를 보고 있어서 생각지 못했었는데 아직 그 무서운 인물들이 남아 있자 문득 자신의 아비가 걱정되는 한영이었다.

"아버지, 도망가요. 어서요! 어서 도망가요."

아직 완전히 움직이지 않는 몸으로 한영은 눈물을 흘리면서 자신의 아비의 옷을 끌어당겼다. 그런 한영을 향해 아비는 따뜻한 미소를 지으면서 말했다.

"괜찮다, 영아. 아비는 걱정하지 말아라."

천천히 한영의 몸을 놓고는 한영의 아비가 일어나 일어서서 의문의 사내들 앞으로 걸어갔다. 왠지 아비의 등이 무척이나 거대해 보인다는 생각이 들었다.

"영아, 몸을 일으켜 세우려무나. 이제 세울 수 있을 게다."

아비의 따뜻한 음성은 공포심이 누그러지게 했다. 한영은 천천히 몸을 일으켜 세웠다.

"크크크, 적호, 지난 십오 년간 이 순간을 기다려 왔다. 네놈의 목줄을 물어뜯는 순간을 말이야."

검은 안대의 사내가 한영의 아비를 보면서 웃었다.

'적호?'

검은 안대의 사내는 자신의 아비를 적호라 불렀다.

"흑표, 오랜만이구나. 한쪽 눈만으로는 부족했나?"

무척이나 담담한 적호의 목소리에 흑표라 불린 검은 안대의 사내는 소리가 날 정도로 어금니를 깨물었다.

"흥! 그때는 운이 나빴을 뿐이다."

"운이라… 재미있구나, 흑표."

적호는 천천히 흑표와 함께 온 자들의 모습을 살폈다. 모두
가 혈족의 전사들이었다. 그 말은 곧 야수화가 가능하다는 말.

적호의 시선이 문득 거대한 덩치를 한 사내에게 멈추어졌
다.

"화웅? 설마… 그대도 온 것인가?"

"오랜만에 보는군, 적호."

"……."

거대한 덩치를 가진 사내의 이름은 화웅이라 불리는 듯했
다.

"자네의 아들이고, 적호의 인을 타고났다고 하여 내심 기대
했었다. 그런데… 무척이나 실망스럽더군."

"……."

"적호, 돌아오라. 혈족의 어른들도 자네를 용서했다. 돌아
온다면 용서해 주기로."

"화웅……."

적호는 문득 과거 함께 싸우고 함께 웃었던 화웅이라는 사
내에 대한 기억이 떠올랐다. 그와 함께했던 시절들이 무척이
나 그리웠다. 혈족 내에서도 가장 마음이 잘 통했던 사내였다.
적호는 화웅의 얼굴을 보자 갈등이라는 녀석이 생겨나기 시작
했다.

"후우. 화웅, 만약 내가 돌아간다면 나를 반겨줄 사람들이 남아 있는가?"

"우리는 아직 자네를 기다리고 있다, 적호. 자네는 위대한 혈족 최고의 전사가 아닌가?"

"후후, 자네는 여전히 변함이 없군."

적호는 오랜만에 자신의 지기를 만나자 문득 즐거운 기분이 들었다.

"무슨 소리를 하시는 겁니까? 그는 혈족의 배신자일 뿐입니다."

흑표가 인상을 찡그리면서 화웅에게 말했다.

"닥쳐라. 너 따위가 함부로 말할 수 있는 인물이 아니다, 흑표. 그는 니가 코흘리개일 시절부터 혈족 최고의 전사였고, 혈족의 명예를 드높인 인물이다. 고작 한 번의 실수로 평가될 만한 자가 아니다."

"이… 이익!"

그들의 모습을 바라보고 있던 적호는 화웅을 향해 말하면서 고개를 돌렸다.

"돌아가고 싶네. 하나 이제 그러기엔 너무 많은 시간이 흘렀네, 화웅."

"……"

화웅은 적호의 시선을 따라 한영을 바라보았다.

"그렇군. 그것이 자네의 대답이군."

화웅이 천천히 고개를 끄덕이면서 자신의 기세를 끌어올리기 시작하자 순식간에 엄청나게 광포한 기운이 몰려들었다.

그와 동시에 화웅과 함께 있던 흑표를 비롯한 나머지 사내들도 기세를 끌어올렸다.

화웅과 흑표를 제외한 나머지의 사내들은 마치 짐승과도 같은 울음을 토해내면서 모습이 변하기 시작했다.

"크르르르르……."

그들의 두 눈은 짐승의 그것마냥 새파란 불꽃을 토했고, 입가로 새하얀 송곳니가 자라나기 시작했다. 머릿결은 새하얗게 탈색되어 칼날처럼 빳빳하게 세워지고, 낮은 울음을 으르렁거리면서 적호의 주위를 맴돌 듯 움직였다.

"백랑견들인가?"

사내들의 변한 모습을 보면서 담담한 표정으로 적호가 물었다.

"후후, 호랑이를 잡을 순 없지만 아마도 호랑이를 몰아세울 수는 있을 듯해서 말이지."

"그렇군. 아무래도 내가 이곳에서 살아남긴 틀린 모양이군."

"틀렸네. 자네뿐 아니라 자네의 아들도 살아남긴 틀린 것이네."

화웅의 몸이 더욱 거대하게 부풀어 오르기 시작했다.

그의 입가에도 날카로운 송곳니가 솟아올라 있었다.

적호는 뒤를 돌아 자신의 아들을 바라보고는 히죽거리면서 웃었다.

"영아, 마음을 굳게 먹어라. 너는 나의 아들이다."

한영에게 따뜻한 미소를 지어준 적호는 천천히 몸을 돌려 그들을 향해 다가가기 시작했다. 한영은 자신을 아비를 향해 아무런 말도 할 수가 없었다.

적호는 천천히 걸음을 옮기면서 모습이 변해갔다.

투박하던 손에 날카로운 손톱이 자라나고, 머릿결은 시뻘겋게 변해갔다.

"크아아앙!"

백랑견이라 불린 짐승과도 같은 사내들이 적호를 향해 날아올랐다.

슈아악! 퍼억!

적호가 날아오른 사내를 후려치자 사내의 몸이 다섯 가닥으로 잘려지면서 허공에 핏물이 튀어 올랐다.

"영아, 앞으로 네가 살아야 하는 인생은 그리 무르지 않다. 이제껏 나는 저주받은 피를 타고난 나의 인생을 너에게 대물림하고 싶지 않았다. 나는 네가 평범한 삶을 살기를 바랐다. 하나 이제 그마저도 무리인 것 같구나."

슈가가각! 뻐걱!

적호는 엄청난 속도로 공격해 들어오는 무인 둘을 향해 자신의 주먹을 내질렀고, 그 빠름에 미처 방비조차 하지 못한 무인 둘이 머리가 터져 나가며, 허연 뇌수와 함께 핏물이 튀었다.

"너는 나의 아들이다. 혈족에서 가장 강한 피를 계승한 자다. 눈물을 흘리지 말아라, 영아. 너는 악귀가 되어라. 악귀처럼 강하고, 악귀처럼 악랄해져라. 너의 기세가 적으로 하여금 공포를 느끼도록 만들어라. 적의 냉혹함에 맞서기 위해서는 너 역시 냉혹해져야만 한다. 그리고 나중에, 먼 나중에 네가 저들을 아우를 만큼 힘이 생기거든 나와 네 어미를 죽인 자를 찾아 복수해 다오. 영아, 중원으로 가거라. 그곳에서 네가 원하는 힘을 얻거라. 그리고 명심하거라. 너에게 타인의 아픔을 동정하고, 타인의 죽음을 슬퍼할 여유가 없다는 것을. 진정으로 강해지기 전에는 절대로 네 과거에 대해 찾으려 하지 말아라. 지금은 도망치거라."

한영은 자신의 아비의 말에 뛰고 또 뛰었다.

산을 울리는 짐승과도 같은 울음을 듣지 않기 위해 귀를 막은 채로 나무뿌리에 걸려 넘어지고 구르면서도 다시 일어나 뛰었다.

그의 눈에는 뜨거운 눈물이 흘러내렸다.

♠전귀의 작업 정보 TIP♠

1권:금사촌 혈사
2권:무림공적 남궁가휘
3권:전장터, 그리고 변화
4권:공헌현비
까지를 완성했습니다.

1권과 2권은 무림이라는 곳에서 그다지 관계가 없던 전귀와 남궁가휘가 만나게 되는 상황을 묘사하기 위해서 남궁가휘를 중점적으로 해서 만든 내용이었습니다.

3권에서부터는 실어증에 걸린 남궁가휘가 서서히 제대로 된 무인이 되는 과정을 그리면서 장영의 과거에 대한 흔적의 중요한 인물인 공헌현비와 4권에서 싸움이 시작되는 북원, 그리고 귀원련에 대한 이야기를 등장시킨 것이죠. 이것이 바로 3권의 진정한 제목의 뜻입니다. 바로 전쟁에 참가한 후 주첨기를 만나게 되면서 본편으로 변화한다는 설정이었죠.

4권은 전귀의 과거를 밝혀줌으로써 본격적인 이야기가 시작되는 부분입니다. 원래 이 책을 쓰고자 했던 본격적인 이야기인 전귀 장영의 이야기가 등장하는 부분이죠. 자신의 유일한 가족이던 공헌현비가 죽으면서 그와 관련된 세력과 싸움을 시작하는 전귀. 그를 통해서 전귀는 자신의 목적을 위해 싸우는 것이고, 무림과 명나라는 북원의 세력들과 싸우는 것이죠.

5권까지 아마도 북원의 세력과 싸우는 전귀의 모습을 그리면서 조금씩 드러나기 시작하는 광수혈족과 전귀의 이야기를 써나갈 생각입니다.

그리고 3권부터 실리기 시작한 번외편은 전귀의 과거에 대한 이해를 돕기 위해서 처음에 잡았던 설정을 토대로 쓴 글이었는데 조금 내용이 많아진 것 같습니다.

앞으로 더욱더 흥미진진한 이야기를 이끌어가도록 노력하는 무림이가 되겠습니다.

1. 공헌현비의 독살 사건.

전귀 3권에서 설명했던 공헌현비에 대한 역사적인 사실에 대한 이야기.

공헌현비는 그녀가 안동 권씨라는 설도 있고, 한씨라는 설도 있습니다만 저는 한씨로 정하고 글을 썼습니다.

또 하나 공헌현비의 죽음에 관한 사실이 두 가지로 추측되어지고 있는데, 하나는 영락제가 죽은 이후 순장을 당했다는 설과 의문의 독살을 당했다는 설이 전해지고 있습니다.

먼저 세종실록에서는 「한영정의 딸이며 한확의 누이인 한씨 처녀는 태종 17년(1417) 명에 끌려가자 기품있는 아름다운 미모와 영리함을 갖춰 영락제의 눈에 들어 비로 봉해진다. 그러나 세종6년(1424) 명의 황제 영락제가 죽자 궁인 삼십 명과 함께 순장당해 죽게 된다. 이 비극의 여인이 공헌현비 한씨이다.

공헌현비 한씨와 궁인 삼십 명을 뜰에 모두 모아놓고 이승에서 마지막으로 밥을 먹인 후 마루에 올라가라 하니 울음이 진동했다. 의자에 올라가 매달린 올가미에 목을 걸고 유모 김흑에게 '낭(娘)아, 나는 갑니다' 는 인사를 마치기도 전에 환관이 의자를 빼내 죽었다」라고 전해지고 있다고 합니다.

또 다른 설에는 「공헌현비는 주원장이 고려 국왕과 조선 국왕과 인척 관계를 맺으려 했던 구상에서 비롯된 공녀 제도에서 뽑혀 영락제의 비빈이 되었다라고 전하고 있으며, 당시 영락 5년이 되는 해 인효문 황후 서씨가 병으로 죽자 영락 6년에 다섯 명의 여자를 선발하여 영락제가 가장 마음에 들어했던 한씨를 현비로 삼아 황후의 역할을 담당하게 했고, 나머지 넷을 순비, 소의, 미인 등의 직위로 나누었다. 당시 현비의 오빠인 한영균은 조정의 광록사경에 임명되어 관직이 삼품에 이르렀다. 또한 현비는 유일하게 명나라 역사에 기재된 조선 여인이었다고 한다. 이 설에서는 '공헌현비 한씨, 조선인… 옥피리를 잘 불었으며, 황제가 그녀를 아꼈다' 라는 기록이 남아 있다고 전하고 있다. 그러나 영락 8년 10월, 주체를 따라 남경에서 북경으로 가던 길에 독살당해 사망한다. 영락제는 조선의 민족 음식과 문화 습속을 좋아하였는데, 만년에도 한비를 그리워하였다. '짐이 늙었구나, 음식이 맛이 없다. 현비가 살았을 때는 바치는 음식들이 아주 입에 맞았는데, 죽은 후에 음식,

술, 빨래 등이 마음에 드는 것이 없다' 는 말을 하였다. 이로 인해 현비와 함께 비빈으로 있었던 순비 임씨는 목을 메어 자살했고, 미인 여씨는 현비를 독살했다는 누명을 쓰고 능지처참을 당했으며, 소의 이씨는 독살사건당시 국문을 받아 참형을 당했다」라고 전해지고 있습니다.

전귀를 쓰면서 장영의 과거의 인연을 드러내는 인물로 설정한 공헌현비를 어떻게 묘사할까를 고민한 결과, 역사와는 조금 다르지만 현비는 영락제가 죽기 전 1424년 경에 장영을 만난 이후 의문의 독살을 당하게 되고, 그로 인해 분노한 장영이 사건을 파헤치는 과정에서 사남 주고희의 어미인 소의 이씨가 자신의 아들을 황위에 올리려는 욕심에 귀원련과 모종의 협약을 맺음으로써 장영이 공헌현비에 죽음에 관여된 귀원련과 혈교, 북원의 세력에 복수를 다짐하게 되는 계기로 묘사하였습니다. 이러한 사실은 사실과는 전혀 관계 없는 작가의 상상력에 불과함으로 오해없으시길 바랍니다.

2. 토테미즘[Totemism].

전귀의 출생 부족인 광수혈족의 기원은 토테미즘 사상에서 따온 것이다.

세계적으로 토템이라는 말은 북아메리카 인디언인 오지브와족(族)이 어떤 종류의 동물이나 식물을 신성시하여 자신이 속해 있는 집단과 특수한 관계가 있다고 믿고 그 동식물류(독수리, 수달, 곰, 메기, 떡갈나무 등)를 토템이라 하여 집단의 상징으로 삼은 데서 유래한다. 이와 같이 인간 집단과 동 식물 또는 자연물이 특수한 관계를 유지하고 집단의 명칭을 그 동식물이나 자연물에서 따붙인 예는 미개 민족 사이에서 널리 발견되고 있다.

토템은 어느 특정 개인에 관계된 수호신이나 초자연력의 원천으로서의 동물, 또는 샤먼(무당)의 동물신 등과 동일시되는 일이 있어, 이런 입장에서 보는 토테미즘설도 있으나 현재에 와서 이것들은 엄밀한 의미에서의 토템으로 인정하기는 어렵다. 왜냐하면 토템은 본래 집단적 상징이어야 하기 때문이다. 한편 어느 집단과 어느 동식물, 자연물과의 결합이 토테미즘이라는 설도 그대로 긍정할 수만은 없다. 서아프리카의 표인(豹人:Leopard Men)의 비밀결사에서는 표범을 집단의 상징으로 삼고, 이것과 관계 있는 의식을 행하지만 이것을 토테미즘이라고 하지는 않는다.

우리 역사 속에서도 단군신화에서 토템 신앙의 일부를 찾아볼 수가 있는데, 얼마 전 성황리에 방영을 했던 드라마에서 나왔던 신단수와 웅족, 호족은 토템 신앙을 나타내는 것이라 할 수 있다.

단군 신화에서 나온 것처럼 신단수, 즉 박달나무를 토템으로 하고 있던 부족과 곰을 토템으로 하고 있던 부족이 결합하여 고조선을 세웠고, 호랑이를 토템으로 하고 있던 부족은 고조선과 대립하는 부족으로 묘사된 것이다. 하지만 어떠한 동물이나 식물을 숭배했다고 하여 반드시 그것이 토템 신앙의 한 부분으로 해석하기에는 무리가 있지만, 현재까지는 가장 지지를 많이 받고 있는 중요한 가설이라고 한다.

또한 한단고기의 '신시본기(神市本紀) 편'에서 [삼성밀기(三聖密記)]를 인용한 내용에는 한웅이 처음 내려왔을 때 그 지역에 두 족속이 있었다고 한다. 웅족(熊族)과 호족(虎族)인데 '새로 살기 시작한 어리석고 자부심 높은 웅족'과 '옛부터 있었던 난폭하고 탐욕스러우며 약탈을 일삼는 호족'으로 그려놓은 것이다. 이 두 종족은 서로 어울리지도 않았고 통혼 관계(通婚關係)조차 없었다고 했다.

여기서 아주 중요한 구절은 호족은 '옛부터 있었던 종족 집단'이고, 웅족은 '새로 살기 시작한 종족 집단'이란 말이다. 둘 다 티벳─중국어계에 속하는 친족 집단이지만, 호랑이족은 티베트에서 바로 황하 상류로 이주하여 들어와 '밭농사'를 하며 살던 집단이며, 여기에 대비되는 곰족이란 이후 쌀의 이동루트를 따라 양자강 하류에서 중국의 동부 해안을 따라 올라가 황하 하류 및 요하 하류 유역에서 '벼농사'를 하며 새로 살기 시작했던 집단을 의미한다고 해석이 된다. 즉, 웅족이 과거 만주와 연해주, 그리고 현재의 북한 지역을 살고 있던 박달나무(신단수)를 토템으로 하고 있던 부족과 연합하여 세운 것이 고조선이었고, 그 영역과 대립한 호족이 중국이 세우지 아니었을까 하는 가설로 처음 이 책을 쓰기 시작했다. 물론 이러한 가설은 쓰고 있는 필자의 상상력이지만 말이다.

광수혈족은 그 옛날 고조선을 피해 도망친 호족의 모습을 모티브화한 것이고, 차후 호족의 피를 타고난 장영의 아버지와 웅족과 신단수 부족의 피를 계승한 조선 여인 사이에서 장영이 태어나는 것으로 묘사하였다.

토테미즘 신앙을 가지고 있던 고대의 부족이 점차 문명이 발달해 감에 따라서 사라져 간 부족이 있다면 어떨까 하는 생각에 만들어진 것이 바로 광수혈족이다.

만약 토테미즘의 계속해서 발전했다면, 예전 어린 시절에 보았던 '우주 보안관 장고' 라는 만화처럼 '곰 같은 힘이여 솟아라!', '매의 눈으로 보아라!' 이런 것들을 할 수 있게 되는 인간이 태어나지 않았을까?

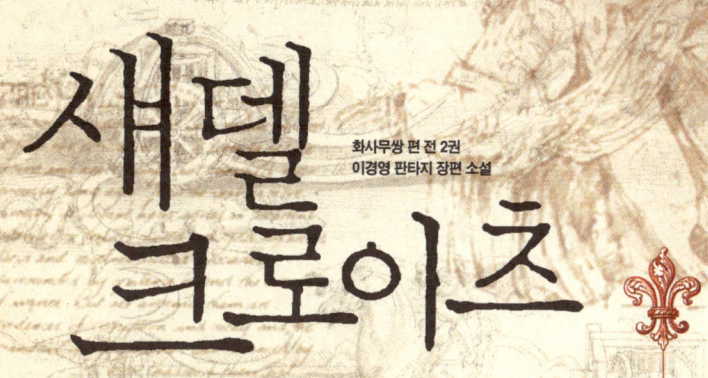

섀델 크로이츠

화사무쌍 편 전 2권
이경영 판타지 장편 소설

『가즈나이트』의 명성과 신화를 넘어설
이경영의 판타지의 새로운 상상력!

자신만의 독특한 세계관을 창조한 작가
이경영의 새로운 도전과 신선한 충격.

바란투로스의 특수부대 섀델 크로이츠의 리더 파렌 콘스탄.
야만족을 돕는 안개술사를 물리치기 위해 아시엔 대륙에서 온
불을 뿜는 요괴 소녀 카샤.
너무나 다른 두 사람이 운명의 길에서 만나다.
친구란 이름으로 시작된 모험, 그 앞에 놓인 난관과 운명의 끈은
어떻게 될 것인지……

"질투가 날 만도 하지.
요괴가 산신령을 엄마로 두는 건 흔한 일이 아니거든.
괜찮다, 파렌. 본좌가 아는 요괴들 전부 본좌를 질투하고 부러워하니까."
소녀는 손에 잔뜩 받은 빗물을 훌쩍 마셨다.
파렌은 그 순수함에 웃음을 흘렸다.
그는 지금까지 자신이 봤던 그녀의 기이한 행동들을 어렴풋이나마 이해할 수 있을 것 같았다.
그렇게 친구가 된 둘은 그 길로 긴 여행을 떠나게 된다.

본문 중에-

세상을 보는 또 하나의 창- inthebook.net
유행이 아닌 자유추구- chungeoram.net

B o o k   P u b l i s h i n g   CHUNGEORAM

학교에서는 가르쳐주지 않는
10대들을 위한 **인생수업**

작가 : 이빙 | 역자 : 김락준

10대들을 위한 나침반 같은 인생 교과서!
사회 초입에 들어서게 될 청소년들에게 들려주는
100가지 인생 이야기

내 인생의 방향잡기!
여행길에 오르기 전에 접해보자!

100가지 이야기, 100가지 명언

사람은 태어나면서부터 각기 다른 모습으로, 각기 다른 사고로 "인생"이라는
여행길에 오르게 된다. 내가 지금 서 있는 이 위치에서 그리고 사회라는 공간에서
한 사람의 몫을 당당하게 해낼 수 있는 역량을 키워나가기 위해서는 어떠한 생각을
가지고 있어야 하는 걸까.

늦지 않게 준비하자! 스스로의 마음가짐이 자신의 미래를 결정한다!

설레는 마음으로 떠난 길일지라도 기존에 생각하고 있던 것과는 다르게 흘러가는
사회의 모습에 당혹스럽기도 할 것이다.

그러한 곳에 발을 들여놓기 위해 첫 발걸음을 막 뗀 청소년이라면 학교에서는
미처 배우지 못한 상황에 더욱이 큰 혼란스러움을 느낄 수밖에 없다.
시간이 흐를수록 사회가 한 인간에게 요구하는 것은 다양하고 세밀해지고 있다.
그러한 사회 속에서 자신만이 앞으로 나아가지 못해 제자리걸음을 하게 된다면 어떠할까.
미리 대비를 하지 않는다면 당신 역시 그러한 현상에 빠지는 또 한 명의 사람이 되고 말 것이다.

책장을 넘기는 순간, 책과 당신의 공감대가 형성된다!

적응을 위해 도움이 될 만한
인생의 지혜와 경험, 깨달음이 한가득 담겨있다.
그 속에 담긴 100가지 이야기 그리고 그와 관련된 100가지의 명언은
가슴 깊이 새겨 놓고 되뇌여 보기에 충분하다.

Book Publishing CHUNGEORAM

세상을 보는 또 하나의 창 - inthebook.net
유행이 아닌 자유추구 - chungeoram.net

공부하는 감각의 차이가 자녀의 미래를 결정한다.
이 시대가 필요로 하는 명품 인재 만들기!

Luxury Study habit

올바른 습관이 명품 자녀를 만든다

명품 공부습관 87가지

저자 : 친위
역자 : 오혜령

❖ 똑소리 나는 부모의 똑소리 나는 자녀 교육법!

어린 시절의 습관은 평생을 결정한다.
제대로 바로잡지 못한 나쁜 습관은 자녀의 미래에 검은 그림자를 드리울 수도 있다.
대부분의 부모들은 아이의 잘못된 습관을 발견하면 언성을 높이는 경향이 있다.
하지만 그것이 문제 해결의 방법이 아님을 당신은 이미 알고 있을 것이다.
지금 당신은 적절한 대안을 찾지 못해 힘겨워 하고 있지는 않은가.
내 아이가 명품 인생으로 살아가길 희망하는 부모라면 이 책에 귀를 기울여 보자.

❖ 내 아이가 세상의 중심에 우뚝 설 수 있게 하는 방법!

이 책은 잘못된 공부습관과 대인관계 형성 등의 문제 등을
87가지 이야기를 통해 알아보고 그에 걸맞는 올바른 해결책을 제시해주고 있다.
이 한 권의 책을 통해 똑소리 나는 부모가 되어보자.
그리고 내 아이가 최고의 명품으로 거듭날 수 있도록 노력해보자.
이 책은 분명 당신에게 꼭 맞는 효과적인 자녀교육서가 될 것이다.

세상을 보는 또 하나의 창 - inthebook.net
유행이 아닌 자유추구 - chungeoram.net

Book Publishing CHUNGEORAM

Rhapsody Of Cardinal

카디날
랩소디

송현우 판타지 장편 소설

놀라운 경험(the enormous experience)!

He created a completely new world.
It is a place who have never known and where never been able to imagine.
This splendid world will introduce the enormous experience for the
person only who reads.

그 누구에게도 알려진 것이 없으며 상상조차 할 수 없었던 새로운 세계를
작가는 완벽하게 창조해내었다.
이 멋진 세계는 독자들만이 체험할 수 있는 놀라운 경험으로 인도할 것이다.

판타지는 허구다? 아니다. 판타지는 일상이다.
우리의 삶은 연속된 판타지의 연장선상에 놓여 있고,
상상은 우리의 일상을 더욱 살찌운다.
『카디날 랩소디(Rhapsody of Cardinal)』를 경험하는 독자들은
더욱 풍부한 일상 속에서 새로운 삶을 경험할 것이다.
멋진 만남! 흥미로운 경험! 이것이 『카디날 랩소디』가 가진 장점이며,
작가 송현우가 독자들에게 바라는 꿈이다.

세상을 보는 또 하나의 창 - inthebook.net
유행이 아닌 자유추구 - chungeoram.net

Book Publishing CHUNGEORAM